Wolf S. Dietrich

Das Goldstein-Haus

Handlung und Figuren dieses Romans entspringen der Phantasie des Autors. Ebenso die Verquickung mit tatsächlichen Ereignissen. Darum sind eventuelle Übereinstimmungen mit lebenden oder verstorbenen Personen zufällig und nicht beabsichtigt. Nicht erfunden sind bekannte Persönlichkeiten, Personen der Zeitgeschichte, die im Roman erwähnt werden, sowie Institutionen, Straßen und Schauplätze in Göttingen.

Originalausgabe April 2017
2. Auflage Februar 2018

Tel.: 0561/766 449 0, Fax: 0561/766 449 29

Titelfoto: © Thomas Alan Carver, San Francisco, CA, USA
Druck: OSDW Azymut Sp. z o.o.

ISBN: 978-3-95475-147-1

www.prolibris-verlag.de

Wolf S. Dietrich

Das Goldstein-Haus

Göttingen Krimi

Prolibris Verlag

Der Autor

Wolf S. Dietrich studierte Germanistik und Theologie und arbeitete als wissenschaftlicher Mitarbeiter an der Universität Göttingen. Dann war er Lehrer und Didaktischer Leiter einer Gesamtschule. Er lebt und arbeitet heute als freier Autor in Göttingen.
Das Goldstein-Haus ist sein sechzehnter Krimi im Prolibris Verlag und der siebte, der in Göttingen spielt. Der Autor ist Mitglied im Syndikat, der Autorengruppe deutschsprachiger Kriminalliteratur.

1

»In zwei Stunden bin ich zurück.« Susanne Rudloff stand in der Schlafzimmertür und sah ihren Mann besorgt an. »Nur ein paar Einkäufe. Kannst du so lange allein bleiben?«

»Selbstverständlich«, murmelte Jörg, der den Blick aus dem Fenster gerichtet hatte. Er schüttelte kaum wahrnehmbar den Kopf. »Ich bin doch kein Pflegefall.« Seit ihn diese seltsame Lähmung befallen hatte, waren ihm nur wenige Bewegungen selbständig möglich. Mit einiger Mühe konnte er Hände und Arme benutzen und seinen Rollstuhl durch die Räume im Erdgeschoss manövrieren. Er hatte gelernt, sich hochzustemmen und auf der Toilette niederzulassen. Oder sich ins Bett zu rollen. Er konnte ein Bier aus dem Kühlschrank holen oder eine kleine Mahlzeit zubereiten. Darum weigerte er sich, eine Rehabilitationsklinik aufzusuchen oder professionelle häusliche Pflege anzunehmen. Die wöchentlichen Besuche des Arztes akzeptierte er widerwillig, seinen Status als Pflegebedürftiger jedoch keineswegs. Als großes Glück erwies sich nun, dass sich die meisten Räume auf einer Ebene befanden. Auch Garage und Terrasse ließen sich mit dem Rollstuhl erreichen. Nur Autofahren konnte er nicht. Und der Weg in die Einliegerwohnung blieb ihm versperrt.

»Also gut. Bis nachher.« Susanne schlüpfte in eine Jacke, griff nach ihrer Handtasche und verließ das Haus. Kurz nachdem die Tür zugefallen war, hörte Jörg Rudloff, wie der Motor des kleinen Smarts gestartet wurde und der Wagen aus der Einfahrt rollte. Er schloss die Augen und sah Susanne in die Hannoversche Straße einbiegen. Wahrscheinlich fuhr sie wieder zu schnell, durchquerte Weende in Rekordzeit, beschleunigte den Kleinwagen auf achtzig Stundenkilometer und erreichte wenige Minuten später das Parkhaus im Carré. Von dort aus würde sie die Weender Straße entlangschlendern, bei

Cron & Lanz einen Cappuccino trinken und dann die Geschäfte und Boutiquen aufsuchen, deren Namen er sich nie merkte. Rudloff seufzte. Was würde er dafür geben, durch die Fußgängerzone laufen zu können. Selbst wenn Susanne ihn in Läden schleppte, die ihn nicht wirklich interessierten.

In seine Vorstellung vom Leben und Treiben in der Göttinger Innenstadt mischte sich ein Ton, der nicht zu den Bildern passte. Er öffnete die Augen und lauschte. Ein Kratzen oder Schaben, wie von einem Hund oder einer Katze, drang vom Flur her an seine Ohren. Unwillig schüttelte Rudloff den Kopf. Wer machte sich an der Haustür zu schaffen? Der Postbote kam gewöhnlich später. Im nächsten Augenblick gab es ein vertrautes Geräusch. Die Tür sprang auf und fiel wieder ins Schloss. Also war Susanne zurückgekommen. Wahrscheinlich hatte sie ihr Portemonnaie vergessen. »Suse«, rief er, »bist du's?«

Statt seiner Frau trat ein Mann ins Zimmer. Er trug dunkle Kleidung, Handschuhe und eine Sturmhaube mit Sehschlitzen für die Augen. »Nicht erschrecken«, sagte er. »Ich bin gleich weg.« Mit wenigen Schritten war er am Rollstuhl, ließ einen Rucksack von den Schultern gleiten und zog ein Fahrradschloss hervor. Damit blockierte er eins der Räder. »Wenn Sie vernünftig sind, passiert Ihnen nichts«, versicherte er.

Rudloff wollte schreien, doch seine Lunge war zu geschwächt, die Stimme kraftlos. Er schloss seinen Mund wieder. »Was wollen Sie?«, krächzte er schließlich.

»Mich ein wenig umschauen.« In aller Ruhe öffnete der Fremde Schranktüren, durchstöberte Fächer und Schubladen, suchte gründlich und systematisch. In Susannes barockem Sekretär wurde er fündig und breitete rasch den Inhalt ihrer Schmuckkästen auf der Schreibtischplatte aus. Zielsicher trennte er Gold- und Diamantschmuck von minderwertigeren Ketten, Ringen und Ohrringen, ließ die teuer erworbenen oder ererbten Stücke in den Rucksack gleiten. Dann fuhren seine

Finger über das Möbelstück, suchten nach Vertiefungen, Knöpfen oder beweglichen Teilen. Das Geheimfach durfte er nicht finden. Eigentlich hätten die wertvollsten Schmuckstücke dort aufbewahrt werden sollen. Doch Susanne war mit den Jahren nachlässig geworden und hatte es immer seltener genutzt. Nur der Schlüssel für den Safe lag noch darin. Rudloff stockte der Atem, als sich der Mann auf den Boden kniete und seine Hände dem verborgenen Hebel gefährlich nahe kamen.

Er warf Rudloff einen prüfenden Blick zu, nickte und verstärkte seine Bemühungen. Schließlich sprang der Riegel auf, ein Fach kam zum Vorschein, und im nächsten Augenblick hielt die behandschuhte Hand den Schlüssel in die Höhe. »Wo ist der Tresor?«, fragte der Fremde und richtete sich auf.

Rudloff presste die Lippen zusammen und schüttelte kaum merklich den Kopf. Schlimm genug, dass Susanne ihren Schmuck verlieren würde. Im Tresor lagerte eine hohe fünfstellige Summe. Schwarzgeld. Den Verlust würde er weder der Polizei noch der Versicherung melden können. Fieberhaft suchte Rudloff nach einer Möglichkeit, den Mann in die Irre zu führen.

»Es gibt hier keinen Tresor«, flüsterte er heiser. »Der Schlüssel gehört zum Safe in meinem ehemaligen Büro.«

»Und die Erde ist eine Scheibe.« Der Einbrecher hielt plötzlich ein Messer in der Hand. »Dann warten wir auf die Dame des Hauses.« Er ließ sich in einen Sessel fallen. »Einer von euch wird es mir verraten. Eine Messerklinge am Hals bringt jeden zum Reden.«

Jörg Rudloff schwieg. Während der nächsten Minuten herrschte Stille. Bis plötzlich das Telefon klingelte. Automatisch griff er in die Speichen des Rollstuhls, doch der drehte sich nur um das blockierte Rad.

Ohne Eile erhob sich der Fremde, durchquerte das Wohnzimmer und warf einen Blick auf das Display des Apparats, der neben dem Sekretär auf einem Tischchen aus Kirschholz stand. »Mobilfunknummer«, murmelte er. »Vielleicht die Gattin?«

Wenig später meldete sich der Anrufbeantworter, und dann klang Susannes Stimme durch den Raum. »Hallo Jörg, warum nimmst du nicht ab? Ist alles in Ordnung? Stell dir vor, bei Kolbergs wurde eingebrochen. Gerade habe ich Barbara getroffen. Sie ist völlig fertig. Über die Terrassentür sind die, haben den gesamten Schmuck, und das in Nikolausberg! Du musst überall abschließen! Ich habe jetzt gar keine Ruhe mehr zum Einkaufen, hole noch die Medikamente für Vater aus der Apotheke, dann fahre ich nach Hause. Bis gleich!«

Der maskierte Mann nickte. »Wir kommen der Sache näher.« Seine Hand verschwand im Rucksack und brachte eine Rolle Klebeband zum Vorschein. »Ich muss Ihnen leider den Mund verbieten.«

Rudloff spürte die Panik in sich. Was geschehen würde, ließ sich voraussehen. Sobald Susanne das Haus betrat, würde der Verbrecher ihr das Messer an die Kehle setzen. Dann musste Jörg Rudloff sich entscheiden. Traute er dem Einbrecher zu, ernst zu machen? Dann müsste er ihm verraten, wo sich der Safe befand. Oder würde der Kerl davor zurückschrecken, Susanne ernsthaft zu verletzen?

Der Tresor war im Arbeitszimmer eingemauert. Dafür hatte er beim Bau des Hauses gesorgt. Vor über dreißig Jahren. Entsprechend alt war die Technik. Stabil, aber mit dem Schlüssel leicht zu öffnen.

Seine Gedanken wurden unterbrochen, als das Klebeband seine Lippen berührte und sie gegen die Zähne presste.

»Du hast nicht abgeschlossen«, rief Susanne in vorwurfsvollem Ton, als sie im Flur ihre Taschen abstellte und die Schlüssel in die Schale aus Muranoglas fallen ließ. »Man sollte das ernst nehmen, hat Barbara gesagt. Die Polizisten haben ihr sogar geraten …« Mit einem Schreckenslaut brach sie ab. Entsetzt starrte sie auf die unheimliche Erscheinung, die plötzlich neben ihr stand und ihren Oberarm mit eisernem Griff umfasste. Vor ihren Augen blitzte ein metallischer Gegenstand auf. Eine Messerklinge.

»Ganz ruhig!«, sagte eine Stimme dicht an ihrem Ohr. »Wir unterhalten uns jetzt ein wenig.« Er dirigierte sie durch den Flur ins Wohnzimmer.

»Mein Schmuck!«, schrie Susanne, als sie die offenen Schübe des Sekretärs entdeckte. »Das sind Erbstücke. Von meiner Großmutter. Sie dürfen nicht …«

»Ich darf noch viel mehr«, unterbrach sie der maskierte Mann und stieß sie in Richtung Rollstuhl.

»Jörg!«, rief sie, »was hat er mit dir …?« Sie brach ab, als ihr klar wurde, dass er nicht sprechen konnte.

An seiner Stelle antwortete der Einbrecher. »Einer von euch sagt mir jetzt, wo der Tresor ist.«

Susanne schüttelte den Kopf. »Niemals!«

Der Fremde stieß einen Lacher aus. »Also gibt es ihn. Danke für die Information. Ich finde ihn sicher auch allein. Aber das kann dauern. Für die Zeit muss ich euch fesseln und notfalls knebeln. Das überlebt nicht jeder. Besser, ihr lasst es nicht darauf ankommen.«

Susanne spürte die Spitze der Messerklinge an ihrem Hals. Voller Entsetzen starrte sie ihren Ehemann an. Ihre Stimme zitterte. »Ich weiß nicht, wo sich der Tresor befindet. Das hat mein Mann immer geheim gehalten. Ich glaube, er ist im Keller.«

»Das haben wir gleich«, knurrte der Maskierte. Sein Griff um Susannes Oberarm verstärkte sich. Die Klinge fuhr unter das Klebeband an Jörgs Mund und entfernte es mit einer schnellen Bewegung. »Also los! Zuerst schlitze ich ihr die Ohrläppchen auf. Dann die Wangen. Gibt wunderschöne Narben.«

Susanne drohten die Beine einzuknicken, ihr Puls raste, über den Nacken kroch kalter Schweiß, Schwindelgefühl verbreitete sich im Kopf. »Jörg! Tu etwas!«

Rudloff biss sich auf die Lippen. Plötzlich schrie Susanne auf. Blut rann über eine Wange und den Hals, versickerte als rotes Rinnsal im Ausschnitt ihres Kleides. Ein Ohrring fiel zu Boden. Mit der Messerspitze hatte der Mann ihn aus dem Ohrläppchen gerissen.

»Also gut«, keuchte Rudloff. »Im Arbeitszimmer. Hinter dem Monet. Das ist das Bild mit dem blauen Himmel über einer grünen Landschaft, in der eine Frau mit Strohhut …«

Der Maskierte steckte das Messer ein, zog erneut Klebeband hervor und umwickelte Susannes Handgelenke. Dann stieß er sie zum Sofa und fesselte auch ihre Füße. Wenig später vernahm sie Geräusche aus dem Arbeitszimmer. Das Bild polterte zu Boden, ein vertrautes Quietschen erklang, als die Tür des Tresors geöffnet wurde. Sie hörte ein zufriedenes Grunzen. Mit Tränen in den Augen und voller Verzweiflung sah sie Jörg an. »Was machen wir jetzt?«, flüsterte sie. Ihr Mann zuckte mit den Schultern. »Hoffentlich nimmt er nur das Geld.«

»Nur?« Mit offenem Mund starrte Susanne ihn an. »Was soll das heißen: nur das Geld?«

Rudloff antwortete nicht, vermied es, seine Frau anzusehen, und heftete seinen düsteren Blick vor sich auf den Boden.

»Jörg! Sprich mit mir! Was ist noch im Tresor?«

Ihr Mann schüttelte nur stumm den Kopf. In dem Augenblick hasteten Schritte über den Flur, im nächsten Moment fiel die Haustür ins Schloss.

»Der ist weg«, stellte Susanne erleichtert fest und zerrte an ihren Fesseln. »Jetzt schnell, die Polizei anrufen. Irgendwie muss ich diese Dinger loswerden. Wusste gar nicht, dass Klebeband so stabil …«

»Nein«, flüsterte Rudloff. »Keine Polizei.«

Susanne war es gelungen, aufzustehen. Sie schwankte auf ihren gefesselten Beinen und ruderte mit den zusammengebundenen Armen, um das Gleichgewicht zu halten. »Was ist in dich gefahren?«, rief sie. »Selbstverständlich rufen wir die Polizei.

Ich will meine Sachen wiederhaben. Die sollen das Schwein fassen und mir den Schmuck zurückbringen.« Sie hüpfte zum Sekretär, fand einen Brieföffner, klemmte den Griff zwischen die Zähne und begann an ihren Fesseln zu säbeln. Rasch aufsteigende Wut verlieh ihr ungeahnte Kräfte. Nach wenigen Sekunden war sie frei und griff zum Telefonhörer.

»Warte!«, befahl Jörg. »Schau erst mal in den Tresor! Wenn du ganz hinten eine flache Schachtel findest, die sich ziemlich schwer anfühlt, kannst du anrufen.«

Kopfschüttelnd verließ Susanne den Raum. »Hier liegt eine Schachtel auf dem Boden«, rief sie kurz darauf. »Aber die ist leer. Das Geld ist jedenfalls weg. Ich gehe schnell ins Bad. Danach telefoniere ich.«

»Bitte befrei mich vorher aus diesem Karussell. Im Keller ist ein Bolzenschneider. Damit …« Er brach ab, als die Tür zum Badezimmer zugeschlagen wurde, und sackte seufzend in sich zusammen. Wie sollte er Susanne erklären, welche Gefahr von dem Inhalt der Schachtel ausging, den der Einbrecher offenbar mitgenommen hatte? Ungeduldig zerrte er an den Rädern des Rollstuhls. »Susanne!«, rief er so laut wie möglich, doch sie reagierte nicht. Verärgert ließ er die Arme hängen und verfluchte die Abhängigkeit, in die er durch die Lähmung geraten war.

Als Susanne endlich zurückkehrte, hatte sie das blutende Ohrläppchen mit einem Pflaster versehen und sich umgezogen. In der einen Hand hielt sie den Bolzenschneider, in der anderen ihr Smartphone. »Ich habe die Polizei angerufen. Sie kommt gleich.«

Jörg Rudloff schloss die Augen und ließ den Kopf nach vorn sinken. »Ich kann nur hoffen, dass die nicht groß ermitteln.«

»Mir reicht's jetzt!« Der Bolzenschneider landete polternd auf dem Parkett. »Gerade hat einer meinen gesamten Schmuck geklaut, und du willst keine Ermittlungen? Bist du von Sinnen? Du sagst mir sofort, was los ist!« Sie deutete auf das blockierte Rad des Rollstuhls. »Oder du fährst weiter im Kreis herum.«

»Das gibt ein Unglück«, stöhnte Jörg. »Der … Einbrecher hat etwas mitgenommen, das mir gefährlich werden kann.«

»Du sprichst in Rätseln«, fauchte Susanne. »Etwas Gefährliches in einer Schachtel? Was soll das sein? Und wenn ...« Sie zuckte mit den Schultern. »Jetzt ist es eh weg.«

»Es ist nicht weg«, zischte Rudloff. »Es ist … in den falschen Händen.«

»Belastende Papiere«, mutmaßte Susanne. »Aus deinen krummen Geschäften. Kontoauszüge! Ja, die würden in so eine Schachtel passen.« Sie nickte und machte eine wegwerfende Handbewegung. »Die schmeißt der Typ weg. So einem geht es nur um Geld. Und davon hat er ja jetzt reichlich. Und wenn er meinen Schmuck verkauft …« Susannes Stimme wurde zittrig.

Jörg Rudloff ergriff die Chance. »Wahrscheinlich hast du Recht! Aber wenn er die Brisanz der … Auszüge … erkennt, wird er versuchen, uns zu erpressen. Oder – noch schlimmer – die Polizei schnappt den Einbrecher und findet bei ihm die … Unterlagen. Das kann nur in einer Katastrophe enden.«

»Du liest zu viele Krimis.« Susanne schüttelte energisch den Kopf und bückte sich nach dem Bolzenschneider. »Jetzt machen wir erst mal dieses Ding da weg. Und dann erklärst du mir, worin die *Katastrophe* bestehen soll.«

»In Ordnung«, stimmte Rudloff zu. »Aber vorher brauche ich einen Whisky.«

Nachdem der Hausherr den Inhalt eines Glases hinuntergestürzt hatte und sein Rollstuhl wieder frei beweglich war, erfand er eine komplizierte Transaktion, die sich aus den verschwundenen Papieren erschließen lassen konnte und schließlich auch den nicht ganz korrekten Ablauf seines bereits Jahre zurückliegenden Insolvenzverfahrens ans Licht bringen würden. »Wenn das alles rauskommt«, schloss er, »sind wir finanziell und gesellschaftlich ruiniert, und ich wandere ins Gefängnis. Uns bleibt nur eine Lösung.«

»Und die wäre?«, fragte Susanne.

»Wir müssen aus dem Raubüberfall einen relativ harmlosen Einbruchdiebstahl machen. Dann gibt es keine großen Ermittlungen.«

»Was heißt das? Schließlich ist mein Schmuck weggekommen.«

»Dafür findet sich schon eine Lösung. Und selbst wenn wir ihn nicht zurückbekommen, ist das immer noch besser als …«

»Und das Bargeld?«, unterbrach Susanne ihren Mann.

»Das müssen wir abschreiben.«

»Bist du von Sinnen?« Voller Empörung ergriff Susanne die Oberarme ihres Mannes und schüttelte sie. »Achtzigtausend Euro! Willst du auf das Geld verzichten?«

Rudloff zuckte mit den Schultern. »Achtzigtausend ersetzt uns keiner. Wenn sich die Summe herumspricht oder gar in der Zeitung steht, macht das Finanzamt uns Ärger. Also werden wir den Tresor nicht erwähnen.«

»Aber mein Schmuck«, murmelte Susanne. »Das sind doch wertvolle Stücke.«

»Die bekommst du zurück«, versicherte ihr Mann. »Auch ohne die Hilfe der Polizei. Ich kümmere mich darum. Jetzt kommt es erst einmal darauf an, dass wir keinen Fehler machen, wenn die Polizisten uns befragen. Wir sagen, dass es um Werte von einigen hundert Euro geht. Du warst nicht im Haus, als der Einbrecher gekommen ist. Ich war im Bad und habe nichts gehört.« Er deutete auf das verletzte Ohr seiner Frau. »Falls einer danach fragt, ist das Ohrläppchen eingerissen, als du mit einem Ohrring irgendwo hängen geblieben bist, zum Beispiel im Garten. Hast du alles verstanden?«

Susanne war nicht überzeugt, aber sie nickte. In dem Augenblick klingelte es an der Haustür.

*

Nachdem Jörg Rudloff den Vorfall geschildert und den Wert des gestohlenen Schmucks mit neunhundert Euro angegeben hatte, machten die Beamten Aufnahmen von den Einbruchsspuren an der Haustür und von den aufgebrochenen Fächern am Sekretär. »Sie bekommen Nachricht von uns, wenn wir den Täter gefasst haben oder wenn es Hinweise auf den Verbleib Ihres Schmucks geben sollte«, informierten sie Rudloff schließlich. Man merkte ihnen an, dass sie das Prozedere schon häufig erklärten hatten. »Falls das Verfahren eingestellt wird, erhalten Sie eine Mitteilung der Staatsanwaltschaft. Und denken Sie daran, alle Außentüren abzuschließen. Auch wenn Sie zu Hause sind.« Nach dieser Ermahnung verabschiedeten sie sich.

Susanne befühlte das Ohrläppchen, das sie provisorisch mit einem Pflaster versehen hatte. »Ich geh zum Arzt«, murmelte sie. »Damit das richtig verbunden wird und wieder ordentlich zusammenwächst«

Ihr Mann nickte abwesend. In Gedanken arbeitete er an einer Lösung. Er würde jemanden beauftragen, sich in einschlägigen Kreisen umzuhören. »Ich muss telefonieren.« Er rollte aus dem Raum, überquerte den Flur zum Arbeitszimmer und schloss die Tür hinter sich. Aus der Schublade seines Schreibtischs zog er ein abgegriffenes Notizbuch, in dem er die persönliche Nummer seines Rechtsanwalts notiert hatte. Nur für Notfälle, hatte sein Freund Frank Seibold gesagt. Dies war ein Notfall. Er wartete, bis Susanne das Haus verlassen hatte, dann griff er zum Telefon und wählte.

»Da kann ich dir auch nicht weiterhelfen«, sagte Seibold, nachdem Rudloff ihm die Situation erklärt hatte. »Aber ich kann dir einen Privatdetektiv empfehlen. Julian Pawlowski. Stammt aus Berlin, hat weitere Büros, eines in Göttingen, wo er sich inzwischen mehr oder weniger zur Ruhe gesetzt hat. Hat gute Leute, die für ihn arbeiten. Doch hin und wieder übernimmt er noch einen Auftrag. Jedenfalls wenn ich ihn darum bitte. Soll ich ihn anrufen?«

»Ich wäre dir dankbar«, antwortete Rudloff. »Ich weiß nicht, was ich sonst tun könnte.«

»Gut. Er wird sich bei dir melden. Viel Glück!« Seibold legte auf.

Noch gab es keine Lösung. Aber Hoffnung. Auf ein positives Ergebnis. Rudloffs Laune besserte sich. Er rollte zurück ins Wohnzimmer und genehmigte sich einen Whisky.

Fast wäre ihm das Glas aus der Hand gefallen, als ein metallisches Geräusch vom Hauseingang her an seine Ohren drang. Anschließend überquerten Schritte den Flur.

»Gutten Tagg, Herr Ruudloof. Wie geht?«

Erleichtert kippte er sein Getränk hinunter. Valentina. Natürlich. Susanne hatte ihr einen Schlüssel gegeben. Statt einer Antwort ließ er nur ein unwilliges Knurren hören. Ein Gedanke schoss ihm durch den Kopf. Konnte die deutsch-russische Putzfrau mit dem Einbrecher unter einer Decke stecken? Hatte sie ihn darüber informiert, dass es in seinem Haus etwas zu holen gab? Dass er einen wehrlosen Mann im Rollstuhl antreffen würde? Immerhin hatte der maskierte Mann ein Fahrradschloss dabei gehabt, um ihn schnell und sicher blockieren zu können.

Misstrauisch musterte er die junge Frau. Wie immer strahlte sie ihn fröhlich an. »Habe ich Frau Susanne getroffen. Bei Doktor. Hat mir erzählt. Schrrääcklich! Ganzes Schmuck weg. Frau sährrr traurig.«

Jörg Rudloff nickte nur und schenkte sich einen zweiten Whisky ein. Blödsinn. Valentina putzte seit zwei Jahren das Haus. Wenn sie Kontakte zu Kriminellen hätte, wäre der Überfall nicht erst heute erfolgt.

Das Telefon klingelte und gab ihm Gelegenheit, sich in sein Arbeitszimmer zurückzuziehen. Der Anrufer stellte sich als Julian Pawlowski, private Ermittlungen, vor. »Ich bin in einer halben Stunde bei Ihnen«, sagte er, ohne zu fragen, ob der Zeitpunkt recht wäre. Rudloff war dankbar, dass der Detektiv den Auftrag so schnell angenommen hatte, und überging die Unhöflichkeit.

*

Pawlowski sah aus, wie man sich einen in die Jahre gekommenen Schnüffler vorstellte. Er trug einen billigen Anzug, eine unpassende und schlecht gebundene Krawatte. Auffällig waren seine Glatze und eine kräftige, ein wenig zu breite Nase. Einen Augenblick lang zweifelte Rudloff an der Empfehlung seines Anwalts. Doch die Augen des Privatdetektivs wirkten klug, blickten ihn offen und mit seltener Intensität an.

Rudloff bat ihn herein und bot Cognac und Whisky an. Pawlowski lehnte dankend ab und setzte sich. »Herr Seibold hat angedeutet, dass es um einen – sagen wir – etwas heiklen Verlust geht, von dem die Polizei nicht unbedingt erfahren sollte.«

»So ist es«, bestätigte Rudloff zögernd. »Kann ich auf Ihre Diskretion rechnen?«

Pawlowski lächelte nachsichtig. »Was glauben Sie, wie ich mein Geld verdiene? Indem ich die Probleme meiner Kunden öffentlich mache? Ich bin seit über vierzig Jahren im Geschäft. Mir gehören eine Zentrale in Berlin und Niederlassungen in einigen großen Städten.«

»Entschuldigung.« Rudloff hob die Handflächen. »Von dieser Angelegenheit hängt sehr viel ab. Mein Ruf, meine berufliche Existenz und meine persönliche Zukunft. In gewisser Weise sogar mein Leben.«

Der Detektiv zog einen Notizblock aus der Tasche. »Wenn Sie erlauben, mache ich mir ein paar Notizen.« Er nickte Rudloff aufmunternd zu. »Bitte!«

»Es geht … um … eine Pistole. Sie befand sich in einem Safe, der von … einem Einbrecher … ausgeräumt wurde.« Er machte eine Pause und deutete mit dem Zeigefinger auf Pawlowski. »Ihre Aufgabe besteht darin, sie aufzuspüren und zurückzubringen.«

»Das ist mal eine klare Auftragslage.« Der Detektiv steckte seinen Block wieder ein. »Dafür brauche ich keine Notizen. Hier in Göttingen gibt es nicht viele Möglichkeiten. Ich werde gewisse Spielhallen aufsuchen und mich umhören, außerdem im sogenannten Bunker in der Groner Landstraße, im Idunazentrum und am Hagenweg. Falls dort eine Pistole angeboten wird, bekomme ich das heraus. Schwieriger wird es, wenn der Dieb sie übers Internet verkauft. Meine Mitarbeiter werden im Darknet recherchieren. Dazu brauche ich genaue Angaben über die Waffe. Marke, Modell, Kaliber, Herstellungsjahr.«

Rudloff nickte. »Es handelt sich um eine Walther PPK von 1938. Ein Erbstück. Während des Zweiten Weltkriegs war sie im Besitz meines Großvaters, mein Vater hat sie später im Nachlass gefunden. Seitdem …«

»Haben Sie ein Foto?«, unterbrach ihn der Detektiv. »Oder Unterlagen, aus denen Einzelheiten hervorgehen? Die PPK wurde in verschiedenen Ausfertigungen produziert. Mit und ohne Gravur zum Beispiel. Mancher hat sie sich nachträglich gravieren lassen. An solchen Merkmalen könnte man Ihre Waffe zuverlässig erkennen.«

»Ich suche Ihnen die Informationen heraus«, antwortete Rudloff. »Wie kann ich sie Ihnen übermitteln?«

Pawlowski erhob sich, griff in die Tasche und reichte ihm eine Visitenkarte. »Am besten per E-Mail. Lassen Sie sich nicht zu viel Zeit!« Er wandte sich zum Gehen. »Ich darf mich jetzt verabschieden. Bitte bemühen Sie sich nicht, ich finde allein hinaus.«

In der Tür drehte er sich noch einmal um. »Warum wollen Sie die Pistole eigentlich wiederhaben? Sie haben doch sicher keine Verwendung dafür.«

Rudloff zögerte. »Ich möchte nicht, dass sie … in falsche Hände gerät und dann womöglich mit mir in Verbindung gebracht wird.«

Der Detektiv schien die Erklärung zu akzeptieren. Er nickte und verließ das Haus.

2

»Erst bei den Kolbergs hier in Nikolausberg, dann bei Rudloffs in Weende. Zwei Einbrüche an einem Wochenende. Das muss man sich mal vorstellen.« Die Frau in der Schlange vor dem Tresen der Bäckerei-Filiale hatte die Stimme gesenkt, aber Anna hatte jedes Wort verstanden. Sie spitzte weiter die Ohren. In der Vergangenheit hatte es Diebstähle in Kellerräumen von Mehrfamilienhäusern gegeben. Bevorzugte Objekte der Langfinger waren hochwertige Fahrräder. Dass auch das Villenviertel heimgesucht wurde, war ihr neu.

»Bist du sicher?«, fragte eine der Frauen. »Woher weißt du …?«

Die Antwort war ein geflüsterter Name. Irgendwas mit … tina. »Meine Schwägerin. Sie putzt bei Kolbergs und bei Rudloffs.«

Der Name war Anna Lehnhoff nicht unbekannt. Als sie vor sechzehn Jahren nach Göttingen gekommen war und beim Tageblatt angefangen hatte, galt der Immobilienmakler als einer der erfolgreichsten Unternehmer seiner Branche. Er vermittelte Grundstücke und gewerblich genutzte Gebäude und besaß eine Bauträgergesellschaft, die im Ostviertel hochwertige Eigentumswohnungen und in Grone Einfamilienhäuser errichtete.

Vor einigen Jahren hatte Anna ihre Kollegin aus der Wirtschaftsredaktion vertreten und einen Artikel über Rudloff geschrieben. Er war ein wichtiger Anzeigenkunde und musste deshalb gelegentlich im redaktionellen Teil berücksichtigt werden. Doch plötzlich bezahlte er seine Rechnungen nicht mehr. Schließlich ging der Betrieb in die Insolvenz. Wie es dazu kommen konnte, wurde nicht bekannt. Es gab Gerüchte, wonach Rudloff sein Geld rechtzeitig in Sicherheit gebracht haben sollte. Seine Frau war vermögend, so dass er seinen aufwändigen Lebensstil nicht einschränken musste. Anna hatte Rudloff als wenig durchschaubaren Menschen erlebt, der nichts Persönliches preisgab und großen Wert auf ein positives Bild in der Öffentlichkeit legte.

»Wie immer, Frau Lehnhoff?« Die Bäckereiverkäuferin sah sie fragend an. Anna nickte. »Ein Croissant, ein Küster- und ein Mehrkornbrötchen, bitte.« Sie zahlte, überlegte im Hinausgehen, ob sie beim Friseur nebenan einen Termin machen sollte, entschied sich, es später telefonisch zu versuchen, und machte sich auf den kurzen Heimweg zu ihrer Wohnung.

Seit der Block aus den sechziger Jahren einen neuen Anstrich in verschiedenen Rottönen bekommen hatte, wirkte die Anlage nicht nur freundlicher, sondern auch hochwertiger. Das Haus sah weniger nach Plattenbau aus, fast nach besserer Wohnlage. Immer mal wieder hatte sie überlegt, ihre Wohnung und damit Nikolausberg zu verlassen, um zu Ingo zu ziehen. Ihr Freund besaß eine große Altbauwohnung im Rohnsweg, in der mehr als genug Platz gewesen wäre. Doch so verlockend die Vorstellung auch war, letztlich war ihr ihre Unabhängigkeit wichtiger gewesen. Außerdem passten ihre Arbeits- und Tagesabläufe nicht zusammen. Ingo war um diese Zeit schon in der Schule, und wenn er am Nachmittag nach Hause kam, saß sie noch in der Redaktion oder war unterwegs zu einem Termin. An freien Tagen und während der Ferien übernachtete sie gern bei ihm, genoss die gemeinsamen Stunden, besonders die

Mahlzeiten. Ausgiebiges Frühstück ebenso wie ein abendliches Menü, das Ingo mit viel Liebe und stetig wachsender Sachkenntnis zubereitete.

Vor dem Haus entdeckte sie einen Streifenwagen der Polizei. Unwillkürlich beschleunigte Anna ihre Schritte. Ein uniformierter Beamter stand vor dem Eingang, umringt von mehreren Personen.

»Ist was passiert?«, fragte sie, als sie sich der Gruppe näherte. »Schon wieder ein Einbruch«, antwortete ein Nachbar. »Diesmal haben sie ein Mountainbike geklaut.«

»Über zweitausend Euro Schaden«, ergänzte eine Nachbarin, als Anna nicht sofort mit einem Entsetzensschrei reagierte. »Das muss man sich mal vorstellen. Am helllichten Tage holen die unsere Sachen aus den Kellern.«

»Bestimmt Ausländer«, mutmaßte ein dicklicher junger Mann, zog an seiner Zigarette und stieß eine Qualmwolke aus. »Flüchtlinge!« Er spuckte das Wort regelrecht aus. Anna wusste, dass er von Hartz IV lebte und regelmäßig kistenweise Bier aus dem nahen Edeka-Markt in seine Wohnung schleppte. »Die machen sich hier breit, nehmen uns die Arbeit weg und klauen wie die Raben.«

Und welcher Flüchtling hat Ihnen die Arbeit weggenommen?, hätte Anna ihn gern gefragt, doch sie verspürte wenig Lust, mit der Dumpfbacke zu streiten, und wandte sich an den Polizisten. »Gibt es schon Hinweise auf den oder die Täter?«

»Wir haben eine recht brauchbare Beschreibung eines jungen Mannes, der überrascht wurde, als er sich in einem benachbarten Mehrfamilienhaus an einem Münzautomaten für die Waschmaschine zu schaffen machte.« Mit dem Daumen deutete er auf den Block auf der gegenüberliegenden Straßenseite. »Eine aufmerksame Bewohnerin hat ihn angesprochen. Er hat ihr daraufhin erklären wollen, dass er die Geräte im Auftrag der Hausverwaltung überprüfen müsste. Sie hat ihm nicht geglaubt und uns informiert. Unterdessen hat sich der

Einbrecher auf das zuvor entwendete Mountainbike geschwungen und ist verschwunden.«

»Südländisches Aussehen, gebrochenes Deutsch, oder?« Anna fixierte den qualmenden Jüngling.

»Nein«, antwortete der Polizist. »Er ist wohl Deutscher. Blond, blauäugig, hat fehlerfrei gesprochen. Jetzt ist er wahrscheinlich untergetaucht oder hat Göttingen verlassen. Aber früher oder später kriegen wir ihn.«

»Ihr lasst die doch wieder laufen.« Die Frau aus der Nachbarschaft verschränkte die Arme und sah den Beamten herausfordernd an. »Denen passiert ja sowieso nichts.«

Anna mochte sich an dieser Diskussion nicht beteiligen. Sie wandte sich zum Gehen, hörte aber noch die Antwort des Polizeibeamten. »Wenn der Beschuldigte freigelassen wird, ist das nicht unsere Entscheidung. Darüber befindet die Justiz.«

Sie erreichte die Haustür, zog das Göttinger Tageblatt aus dem Briefkasten und stieg die Treppe hinauf. Auf dem Weg nahm sie sich vor, Sven Petersson anzurufen. Mit dem Kriminaloberkommissar war sie früher zusammen gewesen. Er war im Fachkommissariat 1 für Tötungsdelikte zuständig, hatte mit Einbrüchen also kaum zu tun. Doch sie konnte ihn bitten, sich umzuhören. In der Redaktionskonferenz würde sie vorschlagen, einen Artikel über die aktuellen Einbrüche zu schreiben. Nein, besser über nicht aufgeklärte Diebstähle in der Stadt. Über die aktuellen würden sich alle hermachen. Am liebsten würde sie gleich eine Serie daraus entwickeln. Sie würde im kriminellen Milieu recherchieren.

Während die Kaffeemaschine arbeitete, wählte sie Svens Nummer. Als sich die Mailbox meldete, hinterließ sie eine Nachricht mit ihrem Anliegen, nicht ohne zu erwähnen, dass sie sich lange nicht gesehen hätten und vielleicht mal wieder zusammen frühstücken könnten, wie sie es früher oft getan hatten. Dann packte sie den Inhalt der Bäckertüte aus und biss schmunzelnd in ihr Croissant. Sven würde ebenfalls anbeißen.

*

Julian Pawlowski glaubte Rudloffs Begründung nicht. Die Walther PPK zurückzubekommen, würde ihn eine Menge Geld kosten. Nur um zu verhindern, dass ein schlechtes Licht auf ihn fallen würde, falls jemand damit herumballerte und die Polizei die Herkunft aufklären konnte, gab ein Geschäftsmann wie er keine nennenswerten Summen aus. Dazu würde es genügen, die Polizei über den Verlust zu informieren. Wahrscheinlich ist die Waffe heiß, dachte Pawlowski. Wäre interessant, herauszufinden, wer wann und in welchem Zusammenhang damit geschossen hatte. Aber das war nicht die Aufgabe, für die er bezahlt wurde. Wenn sich aus seinen Ermittlungen nebenbei etwas ergab, was den Wert der Pistole für Rudloff wesentlich erhöhte, würde sich das in der Rechnung niederschlagen.

Zwei Spielhallen hatte er ergebnislos aufgesucht, in der dritten traf er auf einen alten Bekannten, der sich in der Szene auskannte. Der Geschäftsführer des *Jackpot* bot in einem Hinterzimmer für betuchte Interessenten Poker, Blackjack und illegale Sportwetten an. Er wusste, dass Pawlowski davon wusste, und war deshalb bereit, dem Privatdetektiv hin und wieder einen Tipp zu geben. Um sich nicht selbst zu gefährden, beließ er es bei Andeutungen, gab keine Auskunft am Telefon und belastete niemals einen seiner Kunden. Auf Pawlowskis Frage nach der PPK schob er die Unterlippe vor und schüttelte den Kopf. »Ich dachte, du kommst wegen der Klunker.«

»Und?«, hakte der Privatdetektiv ein. »Weißt du dazu was Konkretes?«

»Nur dass anscheinend jemand einen Abnehmer sucht. Von einem Deal habe ich bis jetzt nichts gehört. Scheint noch keinen Kunden gefunden zu haben. Vielleicht ist es auch nur ein Gerücht. Mehr kann ich dir wirklich nicht …«

Pawlowski winkte ab. »Danke, das genügt mir.« Er verabschiedete sich, verließ die Spielhalle und machte sich auf den

Weg zu seinem nächsten Informanten. Jesko von Arnsberg war Inhaber eines Antiquitätengeschäfts. Seine Familie stammte aus dem westfälischen Werl. Jesko war zum Studium der Rechtswissenschaft nach Göttingen gekommen, hatte aber lieber Geschäfte gemacht, statt trockene Vorlesungen zu besuchen. Damals, in den achtziger Jahren, hatten sie sich bei *Bine Gassmann* kennengelernt, waren gemeinsam um die Häuser gezogen, hatten sich im *Pink* zu *Depeche Mode* ausgetobt und meistens gegen Morgen das *Coconut* aufgesucht, um dort die Nacht zu beschließen.

Schon damals hatte sein Kommilitone angefangen, mit Antiquitäten zu handeln. Ohne Laden. Im Landkreis, besonders im Eichsfeld, hatte er alte Tische und Stühle, Schränke und Kommoden aufgetan, die er in einer angemieteten Garage aufgemöbelt und mit hohem Gewinn an zahlungskräftige Interessenten im Göttinger Ostviertel verkauft hatte. Irgendwann hatte er das Studium aufgegeben, um sich ganz dem Antiquitätenhandel zu widmen. Mit Erfolg. Inzwischen liefen die Geschäfte eher mäßig, aber Jesko hatte längst seine Schäfchen im Trockenen. Ihm gehörten mehrere Häuser in der Innenstadt, die beträchtliche Einnahmen abwarfen. Den Handel mit alten Möbeln betrieb er nur zum Vergnügen weiter.

»Wertvoller, antiker Schmuck, sagst du?« Jesko sah seinen Besucher über den Rand seiner goldenen Lesebrille hinweg an. Er hatte ihn in sein Büro gebeten, das mit edlen Biedermeiermöbeln ausgestattet war. Pawlowski fiel auf, dass von Arnsberg noch immer schlank, von kräftiger Statur und in den letzten Jahren kaum gealtert war, sah man von dem weißen Haarschopf und dem grauweißen Bart ab. »Mir hat niemand etwas Derartiges angeboten. Aber ich kann mich gerne mal umhören. Dafür brauche ich ein paar Einzelheiten.« Er stand auf und wandte sich zur Tür. »Jetzt hole ich uns erst einmal einen guten Wein. Ich hätte da einen Brunello di Montalcino. Drei Jahre im Eichenfass gereift. Ein himmlischer Tropfen.«

Pawlowski seufzte innerlich. Ohne einen kleinen Vortrag über die Qualität des himmlischen Tropfens angehört und mindestens ein Glas getrunken zu haben, würde er Jesko nicht entkommen. Was der Tageszeit nicht angemessen war, aber durchaus seine Vorzüge hatte, denn die Weine aus dem Keller seines alten Freundes waren in der Tat stets eine Offenbarung.

Eine Stunde später verließ der Privatdetektiv das Antiquitätengeschäft, leicht angeschlagen, jedoch mit der Gewissheit, sofort zu erfahren, wenn in Göttingen Schmuck in bemerkenswertem Umfang angeboten würde.

*

Anna war auf dem Weg in die Redaktion, als Sven zurückrief. Er schien regelrecht beglückt über ihre Nachricht und machte gleich einen Vorschlag. »Morgen früh im *Kartoffelhaus*. Ich würde mich freuen.« Anna nannte eine Uhrzeit. Sven stimmte zu, die Verabredung war perfekt. Anschließend hatte sie ein schlechtes Gewissen. Sven war immer noch ein bisschen in sie verliebt. In keiner seiner Beziehungen nach ihrer war er richtig glücklich geworden. Und sie nutzte das aus, weil sie Informationen von ihm wollte. Aber es war schließlich ihre Aufgabe, als Journalistin nach der Wahrheit zu suchen und den Dingen auf den Grund zu gehen. Sven konnte dabei helfen, und er tat es gern.

Man musste das Private vom Beruflichen trennen. Allerdings hatte sie es damit nicht immer so genau genommen. Nachdem sie schon längere Zeit mit Ingo Steinberg zusammen gewesen war, hatte sie sich einmal hinreißen lassen, mit Sven … »Kein Sex mit dem Ex«, murmelte sie und drehte das Radio auf, in dem gerade die ersten Takte eines alten Liedes von Bob Dylan erklangen. Anna fiel ein und sang laut mit. »Knock, knock, knockin' on heaven's door …« Als Dylan im vergangenen Jahr den Literaturnobelpreis bekommen hatte, war sie begeistert gewesen. Denn für sie war er einer der größten Lyriker der Gegenwart. Ingo hatte ihre Freude nicht geteilt. »Es gab grandiose Schriftsteller auf der Liste«, hatte er gesagt. »Einen von ihnen auszuzeichnen, wäre ein Leuchtfeuer für die Literatur gewesen.«

*

Als Kilian Kaltenbach erwachte, schlug die Turmuhr der nahen Marienkirche zwölf Mal. Trotzdem zog er die Decke über den Kopf und drehte sich noch einmal um. Doch dann durchrieselte ihn ein seltenes Glücksgefühl und machte ihn schlagartig wach. Schließlich wartete ein neues Leben auf ihn.

Bis heute war sein Dasein eine endlose Abfolge von Niederlagen gewesen. Begonnen hatte es bereits mit der Taufe, denn seine Eltern hatten ihm diesen bescheuerten Namen gegeben, unter dem er schon als Kind hatte leiden müssen. In der Schule war er oft Außenseiter gewesen und hatte den Unterricht so häufig geschwänzt, dass seine Eltern ihn schließlich in ein Internat gesteckt hatten. Ihre ganze Zuwendung hatten sie auf seine kleine Schwester konzentriert. Während sein Vater der Tochter jeden Wunsch von den Augen abgelesen hatte, war das Verhältnis zu seinem Sohn in dem Maße schlechter geworden, in dem Kilian hatte erkennen lassen, wie wenig ihn die väterlichen Vorstellungen von Erfolg in Schule, Studium und Beruf interessierten. Dank seiner guten Reputation als Gynäkologe gehörte sein Vater zur besten Gesellschaft Göttingens. Die Ehe mit einer Professorentochter hatte seinem Ansehen ebenfalls nicht geschadet.

Nachdem Kilian aus dem dritten Internat geflogen war, hatte es zwischen Vater und Sohn dermaßen gekracht, dass Kilian ausgezogen war. Mit achtzehn Jahren. Anfangs hatte er bei Freunden gewohnt, seinen Lebensunterhalt mit dem Sammeln von Pfandflaschen und kleinen Gelegenheitsjobs bestritten und in der Mensa der Universität gegessen. Als er herausgefunden hatte, wie leicht es war, als Zusteller Pakete mit wertvollem Inhalt zu identifizieren und verschwinden zu lassen oder bei Jobs in der Gastronomie in die Kasse zu greifen, hatte er ein eigenes Zimmer in der Angerstraße gemietet. Seine Einkünfte waren unregelmäßig, aber ausreichend. Sie wurden erst wieder knapp, als aus gelegentlichem Kiffen regelmäßiger Konsum von Cannabis wurde. Ein Freund aus der Szene zeigte ihm, wie man in Gartenhäuser, Keller und Wohnungen eindringen konnte. Seitdem bestritt er seine Ausgaben durch den Verkauf der Wertgegenstände, die er bei Einbrüchen erbeutete. Und ärgerte sich oft über ein mageres Ergebnis.

Doch jetzt würde alles anders werden. Zum ersten Mal in seinem Leben hatte er Erfolg gehabt. Statt als Kleinkrimineller sein Dasein zu fristen, würde er in Zukunft ein richtiges Unternehmen betreiben. Sein Plan war aufgegangen und hatte ihm, unterstützt durch eine Portion Glück, das Startkapital beschert. Er beglückwünschte sich erneut zu seiner Idee, die Lebensumstände der Freundinnen seiner Mutter näher anzusehen. Professorengattinnen und andere grüne Witwen, die ihre nicht unerheblichen Ausgaben aus den Einkünften ihrer Ehemänner bestritten. In deren Villen gab es wesentlich mehr zu holen als in Kellerverschlägen von Wohnungsmietern. Und dort hineinzukommen, war kaum schwerer als in Mietshäuser. Man musste nur wissen, wer wann zu Hause war und welche Sicherungssysteme es gab.

Schon länger hatte er davon geträumt, sich mit einem kleinen Café selbständig zu machen. Frei und unabhängig sein, mit einem legalen Gewerbe seinen Lebensunterhalt und die notwendigen Mittel für sauberen Stoff verdienen. Sobald das Geschäft in Schwung gekommen wäre, würde er das nächste Ziel anpeilen: ganz mit dem Kiffen aufhören. Er stellte sich vor, wie aus dem kleinen Café im Laufe einiger Jahre ein gefragtes Restaurant würde, in dem die Göttinger Prominenz verkehrte.

Irgendwann würde auch sein Vater dort auftauchen und nicht umhinkönnen, Anerkennung und Bewunderung zu zeigen.

Kilian warf die Decke von sich und rollte aus dem Bett. Es war Zeit, sich auf die Suche zu machen. Um seine Pläne zu verwirklichen, musste er seine Beute so teuer wie möglich verkaufen. Aus seinem Umfeld, in dem er sich umgehört hatte, gab es keine brauchbaren Tipps. Unter Trödlern und auf Flohmärkten würde er keine Abnehmer finden. Kleindealer, die Smartphones, Kameras und E-Bikes abnahmen, boten keine akzeptablen Preise. Andere Händler hatten seine vorsichtigen Anfragen mit Ablehnung oder wenig ermutigenden Kommentaren quittiert. »Klingt nach heißer Ware, die nehme ich nicht.« Oder: »Wenn ich so was anbiete, habe ich sofort die Bullen auf dem Hals.« Einer hatte ihn kopfschüttelnd angesehen und gefragt: »Bist du lebensmüde?«

Juweliere und Antiquitätenhändler dagegen würden den Wert der Schmuckstücke erkennen und zu schätzen wissen. Und akzeptable Preise zahlen. Um mit ihnen ins Geschäft zu kommen, musste er sich ein seriöses Auftreten zulegen. Er zweifelte nicht daran, dass er hinreichend überzeugend reden konnte. Wortschatz und Sprechweise der Oberschicht waren ihm geläufig. Nur für sein Äußeres sollte er etwas tun. Aber zuerst würde er ein paar Aufnahmen anfertigen, um sie interessierten Händlern vorzulegen. Das Smartphone lieferte Fotos in ausreichender Qualität, die er in einem Elektronikmarkt im Carré ausdruckte.

*

Der Anruf des Antiquitätenhändlers erreichte Pawlowski zwei Tage später. »Es gab ein Angebot«, berichtete Jesko von Arnsberg. »Möglicherweise ist das für dich interessant. Ein junger Mann, angeblich aus Baden-Württemberg, hat bei einem Kollegen vorgefühlt. Er sei beauftragt, den Schmuck einer älteren Dame zu veräußern. Er hatte Fotos dabei.«

»Ist es möglich, aufgrund der Bilder den Wert der Schmuckstücke einzuschätzen?«

»Der Verkaufswert wäre fast eine halbe Million, wenn es sich wirklich um Erbstücke handeln sollte, deren Herkunft belegt werden kann. Hehlerware lässt sich nur über kostspielige Umwege verkaufen. Weder mein Kollege noch ich würden sie annehmen. Woanders, zum Beispiel in Frankfurt, findest du dafür Käufer. Allerdings zu einem Preis, der nur einen Bruchteil des tatsächlichen Werts ausmacht.«

»Wie viel?«, fragte Pawlowski.

»Maximal fünfzigtausend Euro. Wahrscheinlich eher weniger.«

»Für einen Kleinganoven, der über diesen Schatz gestolpert ist, eine Menge Geld. Aber er scheint sich nicht auszukennen. Sonst würde er woanders nach einem Abnehmer suchen.«

»Du sagst es«, bestätigte von Arnsberg. »Ich weiß keinen Kollegen, der sich darauf einlassen würde. Auch keinen Juwelier. Mich wundert, dass sich die Polizei nicht bei uns gemeldet hat.«

»Das wird sie sicher noch«, vermutete der Privatdetektiv. »Vorerst wollen sie anscheinend die Sache unter der Decke halten, weil der rechtmäßige Besitzer darum gebeten hat. Außerdem gehen sie wahrscheinlich davon aus, dass der Schmuck erst nach einiger Zeit angeboten wird. Und dann nicht hier in Göttingen, sondern in Frankfurt, Hamburg oder Berlin. Oder im Internet. Vielleicht wissen sie ja gar nichts von dem wahren Wert. Ich könnte mir vorstellen, dass mein Auftraggeber polizeiliche Ermittlungen eher vermeiden will. Wie auch immer, wir werden nicht warten. Ich kenne jemanden, der sich auf den Handel einlassen wird.«

»Dann weißt du mehr als ich«, wandte der Antiquitätenhändler ein. »Es würde mich doch sehr überraschen, wenn einer meiner Kollegen ...« Er brach ab und schnaufte unwillig.

Pawlowski lachte. »Der Groschen ist gefallen.«

»Das ist nicht dein Ernst«, schimpfte Jesko von Arnsberg. »Du kannst von mir nicht verlangen ...«

»Natürlich nicht, mein lieber Jesko. Aber du wirst es dir überlegen. Um der alten Zeiten willen. Und weil du dich daran erinnern wirst, wie ich dir aus der Patsche geholfen habe, als sich unter deinen Antiquitäten einmal ein wertvolles Gemälde unklarer Herkunft befand und der Eigentümer dir schon die Polizei in den Laden schicken wollte. Darauf setze ich eine Kiste Brunello. Habe erst kürzlich erfahren, wie großartig dieser Wein ist. Drei Jahre im Eichenfass ...«

»Du bist und bleibst ein hinterhältiges Schlitzohr, Julian«, unterbrach von Arnsberg ihn und schnaufte erneut. »Also gut. Ich denke darüber nach und rufe dich an.«

*

»Nicht aufgeklärte Diebstähle?« Sven Petersson hob die Augenbrauen und sah Anna über seinen Milchkaffee hinweg fragend an. Sie saßen im Obergeschoss des *Kartoffelhauses*, das um diese Zeit gut mit Frühstücksgästen gefüllt war. »Da gäbe es ein paar interessante Fälle. Nur nicht im Bereich der Kleinkriminalität. Bei Einbrüchen ist die Aufklärungsquote niedrig. Wir haben nicht die Leute für kriminalistische Feinarbeit. Der Polizeipräsident hat zu Beginn des Jahres eine Koordinierungsstelle dafür eingesetzt. Mit zwei Kollegen. Aber im Zuständigkeitsgebiet der Direktion Göttingen werden jährlich über zweitausend Wohnungseinbrüche gezählt. Nicht mal ein Viertel davon können wir aufklären. Was willst du darüber schreiben? Es läuft jedes Mal gleich ab. Wir werden zu den Opfern gerufen, stellen den Schaden fest, fertigen ein Protokoll für die Staatsanwaltschaft und eine Bestätigung für die Versicherung der Betroffenen. Die kriegen dann sechs Wochen später eine Mitteilung, aus der hervorgeht, dass die Ermittlungen eingestellt werden mussten.«

»Das ist doch frustrierend.« Anna dachte an den Nachbarn, dem das hochwertige Mountainbike gestohlen worden war. Und an ihr eigenes Rad. Aber das war schon älter. Waren Fahrräder im Keller eigentlich versichert?

Sven setzte seinen Milchkaffee ab und griff nach einem Vollkornbrötchen. »Das kannst du wohl sagen. Nicht nur für die Betroffenen, auch für meine Kollegen. Wenn sie mal einen Täter schnappen, wird der meistens kurze Zeit später wieder auf freien Fuß gesetzt. Da sieht's bei uns im Kommissariat besser aus.«

»Ihr habt eine deutlich höhere Aufklärungsquote«, vermutete Anna.

»So ist es«, bestätigte Sven. »Natürlich gibt es auch Tötungsdelikte, die nicht aufgeklärt werden konnten. Meine Chefin hat mal eines erwähnt.« Er beugte sich vor und senkte die Stimme. »In den achtziger Jahren, als sie noch in der Ausbildung war, ist im Neuen Rathaus eine Frau erschossen worden. Sie haben das damals auf der Polizeischule besprochen. Es gab keinen Hinweis auf den Täter oder die Täterin. Kein Motiv, keine Spuren, keine Zeugen. Zum Glück ist so etwas selten.« Sven legte seine Hand auf Annas Unterarm. »Wäre so ein Fall nicht interessanter?«

Anna lächelte, zog aber ihren Arm zurück. Vielleicht hatte Sven Recht, vielleicht sollte sie sich für nicht aufgeklärte Mordfälle interessieren. Einbrüche waren offenbar an der Tagesordnung, sie war nur darauf aufmerksam geworden, weil sie in ihrer unmittelbaren Nachbarschaft geschehen waren. Morde waren spektakulärer. Sie legte den Kaffeelöffel zur Seite und griff nach dem Glas Sekt, das zum Frühstück gehörte. »Klingt tatsächlich spannend.«

Sven stieß mit ihr an und strahlte. »Soll ich für dich einen Termin mit Alexa machen?«

»Das wäre schön. Auf gute Zusammenarbeit!« Sie ließ offen, ob sie Sven damit meinte oder seine Chefin. Alexa Engel war

Erste Kriminalhauptkommissarin und Leiterin des Fachkommissariats für Tötungsdelikte. Als Anna noch mit Sven zusammen gewesen war, hatte sie der attraktiven Frau unterstellt, es auf ihn abgesehen zu haben. An den peinlichen Auftritt mit Alexa und deren Lebensgefährtin erinnerte sie sich nur ungern. Inzwischen bewunderte sie die Kommissarin und verstand sich gut mit ihr. Nur gelegentlich gab es Spannungen - wenn Anna sich in Ermittlungen einmischte.

»Dann sehen wir uns in nächster Zeit öfter?« Sven leerte sein Glas und sah sie erwartungsvoll an.

»Schauen wir mal«, antwortete sie. »Sollte ich mich auf das Thema einlassen und mein Chefredakteur nichts dagegen haben, brauche ich sicher deine Hilfe.«

3

1940

»Wir müssen vorsichtig sein.« Einer der drei Männer wedelte mit einem Exemplar des Göttinger Tageblatts. »Jede Woche gibt es Verhaftungen wegen Sabotage. Hier! In der Zeitung von gestern steht's wieder.« Er schlug das Blatt auf und las halblaut vor. »In den physikalischen Werkstätten – Phywe-AG – versuchten Übeltäter, Mitarbeiter zur Sabotage und Meuterei gegen ihren Arbeitgeber aufzufordern. Insgesamt wurden fünf Personen, darunter die Haupträdelsführer, festgenommen. Es handelt sich um arbeitsunwillige Elemente, die in ihrer politischen Gesinnung der KPD nahestehen.« Er ließ die Zeitung sinken. »Das sind Kollegen aus der Fertigung elektrischer Fernsteuerungen. Zwei von denen kenne ich, beide sind aus Grone.

Der eine hat im Ersten Weltkrieg ein Bein verloren. Der andere ist ein junger Bursche, der wegen eines Lungenleidens vom Militärdienst freigestellt wurde. Keiner hat was mit den Kommunisten im Sinn. Die Übrigen sind Ostarbeiter und französische Kriegsgefangene. Glaubt ihr, die sehen wir wieder?«

»Wohl kaum«, antwortete sein Gegenüber. Er senkte die Stimme, obwohl die drei Männer sich in einer sicheren Wohnung befanden. »Die landen im KZ.« Das Haus in der Jüdenstraße gehörte dem dritten Mann, dem siebzigjährigen Aaron Goldstein. Bei ihm trafen sich die drei, um den Deutschen Dienst der BBC zu hören. Seit mehr als einem Jahr begingen sie gemeinschaftlich dieses Radiovergehen. Inzwischen war das Hören sogenannter Feindsender durch die nationalsozialistischen Machthaber zum Verbrechen erklärt worden. Goldstein nickte und deutete auf den *Ostmark-Super* von Telefunken. »Wenn sie uns schnappen, gehen wir denselben Weg. Wer Nachrichten ausländischer Sender, die geeignet sind, die Widerstandskraft des deutschen Volkes zu gefährden, vorsätzlich verbreitet, wird mit Zuchthaus, in besonders schweren Fällen mit dem Tode bestraft«, zitierte er und schaltete das Radio ein. Gespannt warteten die Männer auf die ersten Töne. Zunächst war nur Rauschen, Knistern und Knacken zu hören. Goldstein drehte an den Bedienungsknöpfen. »Gleich geht's los«, flüsterte er.

Die Sendung wurde mit vier Paukenschlägen eingeleitet, die an den Anfang von Beethovens Fünfter Sinfonie erinnerten und dem Morsezeichen für den Buchstaben V entsprachen. »Victory«, murmelte Goldstein und hob Mittel- und Zeigefinger. »Heute spricht Thomas Mann.«

Die Männer rückten näher an den Radioempfänger und lauschten konzentriert der Stimme des deutschen Nobelpreisträgers, der aus seinem Exil in Kalifornien über die BBC zu ihnen sprach. »Deutsche Hörer! Die Hölle, Deutsche, kam über Euch, als diese Führer über Euch kamen …«

Nachdem Thomas Mann seine Ansprache beendet und der Sprecher der BBC die nächste Sendung angekündigt hatte, stellte Goldstein den Empfänger auf einen anderen Sender ein und schaltete ihn aus. Sekundenlang lauschten die Männer schweigend dem inneren Nachklang des Gehörten. »An die Arbeit!«, sagte einer der jüngeren Männer schließlich. Er griff nach einer Aktentasche, die er mitgebracht hatte, öffnete sie und zog einen Stapel gelblichen Papiers heraus. Triumphierend hielt er die Bögen hoch. »Das sind fast fünfzig Blatt, aus jedem können wir vier Flugblätter machen. Damit erreichen wir allein bei der Phywe die Hälfte der Belegschaft.«

Aaron Goldstein nickte und erhob sich. Er durchquerte den Raum, zog eine Truhe hinter einem Vorhang hervor und öffnete sie mit einem Schlüssel. Die beiden jüngeren Männer traten neben ihn und hoben eine Schreibmaschine und eine Schachtel mit Kohlepapier heraus.

Jeder wusste, was er zu tun hatte. Einer der jüngeren Männer tippte den Text, viermal, gleichmäßig auf das Blatt verteilt. *Arbeiter! Streu Sand in die Schmierbüchse! Du verlängerst sonst den Krieg der Nazis. Sie haben den Krieg begonnen, du kannst ihn beenden.* Der zweite fügte jeweils eine Strichzeichnung hinzu, auf der ein Arbeiter Körner in einen Behälter rieseln ließ. Leider konnte man mit dem festen Papier immer nur einen Durchschlag anfertigen. Sobald ein Blatt fertig war, schnitt Aaron Goldstein es quer und der Länge nach durch, so dass daraus vier handtellergroße Flugblätter entstanden.

Die Männer arbeiteten schweigend. Bis das letzte Blatt getippt, mit Zeichnungen versehen und geschnitten war. Nachdem die Schreibmaschine wieder in der Truhe verschwunden war, wandte sich einer der jüngeren Männer an Goldstein. »Hast du Neuigkeiten von deinem Sohn?«

Der alte Herr schüttelte den Kopf. Tränen traten in seine Augen. »Das Letzte war ein Brief mit einem Foto. Von meinem Enkel David. Habe ich euch das noch nicht gezeigt?«

Die Männer sahen sich an, einer nickte kaum merklich, der andere sagte: »Nein Aaron. Du hast es erwähnt. Aber das Bild würden wir schon gerne sehen.«

Goldstein wischte sich über die Augen, eilte zu einer Kommode, kramte dort in einer Schublade und kehrte mit einem kleinen Foto zurück. »Das ist David. Er ist jetzt ein Jahr alt.«

»Ein hübsches Kind«, sagten seine Freunde wie aus einem Mund. »Elias muss eine schöne Frau gefunden haben«, ergänzte einer der beiden.

»Ich bin froh, dass er schon dreiunddreißig nach England gegangen ist. Wer hätte damals ahnen können, dass unser Land von den Nazis in einen aussichtslosen Krieg gezwungen wird.«

»Du sagst immer noch *unser Land*«, bemerkte einer seiner Freunde leise.

»Ich bin in Göttingen geboren und aufgewachsen. Ebenso wie mein Vater und mein Großvater. In diesem Haus. Es gehört uns seit vielen Generationen. Das Geschäft im Erdgeschoss gab es schon zu Anfang des neunzehnten Jahrhunderts. *Goldstein & Sohn. Königlicher Juwelier.*«

»Bis die braune Bande euch den Laden weggenommen hat.« Der Freund nickte nachdenklich und deutete auf die Zeitung. »Ich erinnere mich an die Hetzartikel im Tageblatt.«

Goldstein hob die Schultern. »Erst kam der Boykott, dann Zerstörungen und Plünderungen. Ich bin froh, dass mir das Haus geblieben ist und ich von den Mieteinnahmen leben kann. Wer weiß, wie lange noch. Jetzt droht die Enteignung.«

»Solltest du nicht doch versuchen, nach England zu kommen?«

»Sie lassen uns nicht gehen. Sie wollen uns vernichten. Früher oder später werden sie mich …« Der alte Mann brach ab und sah die beiden jüngeren nacheinander an. »Ich werde dieses Haus nicht freiwillig verlassen.« Er straffte sich und hielt die Flugblätter hoch, die er zuletzt geschnitten hatte. »Aber bis dahin tun wir noch, was wir können.«

Die Uhr auf der Kommode ließ ein sanftes Geläut erklingen. Goldstein drückte einem seiner Freunde das Päckchen Papier in die Hand. »Es wird Zeit, dass ihr geht.«

*

Gelegentlich hielt der Mann in brauner Uniform, dessen Kragenspiegel ihn als NSDAP-Ortsgruppenleiter auswiesen, auf seinem Weg durch die Jüdenstraße inne. Seit Langem hatte er ein Auge auf das Anwesen geworfen, in dem früher ein jüdischer Juwelier sein unsauberes Geschäft betrieben hatte. In der Stadt nannte man es seit Urzeiten *Goldstein-Haus*. Er rechnete sich aus, Grundstück und Gebäude günstig erwerben zu können, wenn der Itzig erst verschwunden sein würde. Eigentlich hätte das schon längst der Fall sein müssen. Doch die Familie hatte in Göttingen früher großes Ansehen genossen, und es gab immer noch Freunde des Alten, die ihre schützende Hand über ihn hielten. Aber das würde ihm nichts nützen, denn er, Friedrich Rudloff, hatte einen Plan, wie er dafür sorgen konnte, dass der Hausbesitzer verschwand. Unter einem Vorwand würde eine Durchsuchung stattfinden. Belastendes Material, das dabei gefunden würde, lag schon bereit. Außerdem hatte Rudloff sich eine eigene Pistole zugelegt. Zur Not würde er die einsetzen.

Nachdem der Jude aus dem Verkehr gezogen wäre, würden Haus und Grundstück Eigentum der Stadt. Der zuständige Beamte war Parteigenosse und sehr daran interessiert, auf der Karriereleiter weiter nach oben zu kommen. Rudloffs Einfluss reichte aus, um aus dieser Konstellation ein gewinnbringendes Geschäft zu machen.

Wohlgefällig ruhte sein Blick auf seinem zukünftigen Besitz. Das Goldstein-Haus war in den zwanziger Jahren ausgebaut und mit einer Jugendstil-Fassade versehen worden. Es konnte ohne große Investition zu einem repräsentativen Firmensitz werden. Das Ladenlokal im Erdgeschoss war zwar mit Brettern vernagelt, würde aber leicht zu Geschäftsräumen herzurichten sein. Sobald Deutschland den Krieg gewonnen hätte, würden neue städtebauliche Akzente gesetzt werden. Mit seinem Unternehmen würde er sie für Göttingen umsetzen. Abriss mittelalterlicher Bausubstanz, neuzeitliche Architektur, Geschäftshäuser nach modernen Standards. Alles aus einer Hand.

Er drückte sich in eine Nische, als sich trotz der späten Stunde die Haustür öffnete. Der Kopf eines Mannes erschien, er ließ den Blick in die Runde schweifen, dann traten zwei Männer heraus, die in verschiedene Richtungen davoneilten. Einer wandte sich zur Straße der SA, der andere bog in die Theaterstraße ein. Er trug einen Hut, den er tief ins Gesicht gezogen hatte, und zog ein Bein nach.

Er folgte dem zweiten, überquerte als sein Schatten den Adolf-Hitler-Platz und beobachtete schließlich, wie er in einem Haus in der Planckstraße verschwand. Wenig später notierte Rudloff die Namen auf den Klingelschildern neben der Eingangstür. Gut gelaunt steckte er Stift und Notizblock ein und machte sich auf den Weg zur Dienststelle der Gestapo. Im Morgengrauen des nächsten Tages würde er mit einem Polizeikommando zwei Häuser durchsuchen. In der Jüdenstraße und in der Planckstraße. Nein, nur das, in dem der Mann mit dem Hut verschwunden war. Das Haus des Juden würde er zusammen mit der Gestapo übernehmen. Das vorbereitete belastende Material würde er gar nicht benötigen. Wenn er fand, was er dort vermutete, wäre der Mann zum Tode verurteilt. Wenn nicht, würde es einen Unfall geben. Plötzlich war alles viel einfacher, als er es in seinem Plan vorgesehen hatte.

*

Nachdem Walter Herrmann sich vergewissert hatte, dass seine Frau eingeschlafen war, und er die Flugblätter unter einem Dielenbrett versteckt hatte, ging er auf den kleinen Balkon, der zur Straßenseite hinausging. Auf dem Weg hatte ihn das Gefühl befallen, beobachtet oder gar verfolgt zu werden. Er hatte aber niemanden gesehen. Er trat an das schmiedeeiserne Gitter und beugte sich vor, um die Straße besser überblicken zu können. Dort war alles ruhig, kein Mensch war mehr unterwegs. Er dachte daran, dass Krieg war und hier Grabesstille herrschte. Vielleicht wegen des Krieges. Irgendwann jedoch würden englische Bomberverbände die Stadt erreichen und ihre tödliche Fracht abwerfen.

Plötzlich nahm er eine Bewegung wahr. Im Licht des Mondes, der schwach durch die Wolken schimmerte, überquerte ein dunkel gekleideter Mann die Straße und setzte seinen Weg in Richtung Adolf-Hitler-Platz fort. Die Silhouette deutete auf eine Uniform hin. Das war seltsam, denn Nazis und Polizisten traten gewöhnlich mindestens zu zweit auf. Hatte der Mann ihn verfolgt? Womöglich schon von der Haustür seines Freundes Goldstein aus?

Herrmann wich einen Schritt zurück, um nicht von unten gesehen zu werden. Er behielt den Mann im Auge, bis er aus seinem Sichtfeld verschwunden war. Es musste nichts bedeuten, aber in diesen Zeiten konnte man nicht vorsichtig genug sein, wenn man gegen das Regime arbeitete und überleben wollte. Er ging wieder ins Zimmer, schrieb seiner Frau ein paar Zeilen auf einen Zettel und holte die Flugblätter aus dem Versteck. Dann zog er den Mantel über, nahm seinen Hut und verließ das Haus. Auf Umwegen erreichte er nach einer knappen Stunde den Bismarckturm. Dort gab es einen Hohlraum hinter einem lockeren Stein. Hier deponierte er die gefährlichen Handzettel und machte sich auf den Weg zu seinen Kampfgefährten.

Zwei Stunden später kehrte Walter Herrmann in seine Wohnung in der Planckstraße zurück. Er konnte nicht schlafen, denn sein steifes Bein bereitete ihm Schmerzen. Er hatte es überanstrengt, war aber froh, die Freunde gewarnt zu haben.

Bevor sich an den Fenstern die erste Helligkeit zeigte, dröhnte Motorenlärm von der Straße herauf. Es klang nach zwei schweren Limousinen. Nur Gestapo, SS oder Parteibonzen verfügten noch über derartige Fahrzeuge. Vorsichtig weckte Herrmann seine Frau. »Gleich wird es unruhig. Mach dir keine Sorgen, sie werden nichts finden. Ich gehe runter und schließe auf, damit sie nicht die Tür eintreten.« Herrmann warf sich den Morgenrock über und humpelte die Treppe hinab.

Schon schrillte die Klingel. Fäuste schlugen gegen die Haustür. »Aufmachen. Polizei!«

Herrmann öffnete. Vor ihm stand ein Nazi-Funktionär in einem langen Ledermantel, neben ihm zwei Polizisten. »Ortsgruppenleiter Rudloff. Sie sind Walter Herrmann?« Ohne eine Antwort abzuwarten, schob er ihn beiseite und trat in den Hausflur. »Die Wohnung ist oben?« Er deutete auf die Treppe. »Alle Räume durchsuchen!« Die Uniformierten hasteten hinauf, stießen die Wohnungstür auf und verschwanden.

»Gehen Sie ein paar Schritte!«, schnauzte der Ledermantelmann.

»Bitte?« Herrmann schüttelte den Kopf. »Was soll das?«

»Sind Sie schwerhörig? Sie sollen gehen!« Mit dem Zeigefinger stieß er gegen Herrmanns Brust.

Zögernd und sehr langsam bewegte er sich vorwärts. Sein Bein schmerzte.

Der Nazi nickte zufrieden. »Gehen Sie rauf und ziehen Sie sich an! Sie kommen mit.«

*

Von Stunde zu Stunde hatte sich Friedrich Rudloffs Laune verschlechtert. Dieser Walter Herrmann war nicht auf den Kopf gefallen, bestritt nicht, bei dem Juden gewesen zu sein, redete sich aber geschickt heraus. Goldstein sei nicht mehr als ein Bekannter, man treffe sich gelegentlich zum Kartenspiel.

Natürlich nicht um Geld. Seine Mitspieler könnten das bestätigen. Gestern Abend sei es etwas später geworden; mehr gebe es dazu nicht zu sagen.

Obwohl die Männer die Wohnung gründlich durchsucht hatten, war kein belastendes Material gefunden worden. Dabei hätte Rudloff gewettet, dass es bei dem Treffen um staatszersetzende Umtriebe gegangen war. Herrmann war nicht in der Partei, was für sich genommen schon verdächtig war. Nachbarn wussten zu berichten, dass der Ingenieur auf dem Dachboden einen Draht gespannt hatte, den man als Antenne für den Empfang weit entfernter Rundfunksender benutzen konnte. Seine Leute hatten nichts dergleichen gefunden. Nur einen Volksempfänger. Der gehörte in jeden Haushalt, um die Menschen mit den richtigen Informationen zu versorgen.

Rudloff brach schließlich das Verhör ab und ordnete an, Herrmann bis zum nächsten Tag festzuhalten und an die Gestapo zu überstellen. Vielleicht ergab sich aus seinem Besuch bei dem Juden Goldstein doch noch der Beweis für eine konspirative Verbindung. Obersturmbannführer Hessler und seine Leute waren gründlicher als die Polizei. Hoffentlich würden die etwas finden.

Er wartete bis zum Einbruch der Dunkelheit. Niemand sollte mitbekommen, dass er das Haus des Juden betrat. Nach der Pleite bei dem Herrmann wollte er das Risiko nicht eingehen, dass wiederum kein Hinweis auf konspirative Tätigkeiten entdeckt würde. Also würde er doch die belastenden Unterlagen in Goldsteins Haus verstecken, und sie im Morgengrauen von der Gestapo finden und den vermeintlichen Urheber in Schutzhaft nehmen und ins KZ bringen lassen.

Auf sein Klingeln wurde nicht geöffnet. Rudloff sah sich um. Niemand war in der Nähe. Also löste er einige der Bretter, mit denen die Schaufenster des Ladens vernagelt waren, und schlüpfte ins Haus. Vorsichtig tastete er sich durch die unteren Räume, erreichte den Treppenaufgang zu den Wohnungen und stieg hinauf, ohne einen Lichtschalter zu betätigen. In der ersten und zweiten Etage wohnten jeweils zwei Familien, Goldstein selbst lebte im Dachgeschoss. Allein.

Vor der Wohnungstür des Juden vergewisserte er sich, dass seine Pistole einsatzbereit war. Dann klopfte er sehr vorsichtig an die Tür. Sein Kalkül ging auf, der alte Mann öffnete sofort. Im Dämmerlicht der schwachen Beleuchtung schien er nicht zu erkennen, wen er vor sich hatte. »Wer sind Sie?«, fragte er schließlich.

»Mein Name tut nichts zur Sache.« Rudloff drängte sich an ihm vorbei und betrat die Wohnung. »Ich werde mich nicht lange aufhalten.« Er zog die Pistole aus der Tasche, richtete sie auf Goldstein und sah sich um. Zwei Türen standen offen, die zur Küche und die zum Wohnzimmer. »Da rein!«, kommandierte er und deutete mit der Waffe auf die Küchentür.

»Was wollen Sie von mir?«, fragte der Alte und bewegte sich in die angegebene Richtung.

»Ein bisschen dalli!«, fauchte Rudloff und stieß Goldstein den Lauf der Pistole in die Rippen. Obwohl er Handschuhe trug, scheute er davor zurück, den Juden anzufassen. Zu seiner Überraschung begab der sich jedoch zügig in die Küche. Rudloff zog den Schlüssel ab, steckte ihn nach außen, schlug die Tür zu und schloss ab. Dann ging er ins Wohnzimmer. Mit einer Mischung aus Verachtung, Neid und Bewunderung betrachtete er die Einrichtung des Mannes. Die Möbel waren für seinen Geschmack zu altmodisch. Aber sie bildeten ein stilvolles Ganzes aus edlem Holz. Die polierten Oberflächen strahlten einen vornehmen Glanz aus, die Fronten waren mit feinen Intarsien verziert. Jedes Stück war ein kleines Meisterwerk und war sicher von unschätzbarem Wert, alle zusammen kosteten bestimmt ein Vermögen. Auch das würde in seine Hände fallen. Doch jetzt musste er die vorbereiteten Unterlagen deponieren. Er steckte die Pistole ein, zog einen Briefumschlag aus der Manteltasche und musterte die Möbelstücke. Sein Blick fiel auf eine Kommode mit vier Schüben. Die unterste zog er auf, hob ein paar Schachteln an, schob den Umschlag darunter und schloss die Schublade.

Dann verließ er den Raum, durchquerte den Flur und sperrte die Küchentür auf. Als er sie öffnete, stand der alte Jude direkt vor ihm und zielte mit einem Revolver auf Rudloffs Brust.

4

2017

»Ein ungelöster Fall aus den achtziger Jahren?«, vergewisserte sich Ingo, nachdem Anna ihm von ihrem Vorhaben berichtet hatte. Sie saßen in seiner Küche. Anna hatte ein Glas Rotwein vor sich, Ingo trank Wasser. Er würde später noch Klausuren korrigieren müssen. »Ein Mord, den die Polizei nicht aufklären konnte und für den du den Täter finden willst?«

Anna nickte. »Ja. Nein. Natürlich kann ich das nicht. Obwohl – wer weiß, vielleicht doch. Wenn ich die Geschichte ausführlich darstelle, erinnert sich möglicherweise ein Zeuge.« Der Gedanke begeisterte sie. »Stell dir das mal vor!«, rief sie. »Durch den Artikel werden Erinnerungen geweckt. Jemandem fällt ein Detail ein, das damals übersehen wurde. Mit der Information gerät der Fall in ein neues Licht. Und Sven, ich meine Alexa Engel und ihre Leute, können den Täter endlich fassen und vor Gericht bringen. Mord verjährt nicht.«

Ingo sah sie nachdenklich an. »Ich erinnere mich. Mitte der achtziger Jahre, ich war im zweiten oder dritten Semester, da ist diese Frau erschossen aufgefunden worden. An Einzelheiten kann ich mich allerdings nicht erinnern. Auch nicht an das genaue Jahr. Nur daran, dass der Mörder nicht gefunden wurde.«

In Gedanken sah Anna sich bereits im Archiv der Zeitung. Die Beiträge von damals, die noch nicht digitalisiert sein würden, konnten allerdings nur die Basis bilden. Aber wenn sie den Fall neu aufrollen und in allen verfügbaren Einzelheiten darstellen würde, fänden sich vielleicht wirklich Zeugen, die mehr wussten. »Ich werde die Artikel von damals ausgraben«, sagte sie. »Svens Chefin kann den Zeitraum sicher genau eingrenzen. Und dann …«

»Hast du schon mit ihr gesprochen?«, fragte Ingo.

Anna schüttelte den Kopf. »Noch nicht. Nur mit … Sven. Er besorgt mir einen Termin bei Alexa Engel.«

»Aha.«

»Ja. Ich habe ihn angerufen. Wegen meines Artikels. Eigentlich wollte ich eine Serie über Einbrüche machen. Aber dann …« Sie brach ab, um nicht versehentlich das gemeinsame Frühstück zu erwähnen.

»Aber dann?«

»Einbrüche geben nicht viel her. Die meisten werden nicht aufgeklärt. Nur aufgenommen. Und das ist immer dasselbe. Wohnungstüren und Kellertüren in Mehrfamilienhäusern oder Terrassentüren und Fenster von Einfamilienhäusern werden aufgehebelt, Bargeld und Wertsachen entwendet. Das Ergebnis der polizeilichen Ermittlungen sind ein Protokoll und ein Einstellungsbescheid der Staatsanwaltschaft. Ich hatte mir das irgendwie spektakulärer vorgestellt. Aber für eine Serie gibt das nicht genug her. Darum hat Sven mir vorgeschlagen, nicht aufgeklärte Kapitalverbrechen zum Thema zu machen. Den Mord aus den Achtzigern hat er als Beispiel genannt.«

Ingo schloss die Augen. »Könnte sechsundachtzig gewesen sein. Ich meine, es war in dem Jahr, als ich zwanzig geworden bin. Ich erinnere mich an ein paar unvergessliche Ereignisse. Die Ermordung des schwedischen Ministerpräsidenten Olof

Palme. Die Challenger-Katastrophe, bei der sieben amerikanische Astronauten ums Leben kamen. Der Reaktorunfall in Tschernobyl ...« Er schüttelte den Kopf, als wollte er eine weitere aufsteigende Erinnerung abwehren.

»Und? Gab es ein viertes Ereignis?«, fragte Anna.

»Ich bin verhaftet worden.« Ingo öffnete die Augen.

Mit offenem Mund starrte seine Freundin ihn an. »Verhaftet? Du?«

»Ja. Pfingsten sechsundachtzig. Zusammen mit vielen anderen. Ein gewisser Franz Josef Strauß, zu der Zeit bayerischer Ministerpräsident, hatte vor, den Bau einer atomaren Aufbereitungsanlage im oberpfälzischen Wackersdorf zu genehmigen. Die Menschen dort waren dagegen. Nach der Reaktorkatastrophe von Tschernobyl wollten Leute aus der ganzen Bundesrepublik die Oberpfälzer unterstützen. Zehntausende waren gekommen. Am Pfingstwochenende ging's dann am Bauzaun richtig rund. Mehr als vierzig Wasserwerfer waren im Einsatz. Die haben sogar unbeteiligte Zuschauer umgehauen. Natürlich flogen Steine, einige Demonstranten haben Polizeifahrzeuge angezündet, andere haben einen Bagger geklaut und damit den Zaun eingedrückt. Über uns kreisten Hubschrauber in niedriger Höhe und warfen Tränengas-Granaten. Ich kam mir zeitweise vor wie in einem Krieg.«

»Und weshalb bist du verhaftet worden?«

Ingo hob die Schultern. »Einfach weil ich da war. Die Polizisten haben nicht so genau hingesehen, sondern jeden mitgenommen, den sie kriegen konnten. Der offizielle Vorwurf lautete später: Widerstand gegen Vollstreckungsbeamte und versuchte Nötigung. Auf dem Festnahmeschein stand: Widerstand durch Unterhaken und Stemmen der Füße gegen den Boden.«

»Und? Was ist dabei herausgekommen?«

»Ein ziemlich albernes Verfahren, das mit einem Freispruch endete. Übersteigertes Verfolgungsinteresse hat der Richter der Staatsanwaltschaft bescheinigt.«

»Da hast du Glück gehabt.«

»Ja«, bestätigte Ingo. »Es hätte auch anders ausgehen können. Viele sind tatsächlich verurteilt worden. Dann wäre ich nicht in den Schuldienst gekommen.«

»Und wir säßen jetzt nicht hier«, ergänzte Anna.

»Doppeltes Glück.« Ingo grinste und hob sein Glas. »Ich wünsche dir viel Erfolg bei deinen Recherchen.«

Anna lächelte und stieß mit ihm an. Doch ihre Gedanken wurden noch von Bildern beherrscht, die Ingos Bericht hervorgerufen hatte. Demonstranten an einem Bauzaun, behelmte Polizisten, Wasserwerfer, Hunde. In der Luft Hubschrauber, Schwaden von Reizgas, Steine. In wellenförmiger Bewegung. Alles begleitet von ohrenbetäubendem Lärm. Der ruhige und besonnene Ingo, Oberstufenkoordinator am altehrwürdigen Carl-Friedrich-Gauß-Gymnasium, hatte eine Vergangenheit als Antiatomaktivist. Und das erfuhr sie nach zehn Jahren. Gab es noch mehr Geheimnisse im Leben ihres Freundes?

Sie musste ihn wohl nachdenklich angesehen haben, denn seine Miene wurde wieder ernst. »Habe ich dich erschreckt?«, fragte er.

Anna schüttelte den Kopf. »Nein, eher im Gegenteil. Du hast nur nie davon erzählt.«

»Warum sollte ich? Das ist lange her. Es war eine andere Zeit. Zwar gab es die ersten Computer, aber nicht für jeden. Wir hatten kein Internet, keine Smartphones. Wir sind nicht mit dem Display vor der Nase durch die Gegend gestolpert. Wir haben uns für unsere Zukunft engagiert, für das Leben, für die Menschen, für Gerechtigkeit. Es war nicht nur eine andere Zeit, mir kommt es heute vor wie eine andere Welt. Wenn dich deine Recherchen dort hinführen, wäre ich gern Zaungast.«

»Natürlich.« Anna nickte heftig. »Du hast die Zeit bewusst erlebt. 1986 war ich neun. Der Zaungast bin wohl eher ich.«

Ingo prostete ihr erneut zu und lächelte. »Auf die Achtziger!« Er trank und stellte sein Glas ab. »Jetzt fehlt nur noch die passende Musik.« Er griff nach seinem Tablet und tippte ein paar Mal auf das Display. Im nächsten Augenblick erklang die Stimme von Herbert Grönemeyer aus den Lautsprechern der Musikanlage. *Die Armeen aus Gummibärchen, die Panzer aus Marzipan. Kriege werden aufgegessen, einfacher Plan, kindlich genial.*

»Das war für uns damals so eine Art Hymne«, rief Ingo und reckte eine Faust. »Kinder an die Macht!«

*

Die Begegnungen mit dem Inhaber eines Antiquitätengeschäfts und mit einem Juwelier hatten Kilian Kaltenbach frustriert. Unruhig wanderte er in seinem Zimmer auf und ab. Warum wollte niemand den Schmuck kaufen? Stellte er sich falsch an? In seiner Vorstellung hatten sich die potentiellen Käufer mit großen Augen auf die Fotos gestürzt, waren voller Begeisterung für die Schönheit der Schmuckstücke gewesen. Er hatte sich darauf eingestellt, über den Preis verhandeln zu müssen, aber keiner der beiden hatte überhaupt nur ein Angebot gemacht. Statt Fragen zur Geschichte des Schmucks zu stellen, auf die er sich ebenfalls vorbereitet hatte, waren sie nur an ihm interessiert gewesen: Beruf, Familie, Wohnort. Dafür hatte er sich nur einen Satz zurechtgelegt. »Ich bitte um Verständnis, dass ich vorerst zu meiner Person keine Auskunft gebe.« Selbst in seinen eigenen Ohren hatten diese Worte falsch geklungen.

Auf seiner Liste hatte er noch zwei Adressen. Ein weiterer Juwelier und ein weiterer Antiquitätenhändler. Letzterer war ihm aufgefallen, weil zwischen den vielen antiken Möbeln, Lampen und Haushaltsgegenständen eine gut sechzig Zentimeter hohe Bronzestatue von Udo Lindenberg stand. Und er hatte alte Schmuckstücke in seiner Auslage. Sie wurden jeden Abend aus dem Schaufenster genommen, also waren sie offenbar von beträchtlichem Wert. Durch das Glas der Ladentür hatte er den Inhaber beobachtet. Ein weißhaariger Herr mit freundlicher Ausstrahlung. Der würde bestimmt entgegenkommender als die anderen sein. Trotzdem brauchte er eine Strategie.

Vielleicht wirke ich zu jung, dachte er. Und sehe nicht gerade aus wie ein Geschäftsmann. Sollte ich mir einen richtig teuren Anzug kaufen? Oder machen lassen? Und besonders edles Schuhwerk besorgen? Armbanduhren und Schuhe, hatte er gelesen, dienten erfahrenen Hotelangestellten zur Einschätzung des finanziellen Hintergrundes ihrer männlichen Gäste. Kilian seufzte. Er wusste nicht einmal, wo man in Göttingen solche Dinge am besten erwerben konnte. Zur Not würde er nach Hannover oder nach Kassel fahren, um sich neu einzukleiden. Genug Bargeld hatte er schließlich. Aber noch sollte er vorsichtig sein. Auffällige Ausgaben würden in seinem Umfeld nicht unbeachtet bleiben. Neider, Schmarotzer und Schnorrer würden sich an ihn hängen, um vom Kuchen etwas abzubekommen. Früher oder später musste er mit Typen rechnen, die sich alle Mühe geben würden, ihm sein Vermögen abzujagen. Deshalb verschwendete er vorerst auch keinen Gedanken daran, die Pistole zu verkaufen, die ihm in die Hände gefallen war. Sie konnte ihm vielleicht nützlich sein. Da sein Vater Jäger war, hatte er ein paar Grundkenntnisse mitbekommen. Er hatte die Waffe untersucht und mit Hilfe des Internets herausgefunden, dass es sich um eine sechsschüssige Walther PPK handelte. Im Magazin steckten noch drei Patronen. Genug, um sein Geld gegen einen Überfall zu verteidigen.

Der Gedanke an die Geldscheine, die er in einem Pappkarton aufbewahrte, befeuerte seine Fantasie. Sauberen Stoff könnte er sich leisten. Ein Auto kaufen, eine Wohnung einrichten, Frauen einladen und in teure Restaurants ausführen. Vanessa Jordan zum Beispiel. Von der rothaarigen Studentin träumte er, seit er sie gesehen hatte. Sie war bildschön und erinnerte ihn an ein Gemälde von Botticelli. An den Wochenenden bediente sie im Apex. Freundlich, geschickt und umsichtig.

Einmal hatte er sie angesprochen und gefragt, ob sie mit ihm ins Savoy gehen würde. Sie hatte abgelehnt, ihn aber interessiert gemustert und ihm zugelächelt, als er gegangen war. Sein zweiter Versuch war ebenfalls erfolglos gewesen. Doch hatte sie ihm signalisiert, dass sie nicht grundsätzlich abgeneigt war.

Mit Vanessa ein eigenes Restaurant zu eröffnen, wäre die Erfüllung seines Lebenstraums. Diesem Ziel war er deutlich näher gekommen. Er durfte es nicht gefährden. Deshalb lenkte er seine Gedanken zurück auf den Schmuck. Das ein oder andere Stück würde auch Vanessa stehen. Würde sich eher ein Interessent finden lassen, wenn *sie* ihn anbieten würde? *Hör mal, hättest du Zeit und Lust, mir beim Verkauf geklauter Ware zu helfen?* Das konnte er vergessen. Nein, er würde dabei bleiben, als Vermittler aufzutreten … für eine alte Dame, die … anonym bleiben wollte. Seine Großmutter würde ihm helfen. Ohne selbst den Hintergrund zu erahnen.

Kilian steckte ein Bündel Geldscheine ein und verließ sein Zimmer, um in der Stadt nach einem Herrenausstatter zu suchen. Auf dem Weg durch die neu gestaltete Groner Straße rief er den Antiquitätenhändler an, um seinen Besuch anzukündigen. Nach dem Gespräch hatte er ein gutes Gefühl. Der Mann war nicht abweisend gewesen, schien sogar am Ankauf von Schmuck interessiert zu sein. Am Abend des nächsten Tages konnte das Geschäft bereits perfekt sein.

*

»Er hat angerufen«, sagte Jesko von Arnsberg ohne Begrüßung, als Julian Pawlowski sich am Telefon meldete. »Morgen kommt er und bringt Fotos mit.«

»Uhrzeit?«

»Kurz vor Geschäftsschluss. Also gegen sechs. Wirst du dabei sein?«

»Selbstverständlich«, antwortete Pawlowski. »Aber ich bleibe unsichtbar.«

»Und ich?« Von Arnsberg klang verunsichert. »Wie verhalte ich mich?«

»Du musst den Eindruck vermitteln, dass du nicht abgeneigt bist, mit ihm ins Geschäft zu kommen. Mach es ihm nur nicht zu leicht! Er muss das Gefühl haben, dass die Sache auf der Kippe steht. Es wäre gut, wenn du einerseits Interesse bekunden, andererseits auf Probleme bei der Abwicklung hinweisen könntest. Optimal wären weitere Verabredungen. Schau dir die Fotos an und sag ihm, du müsstest das ein oder andere Stück im Original sehen! Je länger und je öfter ich ihn beobachten kann, desto größer ist die Chance, herauszufinden, mit wem wir es zu tun haben und wo er wohnt.«

»Soll ich fragen, wie er heißt?«

Pawlowski lachte. »Klar! Du möchtest doch wissen, wie du ihn anreden sollst. Allerdings wird er einen falschen Namen angeben. Egal. Den richtigen kriege ich heraus, wenn ich ihn in den nächsten Tagen im Auge behalte.«

»Hoffentlich geht das gut.«

Am Klang der Stimme konnte Pawlowski erkennen, wie unwohl sich sein alter Freund fühlte. »Es wird nichts schiefgehen«, versuchte er, ihn zu beruhigen. »Und du kannst jederzeit aussteigen. Sollte der Typ unangenehm werden, brichst du die Verhandlungen ab und schickst ihn weg. Dann war's das. Aber der will etwas von dir. Von ihm geht für dich keine Gefahr aus.« Dass der Mann, der den Schmuck gestohlen hatte, im Besitz einer Schusswaffe war, behielt er für sich. »Außerdem bin ich ja in der Nähe, praktisch vor der Ladentür.«

»Also gut.« Von Arnsberg seufzte. »Wenn's der Wahrheitsfindung dient …«

»Ganz sicher«, bestätigte der Privatdetektiv. »Und meinem Auftraggeber. Für dich springt immerhin eine Kiste Brunello heraus. Vielleicht auch zwei oder drei.«

Er verabschiedete sich von seinem Freund, legte auf und wandte sich seinem Computer zu, um im Internet nach einer Bezugsquelle für den Rotwein zu suchen.

*

Kilian Kaltenbach betrachtete sich in dem Garderobenspiegel, den sein Vormieter hinterlassen hatte. Die Veränderung verblüffte ihn. Der graublaue Anzug, den er in einem Fachgeschäft der Innenstadt erworben hatte, die glänzenden Lederschuhe und eine neue Frisur machten aus ihm einen völlig anderen Typ. Statt wie ein leicht heruntergekommener Loser wirkte er jetzt wie ein BWL- oder Jurastudent. Oder wie ein Jungmanager aus der IT-Branche. Jedenfalls hinreichend seriös. Er fragte sich, ob er sich eine Berufsbezeichnung ausdenken und im Bedarfsfall nennen sollte. Vielleicht war es sinnvoll, eine Tätigkeit zu wählen, die mit dem Geschäft, das er eröffnen wollte, irgendwie zusammenhing. Als Schmuckverkäufer konnte er schließlich nicht auftreten. Zumal er im Auftrag handeln würde. Persönlicher Assistent eines bedeutenden Unternehmers aus Süddeutschland. Dessen Frau, nein, dessen Mutter in Göttingen lebt und ihren Schmuck verkaufen will, um den Erlös in die Firma ihres Sohnes, nein besser Enkels, zu investieren. Zwei Jahre Internat in Baden-Württemberg hatten ihn immerhin dazu befähigt, schwäbischen Dialekt anklingen zu lassen.

Vor seinem inneren Auge begann das Gespräch mit dem Antiquitätenhändler. »Grüß Gott, Herr von Arnsberg. Mein Name ist Kaltenbach. Es freut mich, Ihre Bekanntschaft …« Kilian beschloss, seine Rolle zu testen und korrigierte sich. »Mein Name ischt Hägele, Sebaschtian Hägele …«

Vorher musste er noch Fotos machen. Spezielle Aufnahmen, die den Schmuck nicht auf blauem Geschenkpapier zeigten, sondern an seiner früheren Trägerin. Dafür suchte er ein paar geeignete Stücke heraus und steckte sie in die Taschen des neuen

Anzugs. Seine Ausstattung hatte mehr gekostet, als er erwartet hatte. Deshalb nahm er einige weitere Geldscheine aus dem Karton und machte sich auf den Weg zum Kornmarkt. Ein Taxi würde ihn nach Geismar bringen.

Kilians Großmutter lebte seit fünf Jahren im GDA-Wohnstift. Er besuchte sie gelegentlich, besonders wenn er klamm war. Marie-Luise Kaltenbach freute sich jedes Mal, stellte keine unangenehmen Fragen und genoss es, ihren Enkel großzügig zum Essen einzuladen und mit ihm über das aktuelle Geschehen in Göttingen und in der Welt zu plaudern. Zum Abschied drückte sie ihm stets einen 50-Euro-Schein in die Hand und verbat sich jeden Widerspruch.

Während das Taxi von der Hauptstraße in die Teichstraße abbog, fragte sich Kilian, ob Oma Malu, wie sie in der Familie genannt wurde, sich auf ein paar Aufnahmen mit fremdem Schmuck einlassen würde. Unecht, formulierte er in Gedanken. Ich brauche die Fotos für … ein …eine Tombola im Internet. Ja, dabei würde sie mitmachen. Hatte sie doch erst vor einiger Zeit selbst eine Verlosung für einen wohltätigen Zweck organisiert.

Am Empfang des Wohnstifts erlebte Kilian eine Überraschung. Hatte er sich sonst stets skeptischen bis misstrauischen Blicken des Personals ausgesetzt gefühlt, wurde er heute ausgesprochen höflich und respektvoll behandelt. »Guten Tag, mein Herr.« Die Empfangsdame lächelte gewinnend. »Was können wir für Sie tun?«

»Mein Name ischt Hägele. Sebaschtian Hägele. Ich möchte Frau Kaltenbach besuchen. Marie-Luise Kaltenbach.«

»Selbstverständlich, Herr Hägele.« Die Frau hinter dem Tresen deutete in Richtung der Aufzüge. »Wenn Sie freundlicherweise da entlang … Dann mit dem Fahrstuhl in den sechsten Stock. Dort wenden Sie sich bitte nach rechts. Frau Kaltenbach wohnt in Nummer 612. Soll ich Sie telefonisch anmelden?«

»Danke, nicht nötig.« Kilian neigte den Kopf und wandte sich zum Gehen. Ihm war, als hätte sich sogar sein Gang verändert. Eine Angestellte, die ihm entgegenkam, grüßte höflich. Er nickte, irgendwo zwischen herablassend und hoheitsvoll. Plötzlich erschien ihm sein Vorhaben, den Antiquitätenhändler für sich und das vorgeschlagene Geschäft einzunehmen, nicht mehr besonders schwer.

Nachdem Oma Malu seinen Anzug bewundert und sich von ihrer Verblüffung erholt hatte, breitete sie ihre Arme aus. »Mein lieber Junge. Ich habe es immer gewusst. Eines Tages wirst du es schaffen. Komm rein!«

Bevor Kilian von seinen Absichten sprechen konnte, überschüttete sie ihn mit Vorschlägen. »Es gibt doch bestimmt etwas zu feiern. Hast du schon gegessen? Wohin wollen wir fahren? Zum Kiessee. Im Haus am See stehen Seeteufel auf der Karte. Oder schwebt dir etwas anderes vor? Planea? Gaudi?«

»Später, Oma. Erst möchte ich Fotos machen. Von dir.«

»Von mir? Ich bin kein Fotomodell! Und vorzeigbar bin ich sowieso nicht mehr.«

»Doch«, widersprach Kilian. »Du bist eine schöne Frau. Zieh dein bestes Kleid an. Und dann wirst du noch schöner. Weil ich dich nämlich mit Schmuck ausstatten werde.«

*

Anna wartete im Vernehmungsraum auf Alexa Engel. Anders als die düsteren Räume mit ihren grauen kahlen Wänden und der obligatorischen Spiegelscheibe, wie man sie aus Fernsehkrimis kannte, war das Zimmer einladend eingerichtet. Ein kleiner Tisch mit einer roten Tischdecke und einem Blumentopf, blaue Polsterstühle. Bilder hingen an den Wänden. Von Sven wusste sie, dass die Kriminalhauptkommissarin als Expertin für Vernehmungen galt. Ihr Geheimnis bestand darin, die Zeugen oder Tatverdächtigen nicht einzuschüchtern, sondern ihnen das Gefühl von Zuwendung und Vertrauen zu vermitteln. Dazu gehörte nach ihrer Überzeugung eine einladende Umgebung.

Als sie den Raum betrat, nickte sie Anna freundlich zu. »Mit Zustimmung der Staatsanwaltschaft wenden wir uns gelegentlich an die Öffentlichkeit, aber in diesem Fall würden wir das natürlich nicht mehr tun. Hier noch etwas herausfinden zu wollen, erscheint mir wenig aussichtsreich. Allerdings spricht auch nichts gegen den Versuch.«

Alexa Engel verblüffte Anna bei jeder Begegnung aufs Neue. Die Frau sah ganz und gar nicht wie eine Polizistin aus. Sie war hochgewachsen und schlank, trug modische Kleidung und war perfekt geschminkt. Unter einer blonden Löwenmähne leuchteten graublaue, leicht schräg gestellte Augen über hohen Wangenknochen. Volle Lippen ließen den etwas zu großen Mund sinnlich wirken. Sie musste älter als fünfzig sein, bewegte sich aber wie ein junges Mädchen und erinnerte Anna wieder an jene Raubkatze, der sie unterstellt hatte, Sven erbeuten zu wollen.

Die Kommissarin setzte sich ihr gegenüber und legte einen schmalen Aktenordner auf den Tisch. »Das sind einige Seiten aus dem Vorgang *Big Ben*. So haben sie den Fall damals genannt. Weil das Opfer aus England stammte. Bei einer Mordermittlung können die Akten schon mal einen Umfang von anderthalb Metern erreichen. Bei diesem Fall haben wir aber nur einen Bruchteil. Die Kollegen haben nur wenig Material zusammengetragen, es gab zu wenig.«

Anna nickte. »Kein Motiv, keine Zeugen, keine Spuren, hat Sven gesagt. Was wussten die Ermittler überhaupt?«

Die Hauptkommissarin schlug den Ordner auf. »Name, Wohnort, Alter und Todesursache des Opfers. Die junge Frau wurde von einem Schuss getroffen. Sie ist ins Klinikum gebracht worden, dort jedoch gestorben, ohne noch einmal zu sich gekommen zu sein. Man hat eine Patronenhülse, aber kein Projektil gefunden. Es war am Rücken wieder ausgetreten. Der Täter muss es mitgenommen haben.«

»Und niemand hat den Schuss gehört? Im Rathaus sind doch immer Menschen unterwegs.«

»Es war an einem Mittwochnachmittag. In einem Treppenaufgang zwischen Keller- und Erdgeschoss. Die Zulassungsstelle hatte geschlossen, auch andere Ämter waren nicht mehr geöffnet. Also kaum Publikumsverkehr. Jedenfalls hat sich niemand gemeldet. Selbst der Hausmeister, der die Frau in ihrem Blut gefunden und Alarm geschlagen hat, wusste nichts von einem Schuss. Erst auf Nachfrage hat er von einem *Knall mit einer Art Echo* berichtet, auf den er sich aber keinen Reim machen konnte. Wieso sollte auch im Rathaus jemand schießen?« Alexa Engel breitete die Arme aus. »Das altbekannte Phänomen: Erwartung formt unsere Wahrnehmung.«

»Lebte das Opfer in Göttingen?«, fragte Anna.

»Nein. Sie war Engländerin, stammte aus London und war erst wenige Tage zuvor mit dem Flugzeug in Hannover angekommen. Anscheinend handelte es sich um eine Touristin. In ihrem Hotelzimmer wurde ein Fotoapparat gefunden. Auf dem Film die üblichen Aufnahmen. Gänseliesel, Rathaus, Kirchen, Fachwerkhäuser. Ihre Eltern haben die Leiche nach England überführen lassen wollen, sich dann aber anders entschieden. Sie ist auf dem jüdischen Teil des Stadtfriedhofs beigesetzt worden. Es gibt, glaube ich, religiöse Vorschriften, wonach ein Leichnam möglichst schnell beerdigt werden muss. Der Landesrabbiner ist schon am nächsten Tag angereist, um die Bestattungszeremonie durchzuführen.«

»Soviel ich weiß, dürfen jüdische Gräber nicht eingeebnet werden. Also liegt Sarah Jane Roberts Grab immer noch hier in Göttingen!«, rief Anna überrascht aus. »Das ist ja …«. Ihr schoss eine Idee durch den Kopf. »Dann könnte man die Leiche mit heutigen Methoden rechtsmedizinisch untersuchen lassen.«

Alexa Engel machte ein skeptisches Gesicht. »Für eine Exhumierung müssten sich schon handfeste Verdachtsmomente ergeben.«

»Wurde die Leiche damals überhaupt obduziert?«

Die Hauptkommissarin zögerte. »Es gab lediglich die Auskunft der Klinikärzte.« Sie warf einen Blick in ihre Unterlagen. »Die haben versucht, der bewusstlosen Frau das Leben zu retten, aber natürlich keine rechtsmedizinischen Feststellungen getroffen. Nicht einmal die Kleidung stand für eine kriminaltechnische Untersuchung zur Verfügung, weil die im Klinikum entsorgt worden war. Eigentlich hätte eine Obduktion durchgeführt werden müssen. Wie bei jedem Tötungsdelikt. Selbst wenn die Angehörigen – wie in diesem Fall – dagegen sind. Für gläubige Juden kommt eine Leichenöffnung nicht infrage. Offenbar wollte man auch auf religiöse Gefühle der Eltern Rücksicht nehmen.«

»Und deshalb hat man darauf verzichtet?«, fragte Anna.

»Nicht nur deshalb. Den Akten konnte ich entnehmen, dass sich die Kollegen mit der Staatsanwaltschaft ausführlich beraten haben. Aber nachdem von den Klinikärzten kein Hinweis auf Auffälligkeiten gekommen ist, hat man nicht mit weiteren Erkenntnissen aus einer Obduktion gerechnet und beschlossen, sie nicht unbedingt beantragen zu müssen.«

Anna beugte sich vor. »Das verstehe ich. Aber müsste man sie nicht gerade deshalb nachholen und die Leiche exhumieren? Vielleicht findet man ja noch Spuren, DNA-Material, was weiß ich …«

»In einem Grab? Nach so langer Zeit?« Alexa Engel neigte zweifelnd den Kopf. »Ich glaube kaum.« Sie lächelte. »Ihr Eifer ist wirklich bemerkenswert, Frau Lehnhoff. Aber so einfach ist das nicht. Ich werde mich mit meinen Kollegen beraten. Und dann sehen wir weiter.«

Zufrieden lehnte Anna sich zurück. »Nur noch eine Frage. Hatten Sarah Roberts Eltern keine Idee, wer ihrer Tochter möglicherweise etwas antun wollte?«

»Sie sind selbstverständlich befragt worden. Jedoch ohne Ergebnis.« Alexa Engel schlug den Ordner zu. »Man konnte und kann also nur spekulieren. Aber das ist nicht unsere Aufgabe. Die Ermittlungen liefen ins Leere, deshalb wurde der Fall zu den Akten gelegt.«

Anna deutete auf den schmalen Hefter. »Ist es möglich, davon Kopien zu bekommen?«

»Tut mir leid.« Die Hauptkommissarin schüttelte bedauernd den Kopf. »Das geht natürlich nicht.« Sie nahm ein Blatt heraus. »Ich kann Ihnen von diesem Zeitungsartikel, der damals im Tageblatt erschienen ist, eine Kopie machen. Es gab noch mehr Berichte, aber in diesem sind alle relevanten Informationen enthalten. Bis auf die persönlichen Daten des Opfers.«

»Das wäre sehr hilfreich.« Anna lächelte dankbar. »Dann muss ich nicht im Archiv suchen. Die Zeitungen aus den achtziger Jahren sind nicht digitalisiert, und es kostet viel Zeit, die richtige Ausgabe zu finden, wenn man das Erscheinungsdatum nicht kennt.«

»Sie müssen sich nur einen Augenblick gedulden.« Alexa Engel erhob sich und verließ den Raum. Die Akte blieb auf dem Tisch. Rasch schlug Anna sie auf und schob die Blätter auseinander. Mit dem Smartphone fotografierte sie hastig alle Seiten. Als die Hauptkommissarin zurückkehrte, lag der Ordner wieder so, wie sie ihn zurückgelassen hatte.

Anna stand auf, nahm den Artikel entgegen und verabschiedete sich.

»Grüßen Sie bitte Herrn Steinberg von mir!«, trug ihr Alexa Engel auf, als sie sich auf dem Flur trennten.

»Danke«, antwortete Anna. »Ich werd's ausrichten.« Während sie sich auf den Weg zum Ausgang machte, fragte sie sich, ob sie den Gruß nicht lieber für sich behalten sollte. Als vor etlichen Jahren der Direktor des Carl-Friedrich-Gauß-Gymnasiums bei einem Brand in der Schule ums Leben gekommen war, hatte die Engel auch Ingo zur Dienststelle bringen lassen. Wahrscheinlich war er sogar in dem Raum, in dem sie gerade mit ihr gesprochen hatte, vernommen worden und hatte Blut und Wasser geschwitzt. Daran wollte er bestimmt nicht erinnert werden.

Als sie das Gebäude verließ, drehten sich ihre Gedanken wieder um den Fall *Big Ben*. In den achtziger Jahren eine Spur nach London zu verfolgen, war sicher nicht einfach gewesen. Man hätte einen Beamten hinschicken müssen. Angesichts der Beweislage ein wenig aussichtsreiches Unterfangen. Heute gab es andere Möglichkeiten. Sie würde im Internet recherchieren und ihre Verbindung zu Hanne nutzen. Sie hatte die Kollegin während ihrer Berliner Jahre in der Bundespressekonferenz kennengelernt. Hanne war im ARD-Hauptstadtstudio und sie als freie Journalistin bei der Berliner Morgenpost gewesen. Danach hatten sich ihre Wege getrennt. Vor einiger Zeit war die wesentlich ältere Freundin nach London zurückgekehrt, um dort die Leitung des ARD-Studios zu übernehmen. Hanne würde ihr weiterhelfen, wenn sie mit ihren Recherchen nicht vorankäme.

Auf der stark befahrenen Kasseler Landstraße stockte der Verkehr. Ausgerechnet jetzt! Ihr Blick fiel auf die Stelle, an der bis zum vergangenen Jahr die charakteristische orange-grüne Fassade des EAM-Gebäudes zu sehen gewesen war. »Vor vierzig Jahren hat man vom Nonplusultra städtebaulicher Innovation gesprochen«, hatte Ingo gesagt. »Architekt und Stromversorger haben den Göttingern erklärt, dass hier ein modernes und zukunftssicheres Objekt entstünde. Nun wird es abgerissen, weil es eine schlechte Energiebilanz hat und marode ist.«

Schon verrückt, dachte Anna. Besonders wenn man bedachte, dass die Immobilie, in dem er seine Wohnung hatte, fast zweihundert Jahre alt war und trotzdem beste Wohnqualität bei Einhaltung der heutigen Standards bot. Das EAM-Haus hatte zum Zeitpunkt des Abrisses bereits unter Denkmalschutz gestanden. Damit reihte sich der Abbruch in eine Reihe Göttinger Schildbürgerstreiche ein, die Anna erlebt hatte. Sie reichte vom Baustopp eines Millionenprojektes wegen einer Feldhamsterkolonie über die Verordnung zur Entfernung von Fußmatten und eine Vorschrift zur Vereinheitlichung von Sonnenschirmen in der Fußgängerzone durch die Stadtverwaltung bis hin zu jenen angeblichen Missverständnissen zwischen dem Niedersächsischen Landesamt für Denkmalpflege, der Stadt und dem Eigentümer, die zur Zerstörung des EAM-Hauses geführt hatten. Inzwischen stand ein neues Problem auf der Tagesordnung. Sollte die Stadthalle saniert oder abgerissen werden? Anna hielt das Gebäude mit seinen lila Kacheln für ein Zeugnis der Architektur aus den sechziger Jahren. Würde die Stadt sich des historischen Baus ebenso entledigen, wie sie es beim Reitstall getan hatte? Für ein Gutachten hatte sie bereits fast eine halbe Million Euro ausgegeben, ohne zu einer Entscheidung zu kommen.

Endlich löste sich der Verkehrsstau auf. Anna gab Gas, sie brannte darauf, sich an den PC zu setzen, um nach Sarah Jane Roberts zu googeln. Wahrscheinlich war über die Tote im Internet nichts zu finden. Aber einen Versuch war es wert.

5

1940

Automatisch hob der Mann in der braunen Uniform die Hände.

»Sie verlassen unverzüglich meine Wohnung!«, verlangte Goldstein und bewegte den Revolver.

»Das hatte ich ohnehin vor«, murmelte Friedrich Rudloff und ging langsam rückwärts. Innerlich kochte er. Sein Drang, die eigene Pistole zu ziehen und den Juden über den Haufen zu schießen, war kaum zu bändigen. Der erzwungene Rückzug war nicht nur eine Demütigung, sondern traf sein Selbstverständnis in einem besonders empfindlichen Punkt. Als Angehöriger der arischen Herrenrasse, den die Partei mit einem bedeutenden Amt ausgestattet hatte, hielt er es für selbstverständlich, dass er Juden und Ausländern überlegen war. Von einem Itzig mit der Waffe zum Zurückweichen genötigt zu werden, das hätte er sich niemals vorstellen können. Als sich die Wohnungstür hinter ihm schloss, wurde Rudloff klar, dass er Goldstein nicht ins KZ schicken, sondern das Unvermeidliche selbst erledigen würde. Trotz dieses Entschlusses brodelte es in ihm weiter, während er zügigen Schrittes seiner Wohnung zustrebte.

Am nächsten Morgen suchte er als Erstes die Dienststelle der Gestapo auf. Hessler saß an seinem Schreibtisch und verzog keine Miene, als er auf den Besucherstuhl vor seinem Schreibtisch deutete.

»Den Herrmann mussten wir nach Hause schicken«, erklärte der Sturmbannführer, der die Vernehmung bereits in den frühen Morgenstunden geführt hatte. »Er hat nicht widerlegbare Angaben über das Zusammentreffen mit dem Juden Goldstein und einer weiteren Personen gemacht und sich nicht in Widersprüche verwickelt. In seiner Wohnung ist auch bei einer zweiten gründlichen Durchsuchung kein verdächtiges Material gefunden worden. Der dritte Mann ist ebenso wie Herrmann Kriegsversehrter. Beide sind mit dem Eisernen Kreuz ausgezeichnet worden.«

»Was haben die mit dem Juden zu schaffen?«, brüllte Rudloff.

»Es handelt sich um einen ehemaligen Angestellten des Juweliers und einen Ingenieur, der früher bei der Phywe gearbeitet hat. Dessen Mutter war mit Goldsteins Ehefrau befreundet. Die Familien sind seit Jahrzehnten miteinander bekannt. Man kann den Männern im Moment nichts nachweisen, aber wir werden sie im Auge behalten. Beim geringsten Verdacht auf Spionage, Feindkontakt oder Verstoß gegen das Heimtückegesetz nehmen wir sie fest.«

Rudloff trommelte nervös mit den Fingern auf die Tischplatte. »Ich brauche ein Kommando, um die Wohnung des Juden zu durchsuchen. Rechne damit, dort belastendes Material zu finden. Dann sind auch die beiden anderen Herren fällig.«

Hessler warf einen Blick auf die Uhr. »Jetzt gleich?«

»So schnell wie möglich«, antwortete Rudloff. »Ich glaube zwar nicht, dass der Alte sich absetzt, aber es besteht die Gefahr, dass er das Material beiseiteschafft.«

*

Als das Getrappel schwerer Stiefel durchs Haus dröhnte, flüchteten Kinder und andere Bewohner in ihre Wohnungen. Sturmbannführer Hessler hatte ihm nur einen Rottenführer und zwei SS-Männer mitgegeben, doch Rudloff war das durchaus recht. Obwohl er wegen der Erschießung eines Juden nicht mit Schwierigkeiten rechnen musste, war es besser, keine Zeugen zu haben. Würden sich zu viele Männer in der Wohnung aufhalten, wäre es schwer, einen Moment zu finden, in dem er unbeobachtet wäre. Und die drei wären mit der Durchsuchung gut beschäftigt, so dass er Goldstein erledigen könnte.

Zu seiner Überraschung war die Wohnungstür angelehnt. Er zog die Pistole, warf seinen Begleitern einen kurzen Blick zu und stieß die Tür mit einem kräftigen Tritt auf. Sie schlug krachend gegen die Wand. Im nächsten Augenblick verteilten sich die Männer mit gezogenen Waffen in den Räumen.

»Alles durchsuchen!«, rief Rudloff. »Gründlich!« Vorsichtig näherte er sich der Küchentür, die ebenfalls angelehnt war, und drückte sie mit der Schuhspitze auf. Die Küche war leer. Enttäuscht und wütend machte er kehrt.

»Der Vogel ist ausgeflogen«, meldete der Rottenführer, der in diesem Augenblick aus dem Wohnzimmer kam. Seine Männer nickten zustimmend.

»Trotzdem durchsuchen!« Rudloff deutete auf die Türen. »Alle Räume, alle Schränke, alle Schubladen.«

Er selbst beteiligte sich nicht an der Suche, nahm nur das ein oder andere Buch aus dem Regal, blätterte darin herum und stellte es zurück. Aus den Augenwinkeln beobachtete er die Männer und wartete darauf, dass sie den Umschlag mit dem belastenden Inhalt fanden. Er enthielt neben kommunistischen Flugblättern eine Schmähschrift gegen den Führer.

Eine halbe Stunde später machte der Rottenführer erneut Meldung. »Eine Schreibmaschine. In einer verschlossenen Truhe. Wir mussten sie aufbrechen. Etliche Blätter Papier, nicht beschriftet. Eine Tageszeitung. Diverse Bücher.«

»Viele Bücher«, ergänzte einer seiner Männer. »Mindestens zwanzig.«

»Einpacken!«, befahl Rudloff. »Möglicherweise befinden sich staatsfeindliche Schriften darunter, sonst hätte er sie ja wohl im Bücherschrank stehen.« Er zeigte auf eine Kommode, deren Schubfächer herausgezogen und umgekippt worden waren. »Was ist damit?«

Der Rottenführer hob die Schultern. »Nur alte Geschäftsbücher und ein paar Schachteln mit Familienfotos.«

Mit einem Fluch trat Rudloff gegen einen der Haufen, so dass die Papiere auseinanderflogen. »Das kann doch nicht sein!« Er bückte sich, um nach dem Umschlag zu suchen, den er in der Kommode deponiert hatte. Aber er war nicht zu finden.

»Abrücken!«, schrie er mit hochrotem Kopf. »Und nehmt die verdammten Bücher mit!«

»Der Jude ist flüchtig«, erklärte er wenig später dem SS-Sturmbannführer. »Damit macht er sich verdächtig. Er muss zur Fahndung ausgeschrieben werden.«

»Selbstverständlich kommt er auf die Liste«, antwortete Hessler. »Weit kann er nicht sein. Was machen wir, wenn wir ihn haben? Gleich ins KZ? Unsere Gefängnisse sind überfüllt.«

Rudloff schüttelte den Kopf. »Bevor er irgendwo verschwindet, will ich ihn verhören. Also sofort Meldung an mich!«

»Wird erledigt«, bestätigte der Sturmbannführer und schrieb eine Notiz auf ein Blatt. »Wo kann ich Sie erreichen?«

»In der Parteizentrale oder zu Hause. Telefonisch oder durch einen Boten. Die Nummern haben Sie ja.«

Der Anruf erreichte ihn am übernächsten Tag, als er gerade mit einem heiklen Fall beschäftigt war. Der Leiter der Provinziallichtbildstelle, einer halbamtlichen Dienststelle, stand unter Verdacht, gegen die Regierung gearbeitet zu haben. Der Mann hatte sich in die Landesfilmstelle der NSDAP eingeschlichen und der staats- und volksfeindlichen Sozialdemokratischen Partei Tonfilmapparate besorgt und marxistische Hetzfilme zur Verfügung gestellt.

»Der Jude Goldstein ist offenbar zurückgekommen. Er befindet sich in seiner Wohnung«, erklärte Hessler. »Jedenfalls wurde uns das berichtet. Soll ich ihn festnehmen lassen? Oder wollen Sie sich selbst um ihn kümmern?«

»Ich übernehme das«, antwortete Rudloff. Der Sturmbannführer schien erleichtert und verabschiedete sich eilig.

Rudloff verzichtete darauf, sich ausführlich mit dem Fall *Lichtbildstelle* zu befassen, zu dem er eine Stellungnahme abzugeben hatte. *Schutzhaft! KZ Mittelbau-Dora oder Buchenwald* notierte er auf dem Aktendeckel, nahm seine Mütze vom Haken und verließ das Büro. Als er vor das Rathaus trat, hatte er den Inhalt seiner Jackentasche noch einmal kontrolliert.

*

Die Haustür war unverschlossen. Auf keiner der Etagen schien ein Bewohner anwesend zu sein. Das Haus war wie ausgestorben. Es machte fast den Eindruck, der Ortsgruppenleiter sei erwartet worden. Mit gezogener Pistole stieg er die Treppe hinauf, verharrte kurz vor der Wohnungstür, drückte auf den Klingelknopf und entsicherte die Waffe.

Aaron Goldstein war tatsächlich zurückgekehrt. Durch die gelbliche Milchglasscheibe erkannte Rudloff eine Bewegung. Jemand öffnete die Tür, ohne nach der Person oder deren Begehr zu fragen. Es war der weißhaarige alte Mann.

»Ich habe mit Ihnen gerechnet«, sagte er und ging einen Schritt zur Seite. »Bitte treten Sie ein.«

Rudloff befürchtete eine Falle und richtete den Lauf seiner Pistole gegen den Kopf des Juden. Doch der lächelte nur. »Wenn Sie mich erschießen wollen, wird Sie niemand daran hindern. Ich bin unbewaffnet.«

»Wo ist der Revolver, mit dem Sie …«

Goldstein winkte ab. »Ich hatte noch etwas zu erledigen. Deswegen konnte ich Sie nicht gewähren lassen. Die Waffe liegt auf dem Grund der Leine und wird hoffentlich nie mehr einen Menschen bedrohen. Aber jetzt bin ich bereit.«

»Bereit? Was soll das heißen?« Rudloff verzog das Gesicht. »Wieder so ein jüdischer Winkelzug?« Er machte einen Schritt in die Wohnung und zog die Tür hinter sich zu, den Juden nicht aus den Augen lassend. Blitzschnell sah er sich um. Dann ließ er die Pistole sinken.

»Für Sie ist es ohne Belang«, erklärte Goldstein. »Für mich bedeutet es, dass ich mit allem abgeschlossen habe und bereit bin, den Weg allen irdischen Lebens zu gehen.«

»Wohin Sie gehen oder nicht, haben Sie nicht zu entscheiden«, knurrte Rudloff. »Das bestimme ich.« Er hob seine Waffe wieder an. »Jetzt gehen Sie erst mal eine Etage höher, und zwar dalli.«

Goldstein nahm stumm einen Schlüssel vom Schlüsselbrett neben der Wohnungstür. Dann ging er voraus, stieg die Treppe zum Dachboden hinauf und öffnete eine Holztür. Vor den Männern breitete sich ein geräumiger Speicher aus, der teilweise mit Verschlägen aus Holzlatten ausgestattet war.

Rudloff warf einen Blick nach oben ins Gebälk und nickte zufrieden. Mit einem schnellen Schritt folgte er dem Juden in den Raum. Fast hätte er ihn berührt. Rasch hob er die Hand mit der Pistole und schlug zu. Der alte Mann sackte ohne einen Laut in sich zusammen und fiel auf den Boden.

Aus der Tasche seiner Uniformjacke zog der Ortsgruppenleiter ein dünnes, aber reißfestes Seil.

2017

Jesko von Arnsberg schloss die Ladentür hinter dem Besucher und bat ihn in sein Büro. Aussehen und Auftreten des jungen Mannes verblüfften ihn. Er trug einen teuren Anzug, der möglicherweise sogar maßgeschneidert war, und glänzende Oxford-Schuhe.

»Hägele«, hatte er sich vorgestellt, »Sebaschtian Hägele.« Höflich, aber bestimmt hatte er es abgelehnt, sich auszuweisen. »Ich bitte um Ihr Verständnis, Herr von Arnsberg. Sobald wir handelseinig geworden sind, werde ich mich Ihnen gegenüber legitimieren. Auf Wunsch mit einem amtlichen Dokument. Sie sollen selbstverständlich wissen, mit wem Sie es zu tun haben. Allerdings verkaufe ich den Schmuck nicht selbst. Aber vielleicht schauen Sie sich erst einmal die Aufnahmen an.«

Die Fotos verblüfften den Juwelier ein weiteres Mal. Sie zeigten eine elegante ältere Dame, deren Gesicht nicht zu sehen war. Ihre Körperhaltung strahlte dennoch Noblesse und Selbstbewusstsein aus. *Grandezza*, dachte er. Der Schmuck, den sie mit lässiger Eleganz trug, musste wertvoll sein, denn von Arnsberg entdeckte Diamanten auf dem Collier, Rubine in gelbgoldenen Ohrringen und einen Ring mit einem ungewöhnlich großen Stein. Den Hintergrund der Aufnahmen bildeten Jugendstilmöbel.

»Ist das die Dame, die den Schmuck veräußern möchte?«

Der Besucher nickte. »Sie zieht es vor, unerkannt zu bleiben. Vorwiegend aus familiären Gründen.«

»Wissen Sie, warum sie verkaufen will?«

»Sie vermuten, sie habe das nicht nötig? Ja und nein. Der Reichtum meiner Auftraggeberin manifestiert sich hauptsächlich in Grundstücken und Sachwerten. Beim Bargeld ist ihr Spielraum begrenzt. Sie möchte aber einen größeren Betrag in das junge aufstrebende Unternehmen ihres Enkels investieren. Die übrige Familie soll davon nichts wissen, deshalb muss der Verkauf inoffiziell und diskret erfolgen. Dafür hat sie mich engagiert.«

»In welcher Beziehung stehen Sie zu der Dame? Sie sind nicht zufällig der besagte Enkel?«

»Nein.« Hägele lächelte. »Ich verfolge keinerlei persönliche Interessen. Für meine Auftraggeberin bin ich wahrscheinlich vertrauenswürdig, weil ich der Neffe ihrer besten Freundin bin. Sie kennt mich seit meiner Geburt.«

Nachdenklich betrachtete Jesko von Arnsberg die Fotos. Ihm kamen plötzlich Zweifel. Nicht an dem jungen Mann, sondern an Pawlowskis Geschichte. Vielleicht irrte sich der Detektiv. Er musterte noch einmal seinen Besucher. »Ich müsste den Schmuck natürlich im Original sehen und die Echtheit prüfen.«

»Selbstverständlich, Herr von Arnsberg. Nennen Sie mir einen Termin, und ich bringe Ihnen zwei oder drei Stücke zur Begutachtung. Wäre das ausreichend für den Anfang?«

Der Antiquitätenhändler nickte. »Von mir aus schon morgen. Haben Sie eine bestimmte Preisvorstellung? Oder soll ich

Ihnen ein Angebot machen? Dafür bräuchte ich natürlich den gesamten Schmuck.«

»Vielleicht schauen Sie sich erst einmal die Stücke an, die ich Ihnen bringe«, antwortete der Besucher. »Meine Auftraggeberin möchte insgesamt zweihundertfünfzigtausend Euro erlösen.«

»Also gut.« Von Arnsberg schob die Fotos über den Tisch. »Sagen wir morgen um dieselbe Zeit?«

»Sehr gern.« Hägele erhob sich und steckte die Aufnahmen ein. »Ich danke Ihnen für Ihr Interesse. Auf Wiedersehen, Herr von Arnsberg.«

In der Tür drehte er sich noch einmal um und deutete auf die Udo-Lindenberg-Statue. Sie zeigte den Sänger in typischer Bühnenpose, mit ausgestreckten Armen, in einer Hand ein Mikrofon, bekleidet mit engen Jeans, Krawatte und dem unvermeidlichen Hut. »Das ischt aber nicht besonders alt.«

»Allerdings.« Von Arnsberg lachte. »Den Udo habe ich für einen Stammkunden besorgt. Das war eine Ausnahme.« Er hob die Statue an. »Ich sollte ihn nach hinten bringen, damit er nicht noch mehr Kunden verwirrt.«

»Wie viel kostet so was?«, fragte Hägele.

»Zwei-fünf«, antwortete der Händler und stellte die Figur in seinem Hinterzimmer ab. »Aber wie gesagt«, rief er über die Schulter, »eine Ausnahme.«

Hägele winkte ab und verabschiedete sich.

Nachdem er das Geschäft verlassen hatte, tauchte Julian Pawlowski für einen Moment vor dem Schaufenster auf, nickte von Arnsberg kurz zu und folgte dem jungen Mann in Richtung Weender Straße.

Jesko von Arnsberg verschloss die Ladentür und fragte sich, wie die Sache wohl ausgehen mochte.

*

Anna wollte die Suche schon beenden, als sie doch noch auf einen Hinweis stieß, der interessant sein konnte. Der Name schien weit verbreitet, es gab unzählige Einträge und zahlreiche Fotos zu *Sarah Jane Roberts*. Vom Beauty-Salon über eine Frauen-Fußballmannschaft bis hin zu einem ungeklärten Mordfall. Der hatte sich allerdings bereits 1888 ereignet. Alles nichts, woraus sich eine sichere Spur zu dem Mordopfer entwickeln ließ.

Und nun dieses schwarz-weiße Klassenfoto der *Chelsea Public School* aus dem Jahr 1974. Darunter waren Name und Alter der Schülerinnen aufgelistet, eine von ihnen war Sarah Jane Roberts, sechzehn. 1986 wäre sie achtundzwanzig gewesen, wie das Opfer. Auch die Ortsangabe passte. Chelsea war in Alexa Engels Unterlagen als Geburtsort vermerkt.

Annas Puls beschleunigte sich. Im Londoner Telefonbuch fand sie unter dem Namen Roberts dreizehn Einträge. Was sollte sie tun? Einen nach dem anderen anrufen und nach einer vor dreißig Jahren in Deutschland ermordeten Tochter fragen? Würde ihr Englisch für diese heikle Angelegenheit ausreichen?

*

Es fühlte sich an wie ein Flash nach bestem Dope. Die unerwartet erfolgreiche Verhandlung mit dem Antiquitätenhändler hatte Kilian in einen Rausch versetzt. In ihm machte sich ein lange nicht erlebtes Glücksempfinden breit. Nun hatte die Vorstellung, die nächsten Stunden in seiner tristen Bleibe abzuhängen, etwas Erschreckendes. Außerdem verspürte er Hunger. Nach einem kargen Frühstück am Morgen hatte er nichts mehr hinunterbekommen. Das bevorstehende Gespräch hatte seine Gedanken und Gefühle vollständig in Anspruch genommen.

Die Aussicht auf den lukrativen Verkauf seiner Diebesbeute beflügelte seine Fantasie. Sobald der Deal über die Bühne gegangen war, würde er sich nach einem Ladenlokal umsehen. Ein kleines für den Anfang. Café und Bistro. Mit edler Ausstattung und qualitativ hochwertigen Angeboten. Er wollte weg von den schmuddeligen Kneipen, in denen er bisher verkehrt hatte, weg von den schmutzigen Typen, die in versifften Buden herumhingen und sich nur für den nächsten Schuss interessierten.

Das Zimmer in der Angerstraße würde er aufgeben und eine richtige Wohnung suchen. Mit eigenem Bad. Alles wäre nagelneu und blitzsauber. Damit es so bliebe, würde er sich eine Putzfrau leisten. Er sah sich in einem Penthouse im Ostviertel. Mit Blick über die Stadt, Fahrstuhl und Tiefgaragenplatz. Sitzmöbel aus weißem Leder. Vielleicht auch schwarz. Jedenfalls viel Chrom. Auf einem der Ledersofas räkelte sich eine Frau. Vanessa.

Kilian blieb unwillkürlich stehen. Er hatte nicht auf den Weg geachtet und war gewohnheitsgemäß in die Groner Straße eingebogen. Der Duft aus dem Bratwurst-Glöckle weckte seinen Appetit. Die Verlockung war groß, doch er dachte an die rothaarige Frau, die im Apex bediente, und machte auf dem Absatz kehrt. Er war ein neuer Mensch, und das würde auch Vanessa spüren.

*

Julian Pawlowski unterdrückte einen Fluch, als seine Zielperson die Richtung änderte. Er war sicher gewesen, dass der junge Mann ihn zu seiner Behausung führen würde. Doch nun schien er es sich anders überlegt zu haben. Mit dem notwendigen Abstand folgte er ihm in die Burgstraße, wo er im Eingang zum Apex verschwand. Unwahrscheinlich, dass er sich kurzfristig entschlossen hatte, eine Vorstellung aus dem Programm der *Stillen Hunde* zu besuchen. Eher würde er ihn an der Theke antreffen.

Er wartete neunzig Sekunden, um sicher zu sein, dass der Mann nicht wieder herauskam, dann folgte er ihm ins Lokal. Seine Zielperson saß an einem kleinen Tisch in der Nähe des Klaviers und gab offenbar gerade eine Bestellung auf. Pawlowski ließ sich in der gegenüberliegenden Ecke nieder und griff nach der Speisekarte. Seit die Wirtin aus dem Gauß-Keller in dieser Küche die Regie übernommen hatte, gab es hier einfache, aber gute Gerichte. Er vergewisserte sich, dass der junge Mann tatsächlich Essen bestellte, und winkte der Kellnerin, um es ihm gleichzutun. Er entschied sich für Geflügelleber und einen Merlot.

Nachdem er mit Genuss gegessen und ein zweites Glas Rotwein geleert hatte, bat er um die Rechnung, um bereit zu sein, dem Mann zu folgen. Doch der machte keine Anstalten zu zahlen. Er unterhielt sich halblaut mit der rothaarigen Bedienung, deren Gestik und Gesichtsausdruck zunächst Ablehnung, dann aber zunehmend Einverständnis zu signalisieren schien. Sie brachte ihrem Kunden ein weiteres Bier und verschwand hinter der Theke, wo sie mit dem Mann am Zapfhahn sprach. Er schüttelte den Kopf. Die Rothaarige redete auf ihn ein, bis er schließlich nickte und auf seine Armbanduhr tippte.

Das sah nicht gut aus. Womöglich hatte sie sich mit ihrem Gast verabredet und würde mit ihm in ihrer Wohnung verschwinden oder später ins Göttinger Nachtleben eintauchen. Pawlowski wartete eine halbe Stunde, bestellte noch ein Glas Merlot, wartete weiter. Seine Zielperson war von Bier auf Espresso umgestiegen und beschäftigte sich mit seinem Smartphone.

Irgendwann zahlte er, kurz darauf hängte die Kellnerin ihre Schürze an den Haken und verschwand in Richtung Toiletten. Mit erwartungsfrohem Lächeln kehrte sie zurück. Der junge Mann steckte sein Handy ein und stand auf. Gemeinsam verließen die beiden das Restaurant.

Während Pawlowski ihnen folgte, ärgerte er sich über sich selbst. Als er sechzig geworden war, hatte er sich geschworen, keine Observation mehr zu übernehmen. Nun lief er durch die nächtliche Stadt, um Personen zu verfolgen, die wahrscheinlich vierzig Jahre jünger waren als er. Er zog sein Mobiltelefon aus der Tasche und rief in der Berliner Zentrale an, denn in der Göttinger Niederlassung war das Telefon um diese Zeit nicht besetzt. »Ich brauche jemanden für eine Observation. Möglichst unter dreißig. Die Zielperson ist zu Fuß in der Göttinger Innenstadt unterwegs. Sobald sie ein Lokal oder eine Wohnung aufsucht, melde ich mich.« Ohne eine Antwort abzuwarten, beendete er das Gespräch. Seine Leute würden wissen, was zu tun war.

Inzwischen war das Paar am Wilhelmsplatz nach rechts in die Barfüßerstraße eingebogen. Als Pawlowski sie wieder im Blick hatte, verschwanden sie gerade im *Thanners*. Er schlenderte an der Kneipe mit dem Tankstellen-Logo vorbei und behielt den Eingang im Auge. Erneut rief er in der Zentrale an. »Wer kommt? – Gut. Ich warte vor dem *Thanners*.«

Eine Viertelstunde später betrat er das Lokal in Begleitung einer jungen Frau. Dass Jenny Kampe die erste Schicht übernehmen würde, war sicher nicht schlecht, sie verstand ihr Handwerk. Allerdings erregte sie an seiner Seite unerwünschte Aufmerksamkeit. Zahlreiche Augenpaare musterten sie und Pawlowski und schienen zu fragen, ob die Tochter ihren Vater oder die Enkelin ihren Großvater ausführte oder ob ein Professor mit seiner Studentin …

Nachdem er die Rothaarige und ihren Begleiter entdeckt und seine Mitarbeiterin informiert hatte, verabschiedete Pawlowski sich und verließ eilig die Kneipe. Jenny würde die Zielperson unauffällig fotografieren, ihr folgen und ihm am nächsten Tag Bericht erstatten.

*

Die Anrufe bei den fremden Familien in England hatte Anna erst einmal verschoben. Diesen unangenehmen Weg würde sie immer noch gehen können. Stattdessen hatte sie eine E-Mail an die Frau geschickt, auf deren Internetseite sie das Foto gefunden hatte. Sie schien eine Klassenkameradin von Sarah Roberts an der *Chelsea Public School* gewesen zu sein. So gut ihre Englischkenntnisse es erlaubten, hatte Anna erklärt, dass sie als Journalistin dem ungeklärten Mord an Sarah Jane Roberts nachgehen wolle und Informationen über sie suche. Nun wartete sie voller Ungeduld auf eine Reaktion. Nachdem bis zum Abend keine Nachricht eingegangen war, verließ sie die Redaktion und fuhr auf direktem Weg nach Hause.

Doch weder ihr PC noch ihr Tablet bekamen eine Verbindung zum Internet. Ausgerechnet heute gab es eine Störung im Netz, von der ganz Nikolausberg und Teile von Weende betroffen waren. Auch das mobile Datennetz war in diesem Bereich ausgefallen. Also setzte sie sich wieder ins Auto und machte sich auf den Weg zu Ingo.

Ihr Freund zeigte sich gleichermaßen überrascht und erfreut über den Besuch und schlug vor, essen zu gehen. »Mein Kühlschrank ist ziemlich leer. Und wir waren schon lange nicht mehr bei Salvatore.«

»Ich erwarte eine wichtige Nachricht«, wandte Anna ein. »Wer weiß, wie in der Theaterstraße der mobile Datenempfang ist. Wie wäre es, wir ließen uns eine Pizza oder einen Döner bringen?«

Ingo grinste. »Es geht um deinen Mordfall. Stimmt's?« Er griff zum Telefon. »Ich bestelle uns was. Für dich *Vier Jahreszeiten*?«

Anna nickte. »Wir können ja am Wochenende …« Sie brach ab, weil es ihr plötzlich gar nicht so dringlich erschien, auf den Eingang der E-Mail zu warten. Wer weiß, ob sie heute noch einträfe. Und wenn, dann käme es auf eine oder zwei Stunden nun wirklich nicht an. Sie wedelte mit den Händen. »Eigentlich können wir doch essen gehen. Bei Salvatore …« Auch dieser Satz blieb unvollendet, denn Ingo gab bereits die Bestellung durch. Warum war sie so versessen darauf, immer alles sofort zu erfahren, einer Spur sofort nachzugehen, eine Information sofort zu überprüfen?

»Die brauchen höchstens zwanzig Minuten. In der Zwischenzeit mache ich schon mal eine Flasche auf«, verkündete Ingo, nachdem er aufgelegt hatte.

»Es tut mir leid.« Anna verzog schuldbewusst das Gesicht. »So wichtig ist die Sache eigentlich doch nicht.«

»Das Essen auch nicht.« Ingo füllte zwei Gläser. »Lass uns erst einmal anstoßen!«

Annas Smartphone meldete in dem Augenblick den Eingang einer E-Mail, als der Pizzabote an der Tür klingelte. Mit fliegenden Fingern öffnete sie die Nachricht.

»Ingo!«, rief sie. »Mail aus England.« Während ihr Freund die Pizzen in die Küche brachte, auspackte und auf vorgewärmte Teller legte, überflog sie die ersten Zeilen.

»Tatsächlich eine Freundin von Sarah Jane Roberts«, rief sie. »Von *der* Sarah Jane Roberts. Sie heißt Emily Taylor und war mit ihr zehn Jahre in einer Klasse. Ihr Tod hat sie sehr getroffen, zumal sie Sarah damals nach Deutschland hatte begleiten wollen. Das hat aber aus beruflichen Gründen nicht geklappt. Sie macht sich heute noch Vorwürfe.« Anna verstummte und las kopfschüttelnd weiter. Schließlich sah sie auf. »Du glaubst nicht, was Emily Taylor außerdem schreibt.«

6

1986

Als Jörg nach einem Geschäftsessen aus dem Rathskeller in die Jüdenstraße zurückkehrte, entdeckte er vor dem Haus wieder diese Frau, die er schon gestern vom Büro aus beobachtet hatte. Sie hatte die Fassade betrachtet, ein Foto aus der Handtasche gezogen und abwechselnd das Bild und das Gebäude angesehen. Dann war sie weitergegangen und hatte auch andere Häuser gemustert und Aufnahmen gemacht. Eine Studentin, die sich mit Architektur oder Geschichte der Stadt beschäftigte, hatte er vermutet. Und bedauert, dass sie nicht hereingekommen war, denn sie war hübsch. Volles fast schwarzes Haar, goldbraun getönte Haut und sehr dunkle Augen. Viel hätte er ihr nicht sagen können. Aber vielleicht sein Vater. Der hatte das Geschäft – und damit auch das Haus – Ende der sechziger Jahre von seinem Großvater Friedrich übernommen. Reichlich spät, fand er, denn sein Vater hatte bereits die vierzig überschritten. So lange wie er würde er nicht warten wollen. Während er diesen Gedanken weiter verfolgte, war die fremde Schönheit verschwunden. Und er hatte sie im nächsten Augenblick vergessen.

Jetzt stand sie wieder vor dem Haus. Jörg war guter Stimmung, denn die Gespräche beim Mittagessen waren erfolgreich verlaufen. Das Interesse der Ärzte an einem gemeinsamen Neubau, der zu einem medizinischen Zentrum ausgebaut werden sollte, hatte sich konkretisiert. Rudloff-Immobilia würde das Gebäude planen, errichten und verwalten. Ein vielversprechendes Bauvorhaben. In leicht euphorisiertem Zustand steuerte er auf die Dame zu, um sie anzusprechen.

»Kann ich Ihnen helfen?«, fragte er. »Interessieren Sie sich für eine Wohnung?«

Da sie nicht antwortete, streckte er ihr seine Hand hin. »Entschuldigen Sie! Mein Name ist Jörg Rudloff. Wenn ich Ihnen irgendwie behilflich …«

»Sarah.« Sie musterte ihn mit einem ernsten, schwer zu deutenden Ausdruck. »Guten Tag.« Ihr Blick wanderte zur Hausfassade. »Ich suche nicht eine Wohnung. Ich bin interessiert in die Hist… Geschichte … von … alte Häuser.«

Britischer Akzent. Jörg lächelte. »Vielleicht kann ich Ihnen helfen. Also, nicht direkt. Aber ich könnte meinen Vater bitten … Er ist, wir sind Rudloff-Immobilia.« Er deutete auf das Messingschild am Eingang. »Bauträgergesellschaft. Sie verstehen?« Dann machte er eine Bewegung, die ein Teil des Straßenzuges umfasste. »Uns gehören hier mehrere alte Häuser. Mein Dad kennt sich damit aus. Ich mache eher … moderne Sachen. Bürohäuser und so.«

Sarah nickte vage. Ihre ernste Miene wandelte sich zu einem kaum wahrnehmbaren Lächeln. »Vielleicht ich spreche lieber mit Ihnen. Wir sind … eine Generation. Haben Sie Zeit morgen?«

»Selbstverständlich.« In Gedanken verschob Jörg Besprechungen und Termine des nächsten Vormittags. Die Sekretärin müsste sich darum kümmern. Seinem Vater würde es nicht gefallen, aber für eine Verabredung mit dieser Frau würde er zur Not einen Rüffel in Kauf nehmen. »Um elf würde mir passen. Bei Cron & Lanz? Das ist in der Weender Straße. Fußgängerzone. *Pedestrian zone.*« Er beschrieb ihr den Göttinger Nabel, an dem sie, vom Hotel kommend, rechts abbiegen musste.

»Ich habe schon gewesen dort. Delicious … wie sagt man? Lecker … Kuchen?«

»Genau.« Jörg strahlte. Heute war sein Glückstag. »Also dann bis morgen im Café.«

Sarah schenkte ihm erneut ein Lächeln. »Auf Wiedersehen.« Sie wandte sich zum Gehen.

Jörg sah ihr nach, bis sie in die Theaterstraße einbog. Dann strebte er fröhlich pfeifend dem Eingang der Rudloff-Immobilia zu. Auf dem Flur begegnete er seinem Vater.

Hans Rudloff warf einen Blick auf die Uhr. »Du bist spät dran, Junge. Wie war's mit den Ärzten?«

»Alles bestens.« Jörg strahlte. »Unser Konzept gefällt ihnen. Der Finanzierungsplan ist unproblematisch. Der Notar kann den Vertrag vorbereiten.«

»Gut.« Sein Vater nickte zufrieden. »Dann gib Doktor Seibold noch heute Bescheid. Und mach ein bisschen Druck. Je früher wir das Projekt in trockenen Tüchern haben, desto besser.« Er wandte sich um und öffnete die Tür zu seinem Büro. Auf der Schwelle drehte er sich noch einmal um. »Und wer war die junge Dame, mit der du gesprochen hast?«

»Sie ist Engländerin, glaube ich, heißt Sarah und ist sehr … attraktiv. Sie interessiert sich für alte Häuser. Morgen treffe ich mich mit ihr bei Cron & Lanz.«

»Hat sie auch einen Nachnamen?«

»Davon gehe ich aus«, grinste Jörg. »Den kenne ich allerdings nicht. Aber morgen …«

»Das Mädchen sieht jüdisch aus«, murmelte Hans Rudloff. »Und Sarah ist ein jüdischer Name.«

»Na und?« Jörg zuckte mit den Schultern. »Spielt das eine Rolle? Sie ist Engländerin. Vielleicht studiert sie noch. Oder forscht. Über Städtebau früher und heute. Was weiß ich. Da ist sie doch bei uns an der richtigen Adresse.«

»Hoffentlich nicht«, murmelte Hans Rudloff. Aber so leise und undeutlich, dass Jörg nicht sicher war, ob er richtig verstanden hatte.

*

»Ihr Vater erwartet Sie in seinem Büro«, teilte ihm die Sekretärin mit, als er von seiner Verabredung mit der Engländerin zurückkehrte.

»Worüber habt ihr gesprochen?«, fragte Hans Rudloff, als Jörg den Raum betrat.

Das irritierte ihn. Einerseits. Andererseits löste die Anteilnahme seines Vaters eine überraschend freudige Empfindung aus. Interessierte er sich wirklich für das Privatleben seines Sohnes? Er reagierte mit einer Gegenfrage. »Seit wann kümmern dich meine Bekanntschaften?«

Sein Vater wischte die Bemerkung mit einer Handbewegung zur Seite. »Worüber habt ihr gesprochen?«, wiederholte er. »Und kennst du jetzt ihren Namen?« Sein Ton verriet Jörg, dass es ihm ernst war.

Er antwortete widerwillig. »Sie heißt Sarah Jane Roberts, ist achtundzwanzig Jahre alt und stammt aus Chelsea, London. Dort arbeitet sie in einem Verlag für historische Fachliteratur.«

»Worüber habt ihr gesprochen?«, fragte Jörgs Vater zum dritten Mal. »Was will sie von dir?«

»Sie will nichts von mir. Ich habe *sie* angesprochen. Sie ist attraktiv. Und nett und sympathisch. Wir haben uns über das englische Königshaus unterhalten, über die Hochzeit von Prinz Andrew mit Sarah Ferguson. Und über den Tunnel durch den Ärmelkanal.«

»War von diesem Haus die Rede?«

Jörg schüttelte den Kopf. »Nein. Wieso?«

»Wirst du sie wiedersehen?«

»Ja. Wir haben uns verabredet. Für heute Abend.«

Sein Vater starrte ihn sekundenlang an. Jörg schien es, als sähe er durch ihn hindurch. »Okay«, sagte er schließlich. »Wenn dir das Mädchen gefällt ... Alles in Ordnung. Ich wünsche dir viel Vergnügen. Ich möchte allerdings nicht, dass die

Arbeit unter deiner … Bekanntschaft leidet. Du kannst jetzt gehen.«

In seinem Büro atmete Jörg tief ein. Mit Ende Zwanzig musste er sich vom eigenen Vater wie ein ahnungsloser Halbwüchsiger behandeln lassen. Es wurde Zeit, die Firma zu übernehmen und den Alten hinauszudrängen. Auch dessen seltsame Fragen zu Sarah gingen ihm durch den Kopf. Natürlich hatte er mit ihr nicht nur über aktuelle Ereignisse geredet. Doch das hatte er lieber für sich behalten. Zum Beispiel wusste er jetzt, dass sie geschieden war. Er hoffte, heute Abend mehr zu erfahren. Aber vor allem hatte er seinem Vater verschwiegen, dass Sarahs Interesse weniger der Architektur als der Geschichte ihres Hauses galt. Nach den Besitzverhältnissen hatte sie gefragt. Jörg wusste jedoch nur das, was sein Vater ihm von klein auf erzählt hatte. »Ich habe das Haus von deinem Großvater geerbt.« Mehr hatte er nie erzählt. Allerdings hatte Jörg früher die Vergangenheit ohnehin nicht interessiert, nur war ihm irgendwann aufgefallen, dass sein Vater bei diesem Thema stets wortkarg wurde. Er würde seinen Großvater fragen. Denn er hatte Sarah versprochen, ihr am Abend Rede und Antwort zu stehen.

Um auf andere Gedanken zu kommen, schaltete Jörg das Radio ein. Aus dem Lautsprecher erklang die Stimme von Falco. *Jeanny, quit livin' on dreams. Jeanny, life is not what it seems …* Nach Falco spielte der Sender Chris Normans *Midnight Lady*, das Titellied eines Schimanski-Tatorts. Vielleicht konnte er Sarah mit ein paar Zeilen aus dem Lied beeindrucken. Doch es gelang ihm nicht, sich auf den Text zu konzentrieren. Er beschloss, den Nachmittag für einen Besuch bei seinem Großvater zu nutzen.

Friedrich Rudloff lebte mit sechsundachtzig Jahren noch immer allein in seinem Haus an der Brüder-Grimm-Allee. Vor drei Jahren war er Witwer geworden, seitdem kümmerte sich neben dem schon vorhandenen Personal eine fest angestellte Pflegerin um ihn. Mit ihr hatte er deutlich weniger Auseinandersetzungen als früher mit der eigenen Frau. Was wohl daran lag, dass die professionelle Pflegekraft selbst Haare auf den Zähnen hatte und den herrschsüchtigen Alten in seine Schranken wies. Wenn sie aneinandergerieten ging es oft um alkoholische Getränke, denn nach dem Tod seiner Frau hatte er angefangen, mehr zu trinken, als für ihn gut war.

Jörg hatte ihn länger nicht besucht, da die Gespräche mit seinem Großvater anstrengend waren. Friedrich Rudloff war nicht wirklich dement, doch sein Alter machte sich bemerkbar. Körperlich war er fit, aber er vergaß immer öfter die Frage, die man ihm gerade gestellt hatte, und während einer Unterhaltung wiederholte er manche Sätze mehrfach. Dabei blieb unklar, ob Alkohol eine Rolle spielte. Betrunken wirkte er jedenfalls nie. Ansonsten schien er zunehmend in der Vergangenheit zu leben, erzählte bei jeder passenden und unpassenden Gelegenheit von seinen Heldentaten im und beim Aufbau der Firma nach dem Krieg. Weil es Jörg gerade darum ging, erhoffte er sich von ihm Informationen, die ihm sein Vater nicht geben würde.

»Guten Tag, Herr Rudloff«, begrüßte ihn die Pflegerin. »Ihr Großvater nimmt gerade im Wintergarten seinen Tee. Möchten Sie auch eine Tasse?«

»Danke, nein. Ich würde mich gern ungestört mit ihm unterhalten. Geht das?«

Die Frau nickte. »Er hat nach dem Mittagessen geschlafen. Im Augenblick scheint er gut ausgeruht und frisch.«

Friedrich Rudloff empfing seinen Enkel mit einem misstrauischen Blick. Doch dann entspannten sich seine Züge. »Ach, du bist's.« Er machte eine einladende Handbewegung. »Setz dich! Du warst lange nicht hier.«

Jörg setzte sich ihm gegenüber. »Wir haben viel zu tun. Das neue Ärztehaus. Ich habe dir davon erzählt.«

Sein Großvater nickte beifällig. »Ärzte sind gut. Jedenfalls als Kunden. Was ihre sogenannte Kunst angeht, das steht auf einem anderen Blatt. Sie haben deine Großmutter auf dem Gewissen. Und mich behandeln sie wie ein Versuchskaninchen. Verschreiben wirkungslose Pillen und geben unnütze Ratschläge.« Er zog eine kleine Flasche aus der Tasche und goss einen Teil des Inhalts in seinen Tee. Es roch nach Rum.

»Ich würde dich gerne etwas fragen«, begann Jörg. »Es betrifft unser Haus in der Jüdenstraße.«

»Fragen darfst du alles, mein Junge.« Seine Hand zitterte, als er die Teetasse zum Mund führte. »Aber du kriegst nicht auf alles eine Antwort. Was ist mit dem Haus?«

»Vater hat es von dir übernommen. Hast du es auch von deinem Vater geerbt?«

Friedrich Rudloff schloss die Augen und schwieg. Sekundenlang lauschte Jörg seinem Atem. »Das waren andere Zeiten«, murmelte er schließlich. »Kannst du dir nicht vorstellen. Ihr habt vielleicht in der Schule ... Doch die Wirklichkeit ...« Er winkte ab. »Es war Krieg. Deutschland ging vor die Hunde. Die ... Alliierten haben alles in Schutt und Asche gelegt. Wir haben Glück gehabt. Ich war ...«

»Ich weiß«, unterbrach Jörg ihn. Auf Kriegsgeschichten hatte er keine Lust. »Du hast als Soldat gegen die Engländer gekämpft. Das hast du oft genug erzählt. Aber ich würde gern etwas über das Haus in der Jüdenstraße wissen. Seit wann gehört es uns ... gehörte es dir?«

»Ich habe es gekauft. 1940. Von der Stadt. War alles rechtmäßig.«

Jörg stutzte. »Während des Krieges? Als Soldat? Wovon?«

»Soldat war ich erst ab vierundvierzig. Vorher war ich ... an der Heimatfront. Verantwortlich für die Menschen der Stadt. Hier wurde auch gekämpft. Gegen Sabotage, Spionage, Wehrkraftzersetzung, Heimtücke und jü...« Er brach ab und fingerte die kleine Flasche aus der Jackentasche, hob sie zum Licht, nickte zufrieden und öffnete den Schraubverschluss. Diesmal ließ er die braune Flüssigkeit direkt in den Rachen laufen. Sie löste einen Hustenanfall aus, der ihm Tränen in die Augen trieb.

Nachdem er sich beruhigt und mit einem großen Taschentuch die Augenwinkel getrocknet hatte, sah er seinen Enkel an. »Es war alles rechtmäßig«, wiederholte er. »Deshalb hatte der englische Ju… der Engländer auch kein Recht darauf.«

»Welcher Engländer?«, fragte Jörg. »Worauf hatte er kein Recht?«

Sein Großvater winkte ab. »Ein Verrückter. Stand plötzlich vor der Tür. 1958. Dein Vater war so alt wie du.« Er nahm einen weiteren Schluck aus dem Flachmann. »Aber nicht mit uns.«

Irritiert sah Jörg ihn an. »Was nicht mit uns?«

Friedrich Rudloff zuckte mit den Schultern. »Es war alles gesetzmäßig und ordnungsgemäß. Mit Kaufvertrag. Ich kann ihn dir zeigen.« Mit einiger Mühe quälte er sich hoch. »Komm mit auf den Boden!«

»Die Bodentreppe ist viel zu steil für dich«, wandte Jörg ein. »Ich gehe nach oben. Was soll ich holen?«

Mit einem Seufzer ließ sich sein Großvater zurück in den Sessel fallen. »Vielleicht habe ich ihn doch im Schreibtisch«, murmelte er. »Oder im …« Erneut hievte er sich hoch. »Warte hier, ich sehe nach.« Er durchquerte den Wintergarten und das Wohnzimmer. Jörg beugte sich vor und sah, wie er in seinem Arbeitszimmer verschwand.

Es dauerte fast eine Viertelstunde, bis er zurückkehrte. Seine Hände waren leer, doch er grinste verschwörerisch. Nachdem er sich gesetzt hatte, deutete er mit dem Daumen in Richtung Küche. »Die alte Hexe versteckt meine Medizin. Aber ich bin ja nicht blöd.« Er griff in seine Tasche, sah sich um und zog dann einen neuen Flachmann hervor.

»Hast du gefunden, was du gesucht hast?«, fragte Jörg.

Triumphierend hielt sein Großvater die Flasche hoch und öffnete den Verschluss. »Na klar!«

»Wolltest du mir nicht einen Kaufvertrag zeigen?«

Statt zu antworten, nahm Friedrich Rudloff einen kräftigen Schluck. »Was für einen Kaufvertrag?« Er schüttelte den Kopf. »Ich kümmere mich nicht mehr um die Firma, Junge. Ihr solltet selbst wissen, wo ihr eure Verträge habt, du und dein Vater.«

Jörg spürte Ärger in sich aufsteigen, er musste sich zwingen, ruhig zu bleiben. »Wem hat das Haus in der Jüdenstraße gehört, bevor du es gekauft hast?«

»Wem das Haus gehört hat? Der Stadt natürlich. Wem sonst? Das war damals so. Sie haben einen Käufer gesucht und mich gefragt, ob ich die Bruchbude haben will. Für wenig Geld.« Er lachte trocken. »War gar keine Bruchbude. Im Gegenteil. Solide gebaut. Gut ausgestattet, solvente Mieter. Der Grundstein für unser Unternehmen. Und nun vergiss die alten Geschichten! Sag mir lieber, ob du endlich eine Freundin hast.« Er senkte die Stimme und fügte in vertraulichem Ton hinzu: »Erzähl mir, was du mit ihr machst!«

1958

Elias Goldstein hatte sich eigentlich geschworen, nie wieder deutschen Boden zu betreten. Seine Familie war in Deutschland ermordet worden. Sein Vater, der wie Generationen vor ihm, erfolgreicher Juwelier gewesen war, hatte mit siebzig Jahren Selbstmord begangen. In England hatte Elias ein neues Leben, eine schöne und lebenslustige Frau und ein gutes Auskommen gefunden und war heimisch geworden. Sein Sohn David besuchte die Universität und stand kurz davor, den Abschluss in Medizin zu machen. Danach würde auch er heiraten und Kinder bekommen. Davids Verlobte war nicht jüdisch, aber Religion spielte für Elias' keine Rolle mehr. Ein

Gott, der millionenfachen Massenmord zuließ, konnte sein Gott nicht sein.

Goldsteins Meinung über Deutschland war schon 1956 ins Wanken geraten. In der Times hatte er gelesen, dass der Intendant des Deutschen Theaters in Göttingen, ein gewisser Heinz Hilpert, die Unterschriftensammlung Bert Brechts gegen die Wehrpflicht unterstützt und mit der Aufführung von »Mutter Courage«, die an einigen anderen deutschsprachigen Theatern als kommunistische Propaganda verpönt war, einen Skandal ausgelöst hatte.

Ein Jahr später waren die Zweifel an seinem Schwur weiter gewachsen, als die »Göttinger Erklärung« bekannt wurde. Darin hatten sich namhafte Atomwissenschaftler wie Otto Hahn, Max Born und Werner Heisenberg gegen eine atomare Bewaffnung der Bundeswehr gewandt. Ihr Bundeskanzler hatte Atomwaffen hingegen als »Weiterentwicklung der Artillerie« bezeichnet, auf die man nicht verzichten könne. Durch die Erklärung der Göttinger Forscher war eine weltweite Diskussion um die Sicherung des Friedens in Gang gesetzt worden. Sie hatte ihren Ursprung in der Stadt, in der sein Elternhaus gestanden hatte, und warf ein neues Licht auf das Land, dem er den Rücken gekehrt hatte.

Fast ein Jahr hatte er über die Frage nachgedacht, ob er sich auf die Reise machen sollte, um das Haus wiederzusehen, in dem er aufgewachsen war. Seine Frau Scarlett und sein Sohn David hatten ihm zugeredet. Schließlich hatte er den Koffer gepackt und ein Flugticket nach Frankfurt gebucht. Von dort hatte ihn ein gelb-roter Schnellzug mit der Aufschrift *Trans Europ Express* nach Göttingen gebracht.

Als er – fünfundzwanzig Jahre nach seinem Abschied aus Göttingen – mit gespannter Erwartung aus dem Bahnhofsgebäude trat, überraschte ihn ein völlig neuer Bahnhofsvorplatz. Der Palmengarten war verschwunden und hatte unzähligen Automobilen Platz gemacht. Sie standen in ordentlichen Reihen nebeneinander oder fuhren direkt vor ihm am Eingang vorüber. Goldstein überquerte den Platz und die angrenzende Straße. *Gebhards Hotel*, in dem das Reisebüro ihm ein Zimmer gebucht hatte, lag gleich gegenüber. Wenige Minuten später füllte er bereits einen Meldeschein aus. Nachdem er sein Zimmer bezogen, den Koffer abgestellt und sich mit fließendem Wasser erfrischt hatte, machte er sich auf den Weg.

Anders als in Berlin oder Hamburg, von denen er Fotos gesehen hatte, waren die Häuser in Göttingen weitgehend von Bomben verschont geblieben. Er wanderte die Goetheallee und die Prinzenstraße entlang, staunte über die vielen Automobile auf der Weender Straße, wo er an der Kreuzung warten musste, weil der Verkehr von einer Ampel geregelt wurde. Schließlich erreichte er die Jüdenstraße und näherte sich mit spürbar klopfendem Herzen dem Haus seines Vaters.

Im Erdgeschoss gab es immer noch ein Geschäftslokal. Man konnte durch große Fenster hineinsehen. Als Verkaufsraum wurde er offenbar nicht mehr genutzt. An die Stelle des Tresens war ein Empfangsschalter aus dunkel glänzendem Holz getreten, hinter dem eine blonde Dame im blauen Kostüm damit beschäftigt war, Unterlagen in große Umschläge zu stecken. Vor ihr stand ein schwarzes Telefon. Etwas abseits, auf einem orientalischen Teppich, wartete eine Sitzgruppe aus schweren braunen Ledermöbeln und einem Eichentisch auf Besucher. An den Wänden hingen gerahmte Fotografien von unterschiedlichsten Gebäuden. Ein Messingschild neben der Eingangstür verriet das Gewerbe, das hier Einzug gehalten hatte.

Rudloff-Immobilia.
Bauträger-Gesellschaft mbH.
Inh. F. Rudloff & Sohn.
Planung – Ausführung – Verwaltung – Vermietung.

In Goldsteins Kopf kreisten Fragen. Wie kamen F. Rudloff & Sohn in dieses Haus, das seit vielen Generationen seiner Familie gehört hatte? Wer bewohnte die Wohnung im dritten Stock, in der er geboren und aufgewachsen war? Er schaute hinauf, erkannte die Fenster, hinter denen jetzt andere Vorhänge hingen: Küche, Flur, Toilette, Gesinderaum, sein Zimmer. Das Arbeitszimmer seines Vaters, Wohnzimmer und Schlafzimmer der Eltern lagen nach hinten hinaus. Im ersten Stock hatte es zwei Wohnungen gegeben. Bis 1933 waren darin die Familien Rosenthal und Levi zu Hause gewesen, mit deren Kindern er gespielt hatte. Auch hier gab es neue Gardinen. Wer mochte jetzt dort wohnen? Wer bekam die Miete? An die Namen der Bewohner des zweiten Stocks erinnerte er sich nicht, nur daran, dass die einen keine Kinder hatten, die anderen ein sehr altes Ehepaar waren.

Zögernd näherte er sich dem Eingang. Ob die blonde Frau seine Fragen beantworten konnte? Als er die Hand nach dem Griff ausstreckte, öffnete sich die Tür. Goldstein trat rasch einen Schritt zurück, um einem großen, kräftigen Mann Platz zu machen. Er hatte etwa sein Alter, trug einen eleganten dunkelgrauen Anzug. »Muss ins Rathaus, Häschen, bin in zwei Stunden wieder da«, rief er über die Schulter und steckte sich eine Zigarre zwischen die Zähne. Dann musterte er Goldstein. »Wollen Sie zu mir?«, nuschelte er. »Lassen Sie sich von Fräulein Haase einen Termin geben!«

Er sog an der Zigarre, stieß eine Qualmwolke aus und eilte die Straße hinunter. Goldstein sah ihm nach. Das musste F. Rudloff sein. Sollte er mit ihm sprechen? Darüber, wie er sich verhalten würde, wenn das Haus bewohnt wäre, hatte er sich vorher keine Gedanken gemacht. In seiner Vorstellung war es zerbombt. Oder es stand leer und war vom Verfall bedroht. Jetzt war alles anders. Er wollte Antworten auf seine Fragen finden. Entschlossen zog er die Tür auf und betrat den Empfangsraum der Rudloff-Immobilia.

»Ja«, beantwortete die Dame am Empfang seine erste Frage, ohne in ihrer Beschäftigung innezuhalten. »Das war Herr Rudloff. Er ist der Inhaber des Unternehmens. Und unser Chef.«

Sie musterte den Besucher abschätzend. »Was kann ich für Sie tun?«

»Wem gehört dieses Haus?«, entfuhr es Goldstein.

Fräulein Haase legte die Briefumschläge aus der Hand und hob die Augenbrauen. Ihr Blick zeigte eine Mischung aus Skepsis und Misstrauen. »Herrn Rudloff natürlich. Wem sonst?«

»Ich hätte gern einen Termin bei Ihrem Chef. Möglichst kurzfristig. Ich komme aus England und bin nur kurze Zeit in Göttingen.«

»Selbstverständlich, mein Herr.« Die Angestellte klang plötzlich wesentlich freundlicher. Sie lächelte sogar und griff nach einem Notizbuch. »Internationale Geschäftsbeziehungen sind uns sehr willkommen. Wie ist denn der werte Name?«

»Goldstein. Elias Goldstein. Aus Chelsea, London.«

7

2017

Anna konnte die Erregung in ihrer Stimme nicht unterdrücken. »Sarah Jane Roberts ist 1986 nach Deutschland gekommen, um die Geschichte ihrer Familie zwischen 1933 und 1945 zu erforschen. Vor allem wollte sie nach Spuren ihres Großvaters suchen. Der war 1958 nach Göttingen aufgebrochen und ist nicht wieder nach England zurückgekehrt.«

»Der Name klingt nicht gerade nach deutschen Vorfahren«, stellte Ingo fest und füllte die Gläser.

»Es kann ja um die Familie ihrer Mutter gegangen sein.« Anna ereiferte sich. »Oder sie hat geheiratet. Keine Ahnung.

Ich muss bei Emily Taylor nachfragen. Wenn sie mit Sarah befreundet war, weiß sie vielleicht Genaueres.«

»Ich bin sicher, dass du nicht eher Ruhe gibst, bis du die Zusammenhänge herausbekommen hast.« Ingo lächelte. »Aber jetzt essen wir erst mal. Sonst wird die Pizza kalt.«

Hastig griff Anna nach dem Besteck und säbelte ein Stück von ihrer *Vier Jahreszeiten* ab. Kauend setzte sie ihre Mutmaßungen fort. »Sarah wurde in Göttingen ermordet. Ihr Großvater ist hier verschwunden. Das kann kein Zufall sein. Es muss einen Zusammenhang geben.«

»Du meinst«, fragte Ingo, »Sarah könnte dem Täter auf die Spur gekommen sein? Und deshalb musste sie sterben?«

»Die Polizei würde das als Verdeckungsmord bezeichnen. Sie hat aber sechsundachtzig wahrscheinlich nicht von dem Großvater gewusst«, wandte Anna ein. »In den Ermittlungsakten steht jedenfalls nichts über ihn.«

»Woher weißt du, was in den Ermittlungsakten steht?« Ingo sah sie fragend an. »Die kriegt doch niemand zu sehen, der nicht dienstlich mit dem Fall befasst ist.«

Anna schob schnell ein weiteres Stück Pizza in den Mund, um nicht antworten zu müssen. »Hauptkommissarin Engel hätte das erwähnt«, murmelte sie schließlich.

Ingo ging darüber hinweg. »Das Verschwinden des Großvaters liegt fast sechzig Jahre zurück. Wenn die Polizei 1986 nichts davon gewusst hat, wirst du bei den Behörden heute erst recht nichts dazu finden.«

»Deshalb muss ich bei den Opfern ansetzen. Bei ihrer Geschichte.« Anna sah Ingo in die Augen. »Hilfst du mir? Ich meine, gleich bei der Korrespondenz mit Emily Taylor. Mein Englisch ist nicht so gut.«

»Selbstverständlich. Ich bin gespannt, was du herausfinden wirst.« Er deutete auf ihren Teller. »Aber nun iss erst mal!«

Es fiel Anna nicht leicht, ihre Lieblingspizza und den Chianti in gewohnter Weise zu genießen. Ihre Gedanken kreisten um den Fall *Big Ben* und den neuen Aspekt, der sich aus der E-Mail von Emily Taylor ergeben hatte. Wahrscheinlich hatte Ingo Recht. Beim Versuch, nach neunundfünfzig Jahren die Spur eines Vermissten aufzunehmen, würde sie nicht auf die Behörden rechnen können. Trotzdem würde sie bei Oberstaatsanwalt Wegemann nachfragen, den sie aus mehreren Kriminalfällen kannte. Zuletzt waren sie sich nach dem Sturz eines Hochschullehrers vom Blauen Turm begegnet. Obwohl Anna sich immer wieder in Ermittlungen eingemischt hatte, war Wegemann ihr gegenüber stets hilfsbereit geblieben. Ganz zu Anfang hatte er sogar versucht, sie … Anna verbannte die Gedanken an eine Beinah-Affäre mit dem Staatsanwalt. Inzwischen hatte sie ohnehin die Grenze erreicht, bis zu der sich manche Männer bei jeder halbwegs ansehbaren Frau zu Gockelverhalten hinreißen ließen. In wenigen Monaten würde sie ihren vierzigsten Geburtstag feiern, und sie hatte bereits festgestellt, weniger wahrgenommen zu werden als früher, jedenfalls von einer bestimmten Sorte Mann. Bis vor wenigen Jahren hatten Machotypen in der Fußgängerzone noch hinter ihr her gepfiffen. Damit war es vorbei, und darüber sollte sie froh sein. Andererseits …

»Woran denkst du?«, fragte Ingo, der ihr Mienenspiel beobachtet hatte. »An Sarah Jane Roberts?«

»Gerade eben war ich in Gedanken bei … ihrem Großvater. Ich habe mich gefragt, ob es auf dem Boden der Staatsanwaltschaft noch Unterlagen aus der Zeit geben könnte. Ich fürchte nicht. Wegemann hat mal erwähnt, dass hier nichts lagert, was älter als zwanzig Jahre ist.«

Ingo hob die Schultern. »Wenn der Mann vermisst wurde und nicht wieder aufgetaucht ist, kann der Fall eigentlich nicht abgeschlossen sein. Aber nach einer entsprechenden Akte zu suchen, dürfte schwierig werden. Du weißt ja nicht einmal, ob er wirklich Roberts heißt.«

»Genau.« Anna nickte. »Und deshalb muss ich unbedingt noch mal an Emily Taylor schreiben.« Mit dem letzten Stück

Pizza, das sie in der Hand hielt, deutete sie in die Richtung, in der sich Ingos Arbeitszimmer befand. »Darf ich deinen PC benutzen?«

Wenig später formulierte sie mit der Hilfe ihres Freundes eine Mail an Sarah Janes Freundin. Die Antwort ließ nicht lange auf sich warten. Ingo übersetzte.

Liebe Anna,
ich freue mich sehr darüber, dass du dich für Sarahs Tod interessierst. Es wäre wie ein Wunder für mich, wenn nach all dieser Zeit die Wahrheit doch noch ans Licht käme. Bis heute mache ich mir Vorwürfe, dass ich sie damals nicht begleitet habe. Ich hätte mich gegen meinen Chef durchsetzen sollen, der mir nicht freigeben wollte.

Sarah ist hier in Chelsea aufgewachsen. Ihre Eltern sind David und Ester Goldstein. Zu ihnen habe ich keinen Kontakt mehr. Sie haben den Verlust ihrer Tochter nicht verkraftet, sich bald danach getrennt und sind weggezogen. Vorher haben sie entschieden, Sarah in Göttingen beisetzen zu lassen. Auf dem jüdischen Friedhof gab es eine Grabstelle der Familie. Sie waren zu dem Schluss gekommen, dass die Geschichte der Göttinger Goldsteins damit ihr endgültiges Ende gefunden hat.

Da ich auf der Public School mit Sarah zusammen war, weiß ich einiges über sie. Wir blieben auch danach befreundet. Ich bin allerdings nicht sicher, welche Informationen für deine Nachforschungen wichtig sein könnten. Ich schreibe einfach auf, was mir einfällt.

Sarahs Vorfahren väterlicherseits müssen schon länger in Deutschland gelebt haben. Ihr Großvater hieß Elias. Er ist 1933 aus Deutschland gekommen und hat hier ein Juweliergeschäft eröffnet. Als Jude hatte er es auch in Großbritannien nicht leicht. Aber die Zurücksetzungen waren vergleichsweise harmlos. So hat man ihm beispielsweise die Aufnahme in den Golfclub verwehrt. Nach dem Krieg war sein Geschäft ziemlich erfolgreich. David hat es bis 1987 weitergeführt und dann verkauft.

Mit vierundzwanzig Jahren hat Sarah geheiratet. Die Ehe hat nicht lange gehalten, sie wurde drei Jahre später geschieden. (Der Mann war nach außen sehr charmant, in Wahrheit jedoch gewalttätig.) Den Namen Roberts hat sie nach der Scheidung behalten. Sie hatte mit ihm als Historikerin bereits eine gewisse Bekanntheit erlangt.

Nach der Scheidung hat sie begonnen, sich für die Geschichte ihrer Familie zu interessieren. Fast alle, die in Göttingen gelebt haben, sind in deutschen Konzentrationslagern umgebracht worden. Ihr Urgroßvater soll sich das Leben genommen haben. Als ihr Großvater in Deutschland verschwunden ist, war Sarah noch nicht geboren. Sie hat ihn also nicht kennengelernt. Trotzdem wollte sie herausfinden, was mit ihm geschehen ist. Und was aus dem Haus geworden ist, das ihre Vorfahren in Göttingen besessen haben.

Gerade stelle ich mir vor, wie sie durch die Stadt gewandert ist, um danach zu suchen. Da fällt mir ein, dass ich von ihr einen Brief bekommen habe. Darin hat sie geschrieben, einen gleichaltrigen Deutschen getroffen zu haben, der etwas mit dem Haus zu tun hatte. Ich erinnere mich nicht mehr an Einzelheiten. Aber ich habe ihn aufgehoben. Ich müsste ihn noch irgendwo haben. Vielleicht enthält er brauchbare Hinweise.

Im Augenblick ist das alles, was ich über Sarah mitteilen kann und wovon ich annehme, dass es dir bei deinen Recherchen hilft. Sollte ich den Brief finden, schicke ich dir eine Kopie. Ich würde mich freuen, wenn du mich über die Ergebnisse deiner Recherchen informieren würdest.

Mit herzlichen Grüßen
Emily Taylor

Anna atmete geräuschvoll aus. »Das wäre der Hammer. Ich meine den Brief von Sarah an ihre Freundin. Wenn darin ein Name steht …«

»Langsam!« Ingo hob beide Hände. »Eine Zufallsbekanntschaft. Daraus kannst du keine Schlüsse ziehen.«

Nervös trommelte Anna mit den Fingern auf die Tischplatte. Nachdenklich sah sie Ingo an. »Sarahs Vorfahren waren Juden. Was passierte eigentlich mit deren Vermögen, wenn die Nazis sie ins KZ gesteckt haben?«

»Die Besitztümer, auch Immobilien, fielen an den Staat. Es kam zu Zwangsversteigerungen, zum Beispiel von Wohnungseinrichtungen, auf denen die braven Deutschen auf Schnäppchenjagd gingen. So hat das mal ein Journalist der *Welt* formuliert. Aber oft haben sich die Inhaber staatlicher Macht und die, die ihnen nahestanden, persönlich bereichert. Das hat in Berlin so funktioniert – denk nur an Görings Kunstsammlung, aber auch in den letzten Winkeln Deutschlands und den im Krieg besetzten Gebieten. Alles, was die deportierten Juden mit auf die grausame Reise in die Vernichtungslager genommen hatten, Bargeld, Gold, Devisen, Schmuck, wurde ihnen abgenommen. Das Wirtschafts-Verwaltungshauptamt der SS hat alles, zusammen mit dem Zahngold, das man den Toten aus dem Kiefer gebrochen hatte, zur Reichsbank geschafft.«

»Emily Taylor schreibt von einem Haus, das Sarahs Familie in Göttingen besessen hat. Das müsste doch rechtmäßig ihrem Großvater und nach dessen Tod ihrem Vater gehört haben.«

Ingo zuckte mit den Schultern. »Eine schwierige Frage. Nach 1945 kam es oft zu jahrelangen Rechtsverfahren, in denen die Erben die Rückgabe oder einen Ausgleich für die von den Nazis vereinnahmten Besitztümer erreichen wollten. Wenn überhaupt, erhielten sie meistens nur ein paar tausend Mark als Entschädigung. Noch heute sind Häuser und Grundstücke, die jüdischen Familien abgenommen wurden, in Staatsbesitz. Vor allem in den östlichen Bundesländern. Die SED war besonders perfide. Sie hat …«

Anna hob ihre Hände. »Lass uns das jetzt nicht vertiefen. Mir würde es genügen, wenn ich wüsste, ob meine Vermutung zutrifft. Dann könnte es ein Motiv für den Mord geben. Für beide Morde.«

»Wir wissen aber nur von einem.« Ingo blieb skeptisch. »Du meinst, jemand hatte Angst vor den Ansprüchen der Familie Goldstein und hat deshalb …«

»Genau!« Anna deutete auf den Monitor. »Vielleicht ist das die Erklärung. Ich hoffe, Emily findet den Brief. Inzwischen schreibe ich meiner Freundin Hanne. Mit ihren Möglichkeiten macht sie vielleicht Sarahs Eltern ausfindig.«

*

Als er erwachte, brauchte er ein paar Sekunden, um sich zurechtzufinden. Ein fremdes Zimmer, ein fremdes Bett, neben ihm schlief ein rothaariges Mädchen. Vanessa. Er hatte es geschafft! Sie war mit ihm im *Thanners* gewesen, wo sie nach einigen Weizenbieren schon heftig geknutscht hatten. Später hatte sie nichts dagegen gehabt, dass er sie nach Hause gebracht und mit in ihre Wohnung gekommen war. Kilian sah sich um. Vanessas und seine Klamotten lagen überall verstreut auf dem Boden. Es war wie ein Rausch gewesen. Sie hatten sich gegenseitig die Kleider vom Leib gerissen, und ein Traum hatte sich erfüllt. Der erste Versuch war in die Hose gegangen. Na ja, er hatte wochenlang keinen Sex gehabt. Aber dann … Vanessa wusste, wie sie einen Mann auf Touren bringen konnte. Die Erinnerung hatte eine belebende Wirkung. Gleichzeitig spürte er seine volle Blase. Er hob vorsichtig die Bettdecke zur Seite und rollte sich aus dem Bett. Leicht benommen tappte er zum Bad.

Auf dem Rückweg sammelte er seine Klamotten ein. Dabei fiel ein Päckchen aus einer Hosentasche. Zwei fertig gedrehte, aber zerknickte Joints. Mit einer Tüte den Tag zu beginnen, war eine Sache, mit einer Tüte und einer Partnerin eine ganz andere. Besonders, wenn diese Vanessa hieß und die Aussicht bestand, dass es nach dem ersten Joint einen zweiten geben würde. Und dazwischen eine heiße Nummer. Hastig kramte er nach dem Feuerzeug, ließ seinen neuen Anzug wieder fallen und stieg zurück ins Bett. Dort zündete er den Torpedo, inhalierte tief und schloss die Augen. Für einen Augenblick würde er die Wirkung allein genießen, dann Vanessa wecken, mit ihr gemeinsam rauchen und …

Die Vorstellung ließ ihn unwillkürlich lächeln. Er, Kilian Kaltenbach, der missratene Sohn des berühmten Gynäkologen, lag im Bett einer der schönsten Frauen Göttingens, mit der er schon vor dem Frühstück Sex haben würde. Später wartete der nächste Schritt zu einem lukrativen Geschäft auf ihn. Wenn der Antiquitätenhändler den Schmuck begutachtet hatte, ging es um den Preis für die gesamte Ware. War der Deal erst abgeschlossen, konnte das neue Leben beginnen. Vielleicht sogar mit ihr. Er öffnete die Augen und blies den Rauch seines Joints in Vanessas Richtung. Sie hüstelte, drehte sich zu ihm um und streckte den Arm nach ihm aus. Kilian drückte ihr die Tüte in die Hand. »Du kiffst schon?«

Kilian schüttelte den Kopf. »Wir beide kiffen. Guten Morgen, schöne Frau.«

Vanessa reichte den Joint zurück und richtete sich auf. »Ich muss erst mal …« Sie schwang die Beine aus dem Bett, stand auf und ging zum Fenster. »Ein bisschen frische Luft wäre auch nicht schlecht.« Nachdem sie die Gardine zur Seite geschoben und einen Fensterflügel geöffnet hatte, beugte sie sich vor und warf einen Blick hinaus. Kopfschüttelnd wandte sie sich um und deutete mit dem Daumen hinter sich. »Ich glaube, da unten steht einer, der mir gestern im Thanners schon aufgefallen ist. Ein scheintoter Typ mit einer ganz jungen Tussi. Ich verstehe die Frauen nicht, die sich mit so alten Säcken einlassen. Der ist mindestens sechzig und hat eine Glatze.« Sie verzog das Gesicht und tappte nackt und barfuß durchs Zimmer. »Muss wirklich aufs Klo.«

Nachdem Vanessa verschwunden war, legte Kilian den Joint ab und ging zum Fenster. Vorsichtig streckte er den Kopf hinaus. Der Glatzkopf schlenderte auf der gegenüberliegenden

Straßenseite an den Schaufenstern entlang, eine junge Frau verschwand in der entgegengesetzten Richtung aus seinem Blickfeld. Vage erinnerte er sich an ein Paar, auf das Vanessa ihn aufmerksam gemacht hatte. Er ziemlich alt, sie kaum älter als fünfundzwanzig. Aber ob es dieser Mann und diese Frau gewesen waren? Er hatte nur flüchtig hingesehen. Ein ungutes Gefühl machte sich in ihm breit. Wurde er beobachtet? Wer sollte ein Interesse an ihm haben? Die Bullen? Aber wären die nicht längst mit einem Durchsuchungsbeschluss bei ihm aufgetaucht? Vielleicht der Antiquitätenhändler. Hatte er jemanden beauftragt, mehr über ihn, Kilian, herauszufinden? Das war irgendwie verständlich. Konnte aber gefährlich werden. Er würde aufpassen müssen.

Er schloss das Fenster, kehrte zum Bett zurück und tat einen Zug aus dem Joint. Etwas zu hastig inhalierte er den Rauch, hustete, verschluckte sich, hustete erneut.

»Das sollten wir wohl noch üben.« Vanessa kam grinsend zum ihm, nahm ihm die Tüte aus der Hand und legte sie auf einem Aschenbecher ab. »Vorher machen wir aber ein bisschen Frühsport.«

Kilian war nicht ganz bei der Sache, weil seine Gedanken um einen möglichen Verfolger kreisten. Vanessa Bemühungen führten zu einem eher kümmerlichen Ergebnis. »Was ist los?«, fragte sie. »Bekommt dir das morgendliche Kiffen nicht?«

Statt ihr zu antworten, stieg er aus dem Bett und ging zum Fenster. Der Typ mit der Glatze war nicht mehr zu sehen. Nur ein junger Mann stand in einem Hauseingang und beschäftigte sich mit seinem Smartphone. Hatte von Arnsberg drei Aufpasser engagiert? Das schien wenig wahrscheinlich. Schließlich mussten die Leute bezahlt werden. Trotzdem fragte er: »Gibt es einen Hinterausgang, durch den man unbemerkt das Haus verlassen kann?«

Vanessa sah ihn mit großen Augen an. »Warum?«

1986

Jörg hatte lange überlegt, wohin er Sarah einladen könnte. *Pink, Bine Gassmann* oder *Coconut* waren wahrscheinlich zu laut für eine Unterhaltung. Innenstadt sollte es aber schon sein. Vor einigen Jahren hatte er einen Auftritt von Achim Reichel im *Nörgelbuff* erlebt. In der Kulturkneipe gab es nicht jeden Tag Programm, am frühen Abend würde es ohnehin noch relativ ruhig sein.

Er beglückwünschte sich zu seiner Entscheidung, denn Sarah war begeistert. Das Kellergewölbe erinnerte sie an den *Cavern Club* in Liverpool, den sie in der Schulzeit mit ihrer Freundin Emily heimlich während einer Klassenfahrt besucht hatte.

Sarah probierte deutsches Bier, was ihr ebenfalls zusagte. Sie bedankte sich für die interessante Erfahrung, bestand jedoch darauf, ihre Getränke selbst zu bezahlen. Dann kam sie rasch zur Sache. »Haben Sie gesprochen mit Ihrem Vater? Ich meine, über das Haus?«

»Ja.« Jörg zögerte. »Ich habe es versucht. Auch mit meinem Großvater. Aber nicht viel herausbekommen. Mein Vater hat es von seinem Vater geerbt. Und der ist schon ein bisschen … seltsam im Kopf. Er sagt, er hat es gekauft. Während des Krieges. Nur weiß ich nicht, von wem.« Er zuckte bedauernd mit den Schultern.

»Von Aaron Goldstein vielleicht?«

»Den Namen habe ich nie gehört.« Jörg hob die Schultern. Die Worte seines Vaters kreisten plötzlich in seinem Kopf. *Habt ihr über das Haus gesprochen? Das Mädchen sieht jüdisch aus. Und Sarah ist ein jüdischer Name.* Rasch nahm er sein Bier und trank. Er leerte das Glas und wischte sich den Schaum von den Lippen. Schließlich stellte er es ab und sah an Sarah vorbei. »Wer ist das?«

»Der frühere Besitzer. Mein Urgroßvater. Sein Sohn Elias, mein Großvater, hat Deutschland verlassen 1933. Nach dem

Krieg, 1958, er ist gereist nach Göttingen, um zu sehen nach dem Haus. Er ist nicht zurückgekehrt nach England.«

Ein unbehagliches Gefühl machte sich in Jörg breit. »Hat man nicht nach ihm gesucht? Nachforschungen angestellt?«

»Ja, selbstverständlich. Aber es gab keine Spur. Er hat gewohnt im Hotel Gebhards. Dort man hat gefunden seine Sachen. Koffer, Wäsche und so weiter. Doch niemand konnte sagen, wo er ist geblieben. «

Jörg nahm sein Glas, um zu trinken, bemerkte, dass es leer war und stellte es wieder ab. Er hörte seinen Großvater reden. *Es war alles rechtmäßig. Deshalb hatte der englische Ju… der Engländer … auch kein Recht darauf. Ein Verrückter. Stand plötzlich vor der Tür.* Jörg sah sich nach der Bedienung um. Er wusste nicht, was er sagen sollte. »Möchten Sie noch ein Bier?«, stieß er heiser hervor. In seinem Kopf wirbelten Fragen. Warum hatte sein Großvater betont, dass alles rechtmäßig gewesen sei? Warum war sein Vater so an Sarahs Aussehen und ihrem Nachnamen interessiert gewesen? Was bedeutete der Satz: *Aber nicht mit uns?* Von der Arisierung jüdischen Besitztums in der NS-Zeit hatte er in der Schule gehört. War seine Familie Nutznießer dieses Geschehens?

Vor ihm stand plötzlich ein frisches Bier. Hatte er schon bestellt?

»Ist alles in Ordnung?« fragte Sarah. »Worüber Sie denken?«

»Das Haus, unser Haus, ich meine, das …«, stotterte Jörg. »Es hat früher Ihrer Familie gehört?«

Sarah nickte. »Seit mehr als zweihundert Jahren. Meinem Vater hat das nichts bedeutet. Er ist in England geboren und aufgewachsen, und mein Großvater Elias hat nie mit ihm gesprochen über Deutschland. Die beiden haben sich auch nicht gut verstanden. Ich bin sehr interessiert in *history*, Geschichte, und in *genealogy* – wie sagt man?«

»Genealogie.« Jörg nickte vage und nahm einen Schluck aus seinem Glas. »Ahnenforschung.« Plötzlich schmeckte ihm das Bier nicht mehr. Konnte es sein, dass damals *nicht* alles rechtmäßig zugegangen war? Dass das Haus eigentlich der Familie Goldstein gehörte? Die Frage drängte sich auf, aber er brachte sie nicht heraus, starrte auf die groben Steine des Kellergewölbes und biss sich auf die Lippen. War Sarah gekommen, um ihre Besitzansprüche geltend zu machen?

»Ist etwas nicht in Ordnung?«, fragte sie. »Sie sind plötzlich sehr … blass.«

Jörg nickte stumm. Er zog sein Portemonnaie aus der Tasche, legte zwei Scheine auf den Tisch und stand auf. »Mir ist nicht gut«, presste er hervor. »Ich möchte nach Hause. Bitte entschuldigen Sie.«

Mit einer Mischung aus Mitleid und Skepsis musterte Sarah ihn. »Ich komme zu Ihnen morgen. Vielleicht ich muss auch sprechen mit Ihre Vater. – Gute Nacht und gute Besserung!«

*

»Ich hab's geahnt.« Hans Rudloff war die Erregung anzusehen. Sein Kopf war rot angelaufen, die Adern an Stirn und Hals geschwollen. Unruhig lief er in seinem Büro auf und ab. »Wenn diese Frau Ansprüche auf das Haus erhebt, kann das für uns gefährlich werden.«

»Opa hat gesagt, damals sei alles rechtmäßig zugegangen«, wandte Jörg zaghaft ein. »Wieso sollte also jemand …«

»Opa hat gesagt«, äffte sein Vater ihn nach. »Opa hat gesagt. Das ist doch gar nicht der Punkt. Natürlich war damals alles rechtens. Aber damals war damals, und heute ist heute. Stell dir vor, die Frau wendet sich an die Zeitung! Und die schreiben, wir hätten uns an jüdischem Besitz bereichert. Dann kannst du das Ärztehaus vergessen. Und die Aufträge der Stadt erst recht. Dabei spielt es keine Rolle mehr, ob der Hauskauf juristisch korrekt war. Wir wären in jedem Fall ruiniert.«

»War er das denn?«, fragte Jörg. »Ich meine, juristisch korrekt.«

Sein Vater blieb vor ihm stehen und verdrehte die Augen. »Dein Großvater hat das Haus von der Stadt Göttingen gekauft. Von der Stadt, verstehst du? Es gibt keinen seriöseren Verkäufer als staatliche oder städtische Einrichtungen. Dass jüdischer Besitz, dessen Eigentümer gestorben ist, ohne Erben zu hinterlassen, nach dem Gesetz an den Staat fiel, ist nicht unsere Schuld.«

»Nun scheint es ja doch Erben zu geben«, wandte Jörg ein. »Sollen wir Sarah und ihrer Familie nicht eine Entschädigung anbieten und Stillschweigen vereinbaren?«

Hans Rudloff schüttelte den Kopf. »Das funktioniert nicht. Erstens sind wir gerade nicht flüssig. Wir müssten Grundstücke verkaufen. Wenn sich das rumspricht, heißt es gleich, Rudloff ist nicht mehr solvent.« Er nahm seine Wanderung wieder auf. Schließlich blieb er erneut vor Jörg stehen. »Du kannst ihr fünfzigtausend Mark anbieten. Das ist das Äußerste. Fang mit zwanzigtausend an! Geht sie darauf nicht ein, müssen wir das Problem anders lösen.«

»Anders? Gibt es einen anderen Weg?«

»Es gibt immer einen anderen Weg«, murmelte Hans Rudloff.

8

1958

»Gut gemacht, Häschen!« Friedrich Rudloff nickte wohlwollend, als er aus dem Rathaus zurückkehrte und den Stapel markierter und beschrifteter Umschläge auf dem Tisch neben dem Empfang liegen sah.

»Ich nehme die Briefe nach Feierabend mit zur Post«, antwortete Ingeborg Haase und schob eine Haarsträhne hinter das Ohr.

»Was wären wir nur ohne Sie, Häschen.« Rudloff zwinkerte mit einem Auge, ging um den Empfangstresen herum und tätschelte der Sekretärin den Rücken. Dabei geriet seine Hand etwas zu tief. Da niemand sonst anwesend war, ließ Ingeborg es geschehen.

»War was los in der Zwischenzeit?«, fragte Rudloff und setzte seine Erkundungen fort.

»Ich habe noch einen Termin für Sie«, antwortete die Sekretärin. »Genau genommen zwei zur Auswahl. Einen heute um sechzehn Uhr. Falls es Ihnen nicht passt, gäbe es die Möglichkeit, den Herrn umzulegen. Auf morgen Vormittag um zehn. Er logiert im Hotel Gebhards, ich könnte dort anrufen.«

»So, so.« Rudloff grinste. »Sie möchten also den Herrn eventuell umlegen. Das hätte ich nicht von Ihnen gedacht, Häschen.«

Ingeborg errötete. »Ich meinte natürlich den Termin.«

»Sechzehn Uhr ist in der Tat sehr kurzfristig.« Rudloff betrachtete das Zifferblatt seiner Uhr. »Das sind ja nur noch …«

»Der Herr kommt aus England«, warf die Sekretärin ein. »Er ist nur kurze Zeit in Göttingen. Ich dachte, wenn es um internationale Geschäftsbeziehungen geht, wäre es vielleicht wichtig.«

»Aus England. Das ist etwas anderes. Könnte interessant sein. Aber dazu brauche ich den Junior. Wo ist Hans?«

»Ihr Sohn hat einen Termin bei der *Filmaufbau*. Ich weiß allerdings nicht, worum es geht. Wenn ich es richtig verstanden habe, hat es mit Kindern zu tun.«

Rudloff stieß einen gequälten Lacher aus. »Termin bei der *Filmaufbau*. Ich glaub's ja nicht! Der Schlawiner ist im Kino. Am helllichten Tage! *Wir Wunderkinder* – das ist ein neuer Film.« Er verzog das Gesicht. »Also morgen um zehn. Rufen Sie im Hotel an! Und sorgen Sie dafür, dass mein Sohn hier ist! Wer weiß, ob ich ihn heute zu sehen bekomme.« Er gab Ingeborg Haase einen Klaps auf den Hintern. »Schönen Feierabend, Häschen.«

Mit vergnügter Miene durchquerte er den Eingangsbereich in Richtung Büros. An der Schwingtür drehte er sich noch einmal zu ihr um. »Hat der Besucher aus England eine Visitenkarte dagelassen?«

»Nur seinen Namen.« Sie warf einen Blick in das aufgeschlagene Terminbuch. »Er heißt … Goldstein, Elias Goldstein aus …«

Friedrich Rudloff erstarrte, sein Gesicht wurde bleich.

»Ist Ihnen nicht gut?« Besorgt betrachtete die Sekretärin ihren Chef. »Möchten Sie ein Glas Wasser?«

Er schüttelte den Kopf und verschwand wortlos hinter der Schwingtür.

Wenig später, Ingeborg Haase hatte gerade die Nummer des Hotels herausgesucht, um die Verabredung zu verschieben, klingelte ihr Telefon. »Belassen Sie es bei dem Termin heute sechzehn Uhr«, sagte Rudloff. »Setzen Sie alle Hebel in Bewegung, meinen Sohn aufzutreiben. Rufen sie bei Abich oder Thiele an. Oder besser noch bei Kurt Krause. Die sollen jemanden in die Vorstellung schicken, um Hans zu finden. Es ist dringend.«

*

»Musste das sein?« Hans Rudloff schob die Unterlippe vor. »Es war ausgesprochen peinlich. Ich war in Begleitung, und …«

»Später«, unterbrach ihn sein Vater. »Du kannst dich später beklagen. Wir haben jetzt Wichtigeres zu besprechen. Setz dich!« Er deutete auf die Besucherstühle vor seinem Schreibtisch. »In einer halben Stunde wird hier ein Mann auftauchen, der Ansprüche auf unser Haus erheben wird.«

Irritiert schüttelte sein Sohn den Kopf. »Ansprüche? Auf dieses Haus? Das ist doch völlig unmöglich. Es gehört uns!«

»Nichts ist unmöglich«, knurrte Friedrich Rudloff und tippte mehrmals mit dem Mittelfinger auf die Schreibtischplatte. »Das Haus hat vor dem Krieg einem Juden gehört. Der ist zwar gestorben, aber anscheinend hatte er einen Nachkommen, von dem ich nicht wusste. Sein Name stimmt jedenfalls mit dem des früheren Besitzers überein.«

»Du hast das Haus doch von der Stadt gekauft«, wandte Hans Rudloff ein. »Ich verstehe nicht …«

»Das kannst du auch nicht verstehen«, schnitt sein Vater ihm das Wort ab. »Damals liefen die Dinge anders. Ich hatte Einfluss, kannte die richtigen Leute. Als das Haus … frei wurde, habe ich zugegriffen. Normalerweise wurden verlassene jüdische Immobilien versteigert, aber in diesem Fall ging das … direkt.«

»Und was bedeutet das? Wir sind doch als Eigentümer im Grundbuch …«

»Das zählt nicht«, fuhr sein Vater ihm erneut über den Mund, »wenn ein Gericht den Vorgang für ungültig erklärt. Das kann zwar Jahre dauern, doch es würde Gerede geben. Ich war in der Partei. Von der Stadtverwaltung droht keine Gefahr, dort sitzen noch viele alte Freunde. Aber gibt auch Leute, die auf eine Gelegenheit warten, mich in den Dreck zu ziehen. Ein gewisser Walter Herrmann hat schon sechsundvierzig versucht, mich bei den Engländern anzuschwärzen. Wäre er nicht Kommunist, hätten sie ihm womöglich geglaubt.«

Hans Rudloff schwieg. In seinem Kopf lief ein beängstigender Film ab. Beschuldigungen gegen die Inhaber der *Rudloff-Immobilia* in der Zeitung, öffentliche Gerichtsverhandlungen. Verlust des Ansehens. Freunde würden sich abwenden. Das Haus ginge verloren. Aber das Schlimmste wäre, dass Ursula sich von ihm abwenden würde. Lange hatte er um die Tochter eines angesehenen Anwalts geworben. Heute waren sie zum ersten Mal zusammen im Kino gewesen. Sie hatte ihm erlaubt, ihre Hand zu halten. Die ganze Zeit, bis zu der peinlichen Aufforderung des Platzanweisers, ihm zu folgen. Während des laufenden Films, gerade als Hansjörg Felmy sich in Johanna von Koczian verliebt hatte und sich abzeichnete, dass er seine Freundin für die neue verlassen würde.

Sein Vater holte ihn in die Wirklichkeit zurück. »Wir müssen etwas unternehmen, Hans.«

»Aber was können wir tun?«

»Es gibt nur eine Möglichkeit.« Friedrich Rudloff stand auf, zog einen Schlüssel aus seiner Westentasche, durchquerte den Raum und nahm ein Gemälde von der Wand. Dahinter kam der Tresor zum Vorschein. Er öffnete ihn und zog aus dem untersten Fach ein hölzernes Kästchen, trug es zum Schreibtisch und klappte den Deckel auf.

Hans beugte sich vor, wollte etwas sagen und schloss den Mund wieder, ohne ein Wort hervorgebracht zu haben. Vor ihm, auf rotem Samt, lag eine Pistole. In die Griffschale waren kunstvoll die Buchstaben F und R eingraviert, auf dem Lauf prangte ein ausgeschriebener Name. *Carl Walther Ulm.* Seitlich neben der Waffe, in einer Aussparung, steckte ein Magazin.

Er sah seinen Vater skeptisch an. »Du willst ihn …«

»Uns bleibt nichts anderes übrig.« Friedrich Rudloff nahm die Pistole aus dem Kästchen und schob die Munition hinein. »Ich habe schon einen Plan. Aber dazu brauche ich deine Hilfe.«

Im Keller gab es einen Durchgang zum Nachbarhaus. Das hatte einen Hinterausgang, der auf einen Innenhof mit Ausfahrt zur Straße hinausging. Vanessa hatte ihn durch die Gänge geführt und ihm den Weg gezeigt. Bevor er das Gebäude verließ, hatte sie ihn geküsst. »Bis gleich!« Sie hatten verabredet, sich zwanzig Minuten später in einem Café am Nikolaikirchhof zum Frühstück zu treffen.

Kilian durchquerte die Zufahrt und beobachtete das Geschehen auf der Straße. Hier waren Fußgänger, Radfahrer und Lieferfahrzeuge unterwegs. Alle in Bewegung. Kein Mann, der nur herumstand, keine Frau, die neugierige Blicke aussandte. Er wandte sich in Richtung Leinekanal, schlenderte bis zum Gartenpavillon des Heyne-Hauses, tat so, als schaute er den Enten auf dem Wasser zu, behielt aber unauffällig die Umgebung im Auge. Schließlich betrat er das Sanitätshaus an der Ecke zur Goetheallee. Während eine Verkäuferin ein älteres Paar über die Vorzüge eines besonders komfortablen Rollators informierte, ließ er seinen Blick durch die Schaufenster in alle Richtungen schweifen, doch nirgends war jemand zu erkennen, der nach Verfolger aussah. Hatte er sich das etwa nur eingebildet? Vielleicht. Trotzdem spürte er noch eine vage Unsicherheit. Er verließ das Geschäft, fiel in einen leichten Trab und schlug den Weg zu seiner Wohnung ein.

Rasch stieg er hinauf, zog die Schachteln hervor, nahm ein Collier, einen Ring und ein paar Ohrhänger sowie einen Teil des Bargelds heraus und verteilte die Schmuckstücke in die Taschen seines Anzugs. Dann angelte er einen verstaubten Aktenkoffer vom Schrank, packte die Beute hinein, stopfte alles mit Zeitungspapier aus und eilte wieder hinunter. Vor dem Haus war niemand zu sehen. Erleichtert setzte er seinen Weg fort und erreichte wenig später den Nikolaikirchhof. Bevor er das Café betrat, wählte er die Nummer des Antiquitätenhändlers. Obwohl er sich sagte, dass weder er noch sonst jemand Interesse daran haben konnte, ihn zu überwachen, machte sich die innere Unruhe bemerkbar, die ihn schon beim Anblick des seltsamen Paares erfasst hatte. Nun wuchs das Bedürfnis, das Geschäft mit dem Schmuck so schnell wie möglich über die Bühne zu bringen.

Von Arnsberg meldete sich erst beim zweiten Versuch. Er begrüßte den Anrufer freundlich und fragte: »Was kann ich für Sie tun?«

»Hier ist noch mal Sebaschtian Hägele«, antwortete Kilian. »Ich würde Ihnen die Schmuckstücke zur Begutachtung gern schon heute Mittag vorbeibringen. Ich könnte sie Ihnen dann auch gleich dalassen. Natürlich nur, wenn Sie … ich meine, eine gewisse Sicherheit …«

»Sie wollen Geld, Herr Hägele? Das ist verständlich.« Von Arnsberg schien nicht überrascht. »Ich müsste nur noch zur Bank. Aber bis dreizehn Uhr ist das kein Problem. Wie viel benötigen Sie als Anzahlung?«

Kilian frohlockte innerlich. »Zehntausend sind okay.« Es ging voran. Dennoch vergaß er seine Frage nicht. »Kann es sein, Herr von Arnsberg, dass Sie mich beobachten lassen?«

Der Antiquitätenhändler zögerte einen Moment. »Wie kommen Sie darauf? Warum sollte ich? Bisher habe ich keinen Grund, Sie für unseriös zu halten. Es wäre allerdings hilfreich, wenn Sie von der Dame, die den Schmuck veräußern will, eine schriftliche Bestätigung hätten, dass Sie in ihrem Auftrag handeln.«

Für einen Sekundenbruchteil erschrak Kilian, doch er sagte sich, dass er seine Großmutter auch dafür einspannen konnte. »Selbstverständlich«, versicherte er. »Das lässt sich machen, allerdings nicht bis heute Mittag.«

»Nicht schlimm. Hauptsache, ich bekomme sie überhaupt. Wir sehen uns um dreizehn Uhr, Herr Hägele.«

»Bis dahin.« Kilian beendete das Gespräch und steckte das Telefon in die Tasche. In diesem Augenblick erschien Vanessa.

»Alles in Ordnung?«, rief sie.

»Alles in bester Ordnung.« Kilian durchströmte wieder dieses Glücksgefühl, als die rothaarige Traumfrau auf ihn zukam. Ich darf mich nicht verrückt machen lassen, dachte er. Ich werde dieses Geschäft abschließen und ein neues Leben beginnen. Plötzlich spürte er Hunger. Er breitete die Arme aus. »Zeit für ein ordentliches Frühstück.«

*

Nachdem Jesko von Arnsberg das Gespräch beendet hatte, wählte er gleich die Nummer von Julian Pawlowski.

Der Detektiv meldete sich sofort. »Guten Morgen Jesko, für den Brunello ist es noch zu früh.«

»Mir ist nicht nach Scherzen zumute«, wandte der Antiquitätenhändler ein. »Der Mann hat sich wieder gemeldet. Ich dachte, mit dem einen Gespräch hätte ich meine Pflicht und Schuldigkeit getan. Jetzt soll ich mir den Schmuck ansehen.«

»Wann kommt er noch einmal zu dir?«

Von Arnsberg schnaufte. »Heute Mittag um eins. Er bringt mir ein paar Stücke zur Begutachtung. Auf mich macht er übrigens keinen unseriösen Eindruck. Aber ich will da nicht mehr mitmachen. Du weißt doch sicher inzwischen, wo er wohnt. Also brauchst du mich nicht mehr. Oder?«

»Nur das eine Mal noch«, versicherte Pawlowski. »Die Observation letzte Nacht ist leider schiefgegangen. Der Kerl hat bei einer Frau übernachtet und ist dann unbemerkt verschwunden. Heute Mittag kann ich die Spur wieder aufnehmen, wenn du noch mal mitspielst. Und danach bist du draußen. Versprochen.«

»Er will als Pfand zehntausend Euro. Wie stellst du dir das denn vor? Wenn ich ihm die gebe, sind sie weg. Der Schmuck wäre Hehlerware, also kann ich ihn weder behalten noch weiterverkaufen.«

»Ich bringe dir das Geld, das ist doch klar.«

Als sich der Antiquitätenhändler verabschiedet hatte, kroch in Julian Pawlowski der Ärger erneut hoch. Über seinen Angestellten, der den Mann aus den Augen verloren hatte. Über Jenny, die ihm zwar ein Foto des Mannes und seiner Begleiterin geschickt und den Aufenthaltsort der Zielperson mitgeteilt, aber versäumt hatte, den Namen der rothaarigen Frau herauszufinden. Nicht zuletzt über sich selbst. Diesen Auftrag hätte er nicht annehmen sollen. Vielleicht sollte er der Polizei einen Tipp geben. Wenn der Mann heute Mittag bei Jesko festgenommen würde, bekäme Jörg Rudloff den Schmuck seiner Frau zurück. Wahrscheinlich auch den größten Teil des Bargelds. Nur die Pistole nicht. Nach der kriminaltechnischen Untersuchung würde sie in der Asservatenkammer verschwinden. Dort würde sie Rudloff nicht schaden. Lediglich ein Verfahren wegen illegalen Waffenbesitzes würde gegen ihn eröffnet werden. Ein guter Anwalt konnte auf Fahrlässigkeit plädieren, damit gäbe es Bewährung, vielleicht auch nur eine Geldstrafe.

An dieser Stelle stoppte er seinen Gedankenfluss, denn in seinem Innersten war ihm klar, dass er nicht in der Lage wäre, seinen Auftraggeber zu hintergehen. Pawlowski seufzte und sah auf die Uhr. Bis zur erneuten Observierung des Verdächtigen blieb ihm genügend Zeit, die Identität dessen rothaariger Begleiterin festzustellen. Sollte ihm der Mann wieder entwischen, würde sie ihn zu ihm führen.

*

Nach dem Frühstück verabschiedete sich Vanessa. Sie hatte sich bereit erklärt, den Koffer für Kilian aufzubewahren, ohne Fragen zu stellen oder sich darüber zu wundern. »Ich muss zum Seminar und vorher noch einen Aufsatz lesen. Heute Abend habe ich wieder Dienst im Apex. Aber morgen habe ich frei. Wenn du willst, können wir uns sehen.«

»Schade, ich meine super, dass du morgen frei hast!« Kilian hätte gern den Rest des Tages mit ihr verbracht. Zum einen galt es nachzuholen, was sie unterbrochen hatten, als er sie Hals über Kopf verlassen hatte, zum anderen schreckte ihn die Vorstellung, allein in sein schäbiges Zimmer zurückzukehren. Doch auch er hatte etwas zu erledigen. »Ich freue mich auf morgen«, rief er ihr nach, als auf den Ausgang zuging.

Kilian kehrte an den Tisch zurück und bestellte noch einen Kaffee. Geld macht nicht glücklich, hatte man ihm als Kind eingetrichtert. Inzwischen wusste er es besser. Teure Klamotten kaufen, am Abend mit einer Frau ausgehen, im Café frühstücken und sich gutes, sauberes Gras leisten, war ein Luxus, den er sich noch nie hatte leisten können. Und ohne die Verwandlung vom heruntergekommenen Loser zum eleganten Geschäftsmann hätte Vanessa wohl kaum das Bett mit ihm geteilt. Die Erinnerung an die Nacht löste wieder dieses neue Glücksgefühl in ihm aus. Die Sache heute Morgen war zwar nicht so toll gewesen, aber das lag an dem vermeintlichen Verfolger. Beim nächsten Mal würde es wieder richtig krachen.

Um seine Glückssträhne zu erhalten, war allerdings noch einiges zu tun. In knapp zwei Stunden würde er dem Antiquitätenhändler ein paar Schmuckstücke bringen, danach seine Großmutter besuchen. Er fragte sich, ob sie ein Schriftstück unterschreiben würde, in dem sie ihn beauftragte, ihren Schmuck zu verkaufen. Der Schrieb an sich dürfte nicht das Problem sein, ein falscher Name könnte Oma Malu allerdings abschrecken. Dafür würde er sich eine Lösung einfallen lassen müssen.

*

Die E-Mail war während der Arbeitszeit gekommen. Anna hatte sie flüchtig anschauen können. Sie bestand aus wenigen Zeilen. Aber sie enthielt einen Anhang. Und der versetzte sie in Unruhe. Es war der Brief, den Sarah Jane Roberts an ihre Freundin Emily geschrieben hatte. Kaum zu lesen, denn die Handschrift war verblasst, das abfotografierte oder eingescannte Papier offenbar vergilbt. Auf dem kleinen Display des Smartphones war der Text jedenfalls nicht zu entziffern. Ihre Arbeit ließ ihr keine Zeit, sich länger damit zu beschäftigen. Also sandte sie Ingo eine SMS. *Komme nach Redaktionsschluss zu dir. Emily Taylor hat Sarahs Brief geschickt. Brauche deine Hilfe. Liebe Grüße, Anna.*

Ingo konnte die PDF-Datei bestimmt nachbearbeiten. Den Kontrast erhöhen oder auf andere Weise die Schrift besser lesbar machen. Außerdem hatte er Übung im Lesen schwieriger Handschriften. Auch in Englisch.

Als Anna schließlich die Redaktion verließ und zum Parkplatz eilte, hatte Ingo noch nicht geantwortet. Sie tippte auf die Kurzwahl für seinen Anschluss, er meldete sich nicht. Trotzdem fuhr sie nicht nach Nikolausberg, sondern steuerte ihren Renault Twingo in Richtung Rohnsweg. Als sie den kleinen Wagen vor dem Haus in die letzte Parklücke rangierte, kam Ingo gerade mit dem Fahrrad an.

»Tut mir leid, Anna. Deine Nachricht habe ich eben erst gesehen. Hatte noch eine Besprechung.«

»Du warst so lange in der Schule?«

Ingo nickte, nahm sein Fahrrad auf die Schulter und kramte in seiner Hosentasche nach dem Haustürschlüssel. »Gespräch mit dem Personalrat. Es gibt interessante Neuigkeiten. Aber bei dir anscheinend auch. Hast du den Brief schon gelesen?«

»Ist leider unmöglich.« Anna zog ihr Smartphone aus der Tasche. »Jedenfalls für mich und auf diesem Ding. Vielleicht kannst du es am PC lesbar machen.«

»Schauen wir mal.« Ingo öffnete die Tür und ließ Anna den Vortritt. Im Flur stellte er sein Fahrrad ab und umarmte sie. »Aber erst mal brauche ich ein Bier. Nach dem vielen Gerede ist mein Hals ganz trocken. Möchtest du auch eins?«

»Gern.« Anna ging voraus in die Küche. Über die Schulter fragte sie: »Was war denn los? Gibt's Probleme?«

»Wie man's nimmt.« Ingo grinste und schaute im Kühlschrank nach dem Bier. »Wir bekommen einen neuen Schulleiter. Unser Chef geht ins Ministerium. Es heißt, er und die Kultusministerin kennen sich von früher, aus der Parteiarbeit, wohl auch privat.«

»Und wisst ihr schon, wer sein Nachfolger werden soll?«

Ingo schüttelte den Kopf und öffnete zwei Bierflaschen. »Das wird noch ein Weilchen dauern. Stellenausschreibung, Bewerbungsverfahren, Beurteilungen. Meistens wollen die Parteien mitmischen, die Stadt hat ein Wörtchen mitzureden. Alles in allem kann ein Jahr vergehen.«

»Und was wollte der Personalrat?«

»Einige Kollegen meinen, ich sollte mich bewerben. Obwohl externe Bewerber bessere Chancen …« Er brach ab und füllte vorsichtig zwei Gläser.

»Du?« Anna sah ihren Freund mit großen Augen an. Doch dann strahlte sie. »Natürlich. Warum denn nicht! Wer könnte das besser machen als du? Warum sind deine Kollegen nicht schon früher darauf gekommen?«

»Ich weiß nicht.« Ingo drückte ihr ein Glas in die Hand. »Prost!« Er nahm ein paar Schlucke. »Das will gut überlegt sein. Ich werde darüber nachdenken, bevor ich mich entscheide. Aber nicht heute und nicht morgen.« Er leerte sein Glas und füllte es nach. »Schick die E-Mail von Emily Taylor mit dem Anhang an meine Adresse. Und dann sehen wir, was wir machen können.«

Eine halbe Stunde später lag der Brief von Sarah Jane Roberts an ihre Freundin Emily ausgedruckt vor Anna. Ungeduldig überflog sie ihn, während Ingo an der Übersetzung arbeitete. Sie suchte nach *Elias* und nach einem deutschen Namen. An einem Satz blieben ihre Augen hängen. Wenn ihre Englischkenntnisse sie nicht trogen, dann stand dort, dass sie in dem Geschäft ihres Urgroßvaters eine Immobilienfirma vorgefunden habe. Sie nahm ihr Smartphone zur Hand und googelte.

Göttingen – Jüdenstraße – Immobilien. Dabei stieß sie auf Wohnungsangebote und Maklerportale, fand aber keinen Hinweis auf ein dort angesiedeltes Immobilienunternehmen.

»Wäre auch zu schön gewesen«, murmelte sie und griff nach ihrem Bier. »Wenn es 1986 eine solche Firma in der Jüdenstraße gegeben hat, wird sie wohl bald danach umgezogen oder geschlossen worden sein. Sonst hätte sie vermutlich Spuren im Internet hinterlassen.« Anna leerte das Glas. Sie spürte, wie ihr der Alkohol vom leeren Magen in den Kopf stieg. »Ich mache uns was zu essen«, rief sie Ingo zu und ging in die Küche.

Während sie Teller, Butter, Käse und Aufschnitt auf den Tisch stellte, einen Salat vorbereitete und mit dem Brotmesser einige Scheiben Bauernknust absäbelte, kreisten ihre Gedanken um den Fall *Big Ben*. Was hatte Emily in ihrer ersten Mail geschrieben? *Gerade stelle ich mir vor, wie sie durch die Stadt gewandert ist, um danach zu suchen.* Sarah hatte also das Haus ihrer Familie gefunden. Erschossen wurde sie im Rathaus. War sie dorthin gegangen, um sich bei der Stadtverwaltung nach den Besitzverhältnissen zu erkundigen? Hatte sie Anspruch auf das Erbe erheben wollen oder vielleicht sogar schon erhoben? Dann wäre die Immobilienfirma bedroht gewesen. War das der Schlüssel? Hatte der Inhaber Sarah umgebracht, um das Haus behalten zu können? Oder war sie nur an den falschen Mann geraten? Einen, der ein Beziehungsproblem mit der Waffe hatte lösen wollen?

»Hier ist die Übersetzung.« Ingo kam in die Küche und wedelte mit einem Blatt. Er deutete auf den gedeckten Tisch. »Das sieht gut aus. Ich habe Hunger. Du auch?«

»Ja.« Anna nickte und griff nach dem Papier. Eilig wanderten ihre Augen über die Zeilen der deutschen Fassung.

Liebe Emily,
es ist wirklich schade, dass du nicht mitkommen konntest. Göttingen ist eine schöne Stadt. Es gibt viele Fachwerkhäuser, ein altes Rathaus

aus dem Mittelalter mit einem großen Marktplatz davor. Auf den Straßen und in zahlreichen Cafés sieht man vor allem Leute, die in unserem Alter oder jünger sind. Sie wirken fröhlich und freundlich. Schon am ersten Tag habe ich das Haus meiner Vorfahren gefunden. Anhand des alten Fotos ist es gut wiederzuerkennen. Obwohl es verändert wurde. Im Erdgeschoss, wo früher das Geschäft meines Urgroßvaters war, befindet sich eine Firma für Immobilien.

Vor dem Haus habe ich eine interessante Bekanntschaft gemacht. Ich bin dem Sohn des Besitzers begegnet. Dazu, liebste Emily, später mehr. Jedenfalls habe ich mich mit ihm unterhalten. Nur so viel: Er weiß leider nicht viel über die Geschichte des Hauses. Also werde ich demnächst vielleicht mit seinem Vater sprechen.

Heute war ich in einem Café. Dort gab es sehr leckeren Kuchen. Morgen treffe ich ihn dort (den Sohn, nicht den Vater). Ich lasse den Brief jetzt liegen und schreibe danach weiter.

Liebe Emily, nun bin ich schon zwei Tage hier. Es kommt mir viel länger vor. Inzwischen weiß ich, dass die Immobilienfirma Häuser baut, mit Grundstücken handelt und Wohnungen vermittelt. Leider habe ich noch nicht herausbekommen, wie sie in den Besitz unseres Hauses gekommen ist. Gestern Abend hat mich der Sohn in einen Club eingeladen. Den Namen kann man kaum aussprechen. Nörgelbuff. Ich habe deutsches Bier getrunken. Gar nicht schlecht. Inzwischen hatte er mit seinem Vater und seinem Großvater gesprochen. Danach hatte der Großvater das Haus gekauft. Angeblich von der Stadt. Aber keiner weiß (oder sagt), wie das möglich war. Den Namen meiner Familie kennt er nicht. Leider konnten wir unser Gespräch nicht fortsetzen, weil ihm übel geworden ist.

Morgen will ich ins Rathaus gehen, um nach den Eigentumsverhältnissen zu fragen. Was sich dabei ergibt, schreibe ich dir in meinem nächsten Brief. Heute werde ich mir noch ein wenig Göttingen ansehen und das Städtische Museum besuchen. Vielleicht finde ich dort Bilder aus der Zeit vor 1945.

Gern wäre ich all diese Wege mit Dir gemeinsam gegangen und hätte die Eindrücke mit Dir geteilt. Aber ich habe schon viel foto-

grafiert und werde Dir alles berichten, wenn ich wieder zu Hause bin.

Liebe Grüße
Sarah

Enttäuscht ließ Anna den Ausdruck sinken. »Ich hatte mir mehr erhofft. Schade, dass sie den Namen nicht erwähnt hat. Also muss ich doch ins Archiv und in den alten Ausgaben von 1986 oder früher nach Hinweisen auf diese Immobilienfirma suchen. Vielleicht taucht sie ja im Anzeigenteil auf.«

Ingo nickte und lächelte nachsichtig. »Du gibst mal wieder nicht auf.«

9

1958

Sie hatten Ingeborg Haase nach Hause geschickt. Als der Mann, der sich Elias Goldstein nannte, an der Tür klingelte, öffnete Hans Rudloff. Nachdem sich der Besucher vorgestellt hatte, deutete Rudloff auf die Schwingtür, die zu den Büros führte. »Mein Vater erwartet Sie. Wenn Sie erlauben, gehe ich voraus.«

Goldstein nickte stumm und folgte ihm zögernd. An der Bürotür seines Vaters klopfte Rudloff kurz und öffnete sie. Dann trat er zur Seite. »Bitte!«

Friedrich Rudloff saß hinter seinem Schreibtisch. Er erhob sich und breitete die Arme aus. »Willkommen bei Rudloff-Immobilia. Bitte nehmen Sie Platz!«

Sein Sohn schloss die Tür hinter Goldstein und ging in sein eigenes Zimmer. Für den Fall, dass es Streit mit dem Besucher geben würde, suchte er nach einem stabilen Gegenstand, den er notfalls als Waffe benutzen konnte. In einem Schrank fand er eine Wasserwaage, damit kehrte er zur Bürotür seines Vaters zurück. Hier legte er ein Ohr ans Türblatt und lauschte auf das Geschehen im Inneren.

»Guten Tag.« Der Besucher musterte Friedrich Rudloff. Sein Blick war unsicher und voller Zweifel. Vorsichtig ließ er sich auf einem der Besucherstühle nieder.

Typisch jüdische Verschlagenheit, dachte Rudloff und versuchte ein gewinnendes Lächeln. »Was führt Sie zu mir?«

Der Besucher griff in die Tasche, zog ein Foto hervor und legte es auf den Schreibtisch. »Dieses Haus hat meinem Vater gehört. Er hatte im Erdgeschoss ein Juweliergeschäft und im dritten Stock eine Wohnung. Ich bin hier aufgewachsen. Dreiunddreißig habe ich Deutschland verlassen. Mein Vater ist geblieben. Neununddreißig hat man ihn gezwungen, das Geschäft zu schließen. Ein Jahr später ist er gestorben. Angeblich hat er sich auf dem Dachboden erhängt. Aber das kann ich nicht glauben.«

»Tragisch.« Friedrich Rudloff setzte eine mitfühlende Miene auf. »Sehr tragisch. Und bedauerlicherweise ist die Information über den Tod Ihres werten Herrn Vater zutreffend.« Mit dem Finger deutete er nach oben. »Man hat ihn tatsächlich auf dem Speicher gefunden. Erhängt. Ein Arzt hat die Todesursache bestätigt.«

»Damit habe ich mich leider abzufinden. Was aber das Haus betrifft ...« Goldstein zog ein weiteres Dokument aus der Tasche. »Wie Sie hier nachlesen können, war es seit über zweihundert Jahren im Besitz der Familie Goldstein. Zum Zeitpunkt seines Todes gehörte es meinem Vater. Als sein Erbe ...«

Rudloff hob beide Hände. »Das genügt«, rief er und fuhr mit erhobener Stimme fort. »Ich habe dieses Haus rechtmäßig erworben. Darüber gibt es keine Diskussion.«

Goldstein stand auf. »Dann sehe ich mich gezwungen, bei den zuständigen Behörden …« Er brach ab, als Rudloff in eine Schublade seines Schreibtisches griff, eine Pistole herauszog und den Lauf auf ihn richtete.

»Hinsetzen!«

»Wollen Sie mich erschießen?«, flüsterte Goldstein entsetzt.

»Hinsetzen!«, wiederholte Rudloff.

Goldstein sank auf den Stuhl zurück. »Damit kommen Sie nicht durch. Die Zeiten, in denen Leute wie Sie …«

Ein Schlag auf den Hinterkopf ließ ihn verstummen. Hans Rudloff war lautlos eingetreten und hatte mit der Wasserwaage zugeschlagen. Goldstein kippte langsam vornüber und sackte zu Boden.

»Gut gemacht!« Friedrich Rudloff richtete die Pistole weiter auf Goldstein. »Binde ihm Hände und Füße zusammen!« Er deutete auf einen Schrank. »Nimm die Krawatten! Ein Gürtel müsste auch noch da sein.«

Wenig später war Elias Goldstein gefesselt, ein Schlips steckte in seinem Mund, dessen eines Ende heraushing wie eine schwarze Zunge.

»Und nun?«, fragte Hans Rudloff.

»Er muss weg«, knurrte sein Vater. »Und zwar für immer. Geh ins Lager, hol Packpapier und eine Rolle von diesem neuen Klebeband. Damit packen wir ihn ein. Später bringen wir ihn zur Baustelle.«

»Zur Baustelle? Du meinst das neue Juristische Seminar? Wo im Februar die Grundsteinlegung mit Hellwege und Langeheine war?«

»Wohin sonst? Dort verschwindet er für alle Zeiten. Im Beton.«

2017

Obwohl es in der Redaktion spät geworden war, hatte Anna das Archiv aufgesucht und die Ausgaben von 1986 nach Inseraten einer Immobilienfirma durchforstet, die ihren Sitz in der Jüdenstraße hatte. Doch immer wieder las sie sich in redaktionellen Beiträgen fest: Artikel über die Explosion der Challenger-Raumfähre. Dann über die Reaktorkatastrophe von Tschernobyl. Sie schien das herausragende Ereignis des Jahres zu sein, Berichte über das Unglück und seine Folgen nahmen breiten Raum ein. Dazu gab es Ratschläge, wie man sich vor den radioaktiven Strahlen schützen könne. Einige waren so skurril, dass Anna trotz des ernsten Themas lachen musste. So wurde amtlich empfohlen, Kleidung vor dem Ablegen auszuklopfen. Ein Zitat des bayerischen Umweltministers ließ sie unwillkürlich den Kopf schütteln. »Der Unfall im Kernkraftwerk Tschernobyl hat zu keiner Zeit im Bundesgebiet und auch in Bayern zu einer Gefahr für die Bevölkerung in Bayern geführt.« Später hatte der Minister seinen Finger in eine Schüssel mit verstrahltem Molkepulver gesteckt und gesagt: »Des tut mir nix.« Generell hatten die Behörden offenbar den Eindruck zu erwecken versucht, wegen des Atomunfalls bestünde kein Grund zur Besorgnis. Da war es nicht verwunderlich, dass damals junge Menschen wie Ingo auf die Straßen, nach Brokdorf und nach Wackersdorf gegangen waren, um gegen den Ausbau der Atomkraft zu protestieren.

In den Kinos liefen 1986 Filme, die Anna erst Jahre später gesehen und die ihr bis heute im Gedächtnis geblieben waren. »Der Name der Rose« mit Sean Connery und Christian Slater und »Jenseits von Afrika« mit Robert Redford und Meryl Streep. Sie sah die unvergessliche Szene vor sich, in der er ihr, irgendwo in der Savanne, die Haare wäscht. Und natürlich »Momo«, dargestellt von Radost Bokel. Ihr Foto in der Kinowerbung ließ das Waisenmädchen vor Annas innerem Auge auftauchen und fragen: »Warum?« Damit hatte es vieles infrage gestellt, was den meisten Menschen selbstverständlich schien. Dieses »Warum?« hatte Anna nach dem Kinobesuch für sich entdeckt und in ihr Leben und in ihren Beruf übernommen.

Auf einer der Seiten mit den Kinoanzeigen stieß sie schließlich doch noch auf das, was sie suchte. *Rudloff-Immobilia. Bauträger-Gesellschaft mbH. Planung – Ausführung – Verwaltung – Vermietung. Ihr Partner in allen Immobilienfragen. 3400 Göttingen, Jüdenstraße ...*

Anna hielt die Luft an. Rudloff! Hatte nicht Jörg Rudloff eine Immobilienfirma besessen? Das Unternehmen hatte seinen Sitz im Gewerbegebiet Lutteranger gehabt, nicht in der Innenstadt. Und es hatte einen anderen Namen. Irgendwas mit *Göttingen*. Konnte Rudloff-Immobilia die Vorgängerin dieser Firma gewesen sein? Jörg Rudloff musste damals noch jung gewesen sein. Anna zog auf gut Glück einen Band von 1994 hervor. In diesem Jahr war Roman Herzog Bundespräsident geworden, Nelson Mandela erster schwarzer Präsident in Südafrika. Die britische Boulevard-Presse hatte Einzelheiten über die Beziehung zwischen Prinzessin Diana und ihrem ehemaligen Reitlehrer enthüllt.

Als sie den Band schon zuklappen wollte, entdeckte sie die Anzeige. *Neue Göttinger Immobilia. Wir bauen für Sie.* Hier hießen die Inhaber *Hans Rudloff & Sohn.* Bei dem Sohn müsste es sich um Jörg Rudloff handeln. Ihn würde sie aufsuchen und befragen. Rasch fotografierte sie mit dem Smartphone die Inserate und stellte die schweren Bände zurück ins Regal. Während sie zufrieden und mit einem guten Gefühl das Archiv verließ, spürte sie ein Kribbeln zwischen den Schulterblättern. Wie so oft, wenn sie einer Sache auf der Spur war.

1986

Am Morgen nach dem plötzlichen und peinlichen Ende des Gesprächs im Nörgelbuff suchte Jörg Rudloff Hotel Gebhards auf, in dem Sarah Jane Roberts wohnte. Problemlos bekam er die Nummer ihres Zimmers. Doch dort war sie nicht, er traf sie schließlich im Frühstücksraum, wo sie mit sichtlichem Appetit das kontinentale Frühstück genoss.

»Geht es Ihnen besser?«, fragte sie, als er sich ihrem Tisch näherte. »Möchten Sie eine Tasse Tee? Oder Kaffee? Bitte setzen Sie sich!«

»Danke, sehr freundlich. Einen Tee nehme ich gern.« Jörg ließ sich ihr gegenüber nieder und sah sich um. Nur wenige Gäste waren um diese Zeit noch anwesend. Sie saßen im hinteren Teil des Raumes und unterhielten sich angeregt. »Ja«, sagte er, »es ist alles in Ordnung. Vielleicht habe ich etwas gegessen, was mir nicht bekommen ist.«

Sarah nickte und gab dem Frühstückskellner einen Wink. »Bitte eine Tasse Tee für den Herrn.« Sie wandte sich Jörg zu. »Haben Sie etwas auf Ihre – wie sagt man? Verstand? Geist? Gedanken?«

»Auf dem Herzen«, bestätigte Jörg. »Ja, so könnte man sagen.« Obwohl niemand in der Nähe war, sprach er nun leiser. »Es ist wegen des Hauses, das Ihren Vorfahren gehört hat. Mein Vater möchte Ihnen ein Angebot machen.«

»Ein Angebot? Interessant.« Über den Rand ihrer Teetasse hinweg sah sie Jörg aufmerksam an.

»Eine Entschädigung«, stieß er hastig hervor und senkte den Blick. »Zwanzig … Fünfzigtausend Mark. Das wären … sechzehntausend britische Pfund.«

»Wie großzügig.« Sarah stellte ihre Tasse ab. »Sie wollen … Ihr Vater will sich … frei … kaufen?«

Jörg presste die Lippen zusammen. Er hatte den Anflug von Ironie in ihrer Stimme nicht überhört. »Nein, darum geht es nicht. Nach deutschem Recht hat mein Großvater das Haus rechtmäßig erworben. Es gibt einen Kaufvertrag zwischen ihm und der Stadt Göttingen. Wir möchten nur …«

»Die Stadt hat verkauft also das Haus an ihn.« Sarah nickte nachdenklich. »Das ist interessant.«

Es entstand eine Pause, während der Sarah eine Brötchenhälfte mit Butter bestrich und mit Honig beträufelte. »Ich will kein Geld«, sagte sie schließlich. »Ich möchte erforschen die Geschichte von meine Familie. Und von anderen jüdischen Familien. Unser Verlag gibt heraus eine Reihe historischer Bücher. Mein Boss hat mir vorgeschlagen, zu schreiben über Beispiele aus Deutschland. Und ich möchte herausfinden, was ist passiert. Es sind viele Fragen. Wann und wie ist gestorben mein Urgroßvater Aaron Goldstein? Hat er verkauft sein Haus an die Stadt? Zu welchem Preis? Wo ist sein Grab? Und was ist geschehen zu meinem Großvater Elias? Er ist gekommen 1958 nach Göttingen, um zu sehen das Haus seines Vaters. Keine Rückkehr.«

»Aber wozu soll das gut sein?« Jörg griff nach seiner Teetasse, stellte sie jedoch wieder ab, ohne getrunken zu haben. »Sie haben nichts davon. Nehmen Sie lieber das Geld! Mit fünfzigtausend Mark, ich meine sechzehntausend Pfund, können Sie sich eine neue Wohnung leisten, ein Auto, Reisen, was weiß ich. Vielleicht kann ich meinen Vater überreden, die Summe auf zwanzigtausend Pfund zu erhöhen.«

Sarah sah ihn aus ihren dunklen Augen an. Fast schien es Jörg, als würden sie in Tränen schwimmen. Kaum merklich schüttelte sie den Kopf. »Sie verstehen mich nicht. Ich will nichts kaufen für mich. Ich will … *wissen*. Wissen, was ist passiert.«

Sie senkte den Blick, betrachtete scheinbar ihr Honigbrötchen. Doch Jörg beschlich das Gefühl, dass sie innerlich sehr weit weg war. Er fühlte sich unwohl, dachte an den Wutausbruch, mit dem sein Vater ihn empfangen würde. Ein Buch. Über die Geschichte der Familie Goldstein und damit über das Haus in der Jüdenstraße. Gut, es würde in England erscheinen, doch irgendjemand würde es irgendwann entdecken, und es würde in Göttingen bekannt. Es gäbe einen Skandal. Das Ende von Rudloff-Immobilia wäre besiegelt. Alles in ihm wehrte sich gegen die Vorstellung. Aber es stand nicht in seiner Macht, das Schicksal zu beeinflussen. Die Entschädigung wäre ein Ausweg gewesen. Gab es einen anderen? Es gibt immer einen anderen Weg, hatte sein Vater gesagt. Nur, wie sollten sie Sarah Jane Roberts daran hindern, ihre Nachforschungen fortzusetzen?

»Ich würde gern sprechen mit Ihrem Dad«, hörte er Sarah sagen. »Und mit Ihrem Großvater. Könnten Sie … arrangieren das?«

Jörg hob die Schultern. »Ich weiß nicht. Ich kann es probieren. Aber ob mein Vater … Mein Großvater ist manchmal nicht mehr ganz klar im Kopf. Ich glaube nicht, dass er Ihnen … Ich meine, dass Sie von ihm … Er ist vierundachtzig.«

»Alte Menschen oft können erinnern weit zurückliegende Ereignisse sehr gut«, entgegnete Sarah. »Bitte versuchen Sie eine Verabredung. Heute Nachmittag ich werde gehen ins Rathaus. Morgen ein Gespräch wäre gut mit Ihrem Dad. Okay?«

»Gut.« Jörg deutete ein Nicken an. »Aber ich kann Ihnen nichts versprechen.«

»Wir werden sehen.« Aus Sarahs Miene wich der ernste Ausdruck. Sie biss in ihr Brötchen und zeigte auf Jörgs Tasse, die noch immer unberührt war.

»Danke für den Tee«, sagte er und stand auf. In seinem Magen schien sich ein Knoten gebildet zu haben. »Ich möchte nicht weiter stören.«

*

»Ein Buch?« Hans Rudloff sprang auf, seine Gesichtsfarbe wechselte zwischen bleich und dunkelrot. »Über die Goldsteins? Über dieses Haus? Das hat uns gerade noch gefehlt.« Er stöhnte auf und ließ sich wieder auf den Sessel fallen. »Ist dir klar, was das bedeutet?«

»Natürlich.« Jörg hob die Schultern. »Deshalb müssen wir ihr die Sache ausreden. Sie will mit dir sprechen. Morgen. Das wäre eine gute Gelegenheit, ihr klarzumachen, dass sie mit der Veröffentlichung unsere Firma ruiniert und Arbeitsplätze zerstört.«

Nervös trommelte Hans Rudloff mit den Fingern auf der Schreibtischplatte herum. »Morgen? Die Vorstellung, dass die Frau mit anderen Leuten reden könnte, macht mich verrückt. Warum nicht heute?«

»Heute Nachmittag will sie ins Rathaus. Keine Ahnung, was sie dort will«, antwortete Jörg. »Wahrscheinlich wegen der früheren Besitzverhältnisse. Aber eigentlich wäre dafür das Grundbuchamt beim Amtsgericht zuständig …«

Sein Vater sprang auf. »Egal. Auf keinen Fall können wir es zulassen. Sie erzählt womöglich sonst was. Wir müssen … Du musst … sie davon abhalten. Bring sie her!«

Jörg verzog das Gesicht. »Ich habe gerade mit ihr gesprochen. Sie ist eine Frau, die weiß, was sie will. Ich glaube nicht, dass sie sich durch mich von ihren Plänen abbringen lässt.«

»Dann machen wir es anders.« Hans Rudloff ließ sich in seinen Bürosessel fallen, zog eine Schublade auf und stellte eine Flasche und zwei Gläser auf den Schreibtisch. »Jetzt brauche ich erst mal einen Cognac.«

1958

Bei Nacht wirkte die Baustelle des künftigen juristischen Seminars wie der Teil einer Geisterstadt. Hier, auf dem Gelände östlich des Nikolausberger Wegs, sollte ein neues geisteswissenschaftliches Zentrum der Universität entstehen. Es gab noch keine Beleuchtung, auch nicht in der Nähe. Der Mond stand knapp über dem Horizont, in dessen mattem Licht Gerüste und Mauern lange Schatten warfen. Der Fahrer schaltete die Scheinwerfer aus und ließ den schwarzen Mercedes *Type 220S Ponton sedan* im ersten Gang über die unwegsame Baustellenzufahrt rollen, bis sie die Baugrube mit dem weitgehend fertiggestellten Kellergeschoss erreichten. Schließlich rangierte er den Wagen vor die Stelle, wo der Haupteingang für das neue Gebäude entstehen sollte. Er stellte den Motor ab und deutete nach vorn. »Da müssen wir ihn reinbringen. Und dann nach unten. Im Kellergeschoss haben sie einen Bereich wegen falsch verlegter Leitungen aufgebrochen und heute neu gegossen. Da könnte es gehen.«

Mit vereinten Kräften wuchteten die Männer das schwere Bündel aus dem Kofferraum. Friedrich Rudloff deutete auf einen dunklen Abgrund. »Da steht irgendwo eine Leiter.« Sein Sohn ergriff den Spaten und ging voraus. »Ich sehe mir die Stelle an.« Wenig später kletterte er abwärts. Hier war es stockfinster. Zum Glück hatte er daran gedacht, eine Taschenlampe mitzubringen. Unter ihm war der Beton an der Oberfläche bereits zu fest, um mit dem Spaten eindringen zu können. »Ganz hinten rechts«, rief sein Vater von oben. Hans Rudloff schulterte den Spaten und richtete den Strahl der Lampe in die angegebene Richtung. Um in die äußerste Ecke der Baustelle zu kommen, musste er eine Art Labyrinth überwinden, das aus Mauern und Türöffnungen bestand. Schließlich fand er eine feucht glänzende Fläche, aus der zahlreiche Rohre und Leitungen ragten, und stieß den Spaten hinein. Die breiige Masse gab nach, doch das stählerne Blatt drang nur zur Hälfte ein. An einigen Stellen konnte er tiefer stechen und kleine Brocken herauslösen, doch wirklich aufgraben ließ sich der zähe Beton nicht.

Enttäuscht und verschwitzt hastete er zurück, stieg die Leiter hinauf und schwenkte den Spaten. »Es geht nicht«, keuchte er. »Man kommt in das Zeug nicht mehr rein.« Er deutete auf die freie Fläche. »Wahrscheinlich ist es einfacher, dort ein Loch zu buddeln.«

Sein Vater schüttelte den Kopf. »Das ist zu riskant. Wir packen ihn wieder ein und überlegen uns etwas anderes.«

Als die beiden Männer zum Wagen zurückkehrten, lag das zusammengeschnürte Paket nicht mehr wie vorher da. Friedrich Rudloff streckte die Hand aus. »Gib mir das Ding! Ich glaube, der Kerl hat sich bewegt.« Für einen Moment verharrten er und sein Sohn regungslos. Plötzlich drang ein Stöhnen aus dem Bündel. Rudloff hob den Spaten und ließ ihn flach auf das Ende krachen, an dem sich der Kopf befand. Es gab ein knirschendes Geräusch, dann herrschte Ruhe. Sekundenlang lauschten die Männer auf die Stille. Schließlich warf Rudloff den Spaten in den Kofferraum. »Fass mit an!«, rief er halblaut. »Wir laden ihn wieder ein.«

Kurz darauf rollte der Mercedes die Weender Landstraße entlang und bog in den Nikolausberger Weg ein. »Wo willst du hin?«, fragte Hans Rudloff.

»Zu den Universitätskliniken. Da können wir ihn ... Wir hatten im Kirchweg früher, ich meine, während des Krieges, über hundert Ostarbeiterinnen und andere Fremdarbeiter. Für die gab es ein eigenes Gebäude. Kirchweg 3, das war eigentlich die Adresse der Frauenklinik. Ich war da zuständig für ... Egal. Jedenfalls gibt es unter den Klinikgebäuden ein weit verzweigtes Netz von Gängen und Stollen. Hauptsächlich für die Entlüftung der Krankenhäuser. Normalerweise kommt da kein Mensch rein. Erstens ist es verboten, zweitens alles verschlossen. Aber ich kenne einen geheimen Zugang. Durch den haben wir damals ... Na ja, das spielt jetzt keine Rolle mehr.«

»Und da unten legen wir ihn ab?« Hans Rudloff war skeptisch.

Sein Vater nickte. »Da ist er so sicher wie ... in ... Abrahams Schoß.« Er lachte auf. »Dass ich nicht gleich darauf gekommen bin!«

2017

»Mein Mann ist nicht zu sprechen.« Susanne Rudloffs Stimme am Telefon klang abweisend. Obwohl Anna nicht versäumt hatte, auf das Interview hinzuweisen, das sie schon einmal mit ihm geführt hatte. Nach vielen Berufsjahren war sie gewohnt, auf anfänglichen Widerstand zu stoßen. Sie gab nicht auf. »Vielleicht sollte Ihr Mann aber doch erfahren, worüber ich mit ihm reden möchte.« Anna bemühte sich, sanft zu klingen. »Es geht um die Geschichte der Rudloff-Immobilia, von den Anfängen bis zur … Gegenwart.«

»Warten Sie einen Augenblick!« Susanne Rudloff legte offenbar den Hörer ab. Ihre Schritte entfernten sich. Es dauerte eine Weile, bis sie sich wieder meldete.

»Hören Sie? Mein Mann ist … zurzeit … ans Haus gebunden. Sie müssten herkommen.«

»Das ist kein Problem.« Anna schmunzelte und hob in Gedanken den Daumen. »Sagen Sie einfach, wann es Ihnen passt.«

»Sie können jederzeit vorbeikommen«, antwortete Susanne Rudloff. »Wir wohnen in Weende-Nord. Am Max-Born-Ring.«

»Darf ich Sie heute Abend besuchen? Dann könnte ich nach Redaktionsschluss auf dem Weg nach Hause … So gegen halb acht?«

*

Rudloffs Villa ähnelte in ihrer Stillosigkeit anderen Häusern aus der Zeit, aber sie war deutlich größer als die in der Nachbarschaft. Eine separate Tür führte zu einer Einliegerwohnung, deren Fenster durch Rollläden verdunkelt waren. Sie wurde anscheinend nicht genutzt, denn am Klingelschild befand sich kein Name. Es hätte Anna auch gewundert, wenn die Hausbesitzer auf Mieteinnahmen angewiesen wären. Sie nahm die drei Stufen zur Haustür, neben der ein großes Messingschild

Rudloff als Besitzer des Domizils auswies, und drückte auf den glänzenden Klingelknopf aus dem gleichen Metall. Innen ertönte ein Gong aus mehrfachen Tönen, die auf Flughäfen eine Ansage ankündigten.

Als Susanne Rudloff sie durch den Flur zum Wohnzimmer führte, wurde Anna an die eigene Kindheit erinnert. Wie in ihrem Elternhaus gab es bogenförmig gemauerte Durchgänge, die nach der Art griechischer Tavernen mit strahlenförmig angeordneten Ziegelsteinen betont wurden. Allerdings fehlte dem Wohnraum die altdeutsche Repräsentationswand, mit der Anna aufgewachsen war. Die Rudloffs besaßen barocke Schränke, sowie Tisch und Stühle aus der Epoche, die zwar ebenfalls mächtig wirkten, aber in der Weite des großen Raumes nicht so bedrohlich in Erscheinung traten. Auch die schwere Ledergarnitur verlor etwas von ihrer klotzigen Anmutung, weil Sessel und Couch großzügig angeordnet waren.

Zu Annas Überraschung saß Jörg Rudloff in einem Rollstuhl. »Leider ist es mir nicht möglich, Sie angemessen zu begrüßen«, sagte er. »Guillain-Barré-Syndrom. Erkrankung der Nervenbahnen.« Er deutete auf einen der Ledersessel. »Bitte nehmen Sie Platz! Was kann ich Ihnen anbieten? Wasser? Wein? Whisky? Oder lieber Kaffee, Cappuccino, Tee?«

»Ein Wasser wäre nicht schlecht«, antwortete Anna. »Vielen Dank!«

»Wasser und Whisky«, rief Rudloff in Richtung Esszimmer, das durch einen offenen Rundbogen erreichbar war. Dann wandte er sich wieder Anna zu. »Sie wollen mit mir über meine Firma sprechen?«

Anna nickte. »Genauer gesagt, über Rudloff-Immobilia, F. Rudloff und Sohn. Mit Sitz in der Jüdenstraße.«

Der Mann im Rollstuhl schüttelte den Kopf. »Das war das Unternehmen meines Großvaters. Darüber kann ich Ihnen nicht viel sagen. In welchem Zusammenhang interessieren Sie sich dafür?«

Statt zu antworten, fuhr Anna fort. »Aus dieser Firma ist später die Neue Göttinger Immobilia hervorgegangen – oder nicht? Und deren Inhaber hießen Hans Rudloff und Sohn. Ich nehme an, der Sohn sind Sie.«

Rudloff hob beide Hände. »Wir haben das Haus in der Jüdenstraße verkauft und einen Teil des Namens übernommen.«

Das Gespräch wurde unterbrochen, als Susanne Rudloff für Anna Mineralwasser brachte und ihrem Mann ein Glas Whisky gab. Er hob es an. »Auf Ihr Wohl, Frau Lehnhoff.«

Anna nahm ihr Wasserglas und trank einen Schluck. Dann ließ sie einen Versuchsballon steigen. »Aber 1986 waren Sie noch in der Jüdenstraße. Und Sie waren Teilhaber. Oder Mitinhaber. Wie immer man es bezeichnet, wenn einem Anteile der Firma gehören. Richtig?« Es schien ihr, als sei Rudloff zusammengezuckt, als sie die Jahreszahl nannte. Doch er hatte sich offensichtlich im Griff.

»Vierundachtzig, fünfundachtzig, sechsundachtzig.« Er hob die Schultern. »Das spielt doch keine Rolle.«

»Mich interessiert nur das eine Jahr.« Während Anna sprach, beobachtete sie Rudloffs Mienenspiel. »1986 starb in Göttingen eine junge Frau an den Folgen einer Schussverletzung. Ein bemerkenswertes Ereignis, das Aufsehen erregt hat, denn der Mord ereignete sich im Neuen Rathaus, und der Täter wurde nicht gefasst.«

Rudloff sah sie ohne erkennbare Regung an. Nur die Hand mit dem Whiskyglas zeigte Anna die innere Anspannung des Mannes. Die Finger umklammerten das Glas so fest, dass die Knöchel wächsern hervortraten. »Können Sie sich daran erinnern?«, schob sie nach.

»Vage. Das ist schließlich über dreißig Jahre her.« Er setzte das Glas an die Lippen und leerte es in einem Zug. »Susanne!«, rief er und stellte es auf dem Tisch ab. Dann wandte er sich wieder Anna zu. »Sie haben meine Frage nicht beantwortet.«

»Warum mich das interessiert?« Anna neigte den Kopf. »Ich befasse mich gerade mit nicht aufgeklärten Verbrechen. Wird vielleicht eine Serie im GT. Der Fall *Big Ben* gehört dazu.«

»*Big Ben?*«

»So haben ihn die Kriminalpolizisten damals genannt. Weil das Opfer aus England stammte. Aus London, um genau zu sein. Die Frau war keine Touristin, wie die Ermittler angenommen haben. Sie war aus einem bestimmten Grund …« Anna unterbrach sich, denn Susanne Rudloff erschien mit einem neuen Whisky. Wortlos stellte sie das Glas vor ihrem Mann auf den Tisch. Er griff danach, führte es zum Mund, trank jedoch nicht, sondern hielt es in Höhe der Brust und betrachtete wie abwesend die braune Flüssigkeit. Nachdem seine Frau den Raum verlassen hatte, sah er Anna misstrauisch an. »Sie war aus einem bestimmten Grund hier? Aus welchem? Und woher wollen Sie das wissen?«

Anna lächelte. »In meinem Fall ist das Berufsgeheimnis. Aber Sie kennen diesen Grund. Und Sie kennen ihren Namen. Sarah Jane Roberts.«

Das Whiskyglas fiel Rudloff aus der Hand und zerschellte auf dem Boden, sein Inhalt verteilte sich auf den Fliesen und spritzte bis zu Annas Schuhspitzen.

10

2017

Bei einem Kumpel, der nicht weit vom Café an der Nikolaikirche sein Geld mit gebrauchten Handys, Computern und Notebooks verdiente, hatte Kilian zwei Schreiben formuliert und ausgedruckt. Das eine hatte er mit einem Briefkopf versehen, in dem neben dem Namen und einer Adresse im Göttinger Ostviertel ein passendes Wappen zu sehen war, das er im Internet gefunden hatte. *Freifrau Charlotte Elisabeth von Kaltenborn* prangte in zierlich-vornehmen Lettern über dem Text. Es enthielt einen Verkaufsauftrag für eine umfangreiche antike Schmucksammlung. In dem zweiten bat Marie-Luise Kaltenbach um Unterstützung für eine Tombola. Er kannte die Unterschrift seiner Großmutter, es waren immer nur die ersten Buchstaben zu entziffern, die letzten endeten in einem geschwungenen Strich, der alles bedeuten konnte: …born wie …bach.

Die ungewohnte Arbeit hatte mehr Zeit in Anspruch genommen, als er erwartet hatte. Mit beiden Ausdrucken in einem Schnellhefter fuhr er erneut zum Wohnstift in Geismar, wies den Taxifahrer an, zu warten, und eilte am Empfang vorbei zu den Aufzügen. Er fand seine Großmutter in bester Laune vor und bat sie wortreich um Unterstützung für eine Verlosung zugunsten elternloser Flüchtlingskinder. Nachdem sie den Text überflogen hatte, lenkte er sie ab, tauschte die Blätter aus und drängte zur Eile. Mit der Unterschrift unter dem Auftrag von Freifrau Charlotte Elisabeth von Kaltenborn an Herrn Sebastian Hägele verabschiedete sich Kilian und versprach seiner Großmutter, in den nächsten Tagen wieder vorbeizukommen. Mit mehr Zeit.

Während das Taxi den Mittelberg hinabrollte, breitete sich in ihm Erleichterung aus. Diese Hürde war genommen. Er rief den Antiquitätenhändler an. Fast fröhlich teilte er ihm mit, dass er aufgehalten worden sei und sich um eine Viertelstunde verspäte. Ja, das Schreiben seiner Auftraggeberin bringe er mit.

Jesko von Arnsberg legte auf und wandte sich an seinen Besucher. »Er kommt etwas später. Aber er kommt. Und er bringt ein Schreiben mit, in dem die Verkäuferin des Schmucks ihren Auftrag bestätigt. Ich sagte dir ja bereits, dass der junge Mann auf mich einen glaubwürdigen Eindruck macht. Er heißt übrigens Hägele, Sebastian Hägele. Kann es sein, dass du mit deinem Verdacht völlig falsch liegst?«

Pawlowski schüttelte den Kopf. »Ich habe den Schmuck zwar nicht gesehen, doch wenn er wirklich so viel wert ist, wie du sagst, ist die Wahrscheinlichkeit groß, dass er aus dem Einbruch bei den Rudloffs stammt. Hier sind die zehntausend.« Pawlowski reichte von Arnsberg einen Briefumschlag. »Sobald er mich zu seinem Versteck geführt hat, nehme ich sie ihm wieder ab. Ich folge ihm von hier aus.«

Von Arnsberg schnaufte. »Ich hoffe, er entwischt dir nicht wieder, ich habe langsam keine Lust mehr auf dieses Theater, Brunello di Montalcino hin oder her.«

Pawlowski hob die Hände. »Mach dir keine Sorgen, Jesko! Heute schnappe ich ihn. Damit ist die Sache für dich erledigt. Wir wissen inzwischen, wer seine Freundin ist und wo sie wohnt. Entwischen kann er uns also nicht mehr. Jedenfalls solange er in Göttingen bleibt. Darum bitte ich dich, nur dieses eine Mal noch mitzuspielen.« Er warf einen Blick auf die Uhr. »Ich verziehe mich jetzt lieber nach draußen.« Ohne die Antwort seines Freundes abzuwarten, verließ er den Laden und strebte dem gegenüberliegenden Hauseingang zu. Aus den Augenwinkeln sah er ein Taxi, das in die Straße einbog.

»Sie können mich hier absetzen.« Während der Fahrer den Wagen ausrollen ließ, bemerkte Kilian einen Mann, der in der Höhe des Antiquitätengeschäfts die Straße überquerte. Normalerweise hätte er sich für Passanten oder Kunden, die hier unterwegs waren, nicht interessiert. Doch dieser Typ ähnelte dem alten Sack, der im *Thanners* mit einer auffallend jungen Frau aufgetaucht und am nächsten Morgen unter Vanessas Fenster entlangspaziert war. Während Kilian zahlte und ein viel zu großzügiges Trinkgeld gab, weil seine Gedanken bei dem Glatzkopf waren, verschwand der Mann in einem Hauseingang.

Kilian stieg aus und sah sich um. Nichts sonst deutete auf Beobachter oder Verfolger hin. Litt er unter Paranoia? Oder gab es eine echte Bedrohung? Doch durch wen? Gerade war er mit dem Taxi aus Geismar gekommen. Von dort hatte ihm niemand folgen und dann vor ihm hier sein können. Nur, wenn der Antiquitätenhändler jemanden beauftragt und über die Verabredung informiert hätte. Von Arnsberg hatte bestritten, ihn beobachten zu lassen. Aber das musste nichts heißen. Unschlüssig musterte er den Eingang und die Schaufenster des Antiquariats.

Auf der Straße näherte sich eine lärmende Gruppe junger Leute. Sie zogen einen geschmückten Bollerwagen, auf dem ein Typ im dunklen Anzug und mit einem Doktorhut thronte. Der kleine Umzug musste auf dem Weg zum Marktplatz sein, wo der frisch Promovierte auf den Brunnen klettern und das Gänseliesel küssen würde. Kurz entschlossen mischte Kilian sich unter die Studenten und ließ sich mit ihnen bis zum Rathaus treiben. Dort setzte er sich an einen Tisch des *Bullerjahn* und zog sein Handy aus der Tasche. Während er von Arnsbergs Nummer wählte, behielt er den Marktplatz im Auge.

»Kleine Programmänderung«, sagte er, als sich der Antiquitätenhändler meldete. »Ich kann leider nicht zu Ihnen kommen. Können wir uns im *Bullerjahn* treffen? Ich warte draußen auf Sie.«

Zu seiner Überraschung stimmte von Arnsberg zu. Kilian bestellte einen Espresso und beobachtete die Zeremonie der Studenten am Gänseliesel. Wenige Minuten später tauchte der weißhaarige Mann neben dem *Colosseum* auf und winkte ihm zu.

Von Arnsberg ließ sich an Kilians Tisch nieder. »Guten Tag, Herr Hägele. Ein Geschäft dieser Größenordnung in aller Öffentlichkeit. Nicht schlecht. Irgendwie gefällt mir das. Schließlich haben wir ja nichts zu verbergen. Oder?«

Kilian sah sich nach der Bedienung um. Von dort drohte keine Gefahr. Auch sonst war niemand in unmittelbarer Nähe. Er zog ein Leinensäckchen aus der Innentasche seines Jacketts und legte es vor sich auf den Tisch. »Haben Sie etwas für mich?«

Von Arnsberg nickte, fasste ebenfalls in die Tasche und platzierte einen Umschlag direkt neben den Beutel. »Bitte.«

Mit einer einzigen Bewegung schob Kilian den Leinenbeutel über den Tisch und ließ den Umschlag verschwinden, um gleich darauf erneut in sein Jackett zu greifen. Er förderte ein Blatt Papier zutage. »Die gewünschte Bestätigung der Dame, die den Schmuck veräußern möchte.«

Der Antiquitätenhändler warf zunächst einen Blick in den Beutel und verstaute ihn in seiner Jackentasche. Dann faltete er das Schreiben auseinander und las konzentriert. »Sieh an, die Freifrau von Kaltenborn. Wusste gar nicht, dass sie in Göttingen lebt.«

Kilian erschrak.

1986

Nur widerwillig machte sich Jörg Rudloff erneut auf den Weg. Er war hin- und hergerissen zwischen seinen Gefühlen für die schöne Jüdin auf der einen und der Bedrohung, die von ihr ausging, auf der anderen Seite. Anfangs hatte er geglaubt, sie für sich einnehmen zu können. Doch inzwischen wusste er, dass sich ihr Interesse an ihm auf Informationen beschränkte, die mit der Geschichte des Hauses in der Jüdenstraße zusammenhingen. Was während des Krieges mit ihrem Urgroßvater und danach mit ihrem Großvater geschehen war, wollte er nicht wissen. Er ahnte, dass es Unrecht gegeben hatte, dass dieses Unrecht fortbestand und auf seine Generation übertragen würde. Wenn Sarah darauf bestand, ihre Nachforschungen fortzusetzen und deren Ergebnisse zu veröffentlichen, wäre

Rudloff-Immobilia ruiniert. Die Firma würde schließen müssen, die Familie wäre gesellschaftlich im Abseits. Freunde würden sich abwenden, Frauen einen Bogen um ihn machen. Nirgends würde er sich mehr sehen lassen können, nicht einmal in den Kneipen und Diskotheken der Stadt.

Während er mit gesenktem Kopf durch die Straßen zum Hotel Gebhards wanderte, sah er den sozialen Abstieg mit zunehmender Deutlichkeit vor sich. Ob es ihm gefiel oder nicht, er würde Sarah unter Druck setzen müssen. Sie wollte Informationen, sein Vater hatte sie. Ich will *wissen*, hatte sie gesagt. Das war ihr wichtig. Nur wenn sie bereit wäre, auf eine Veröffentlichung zu verzichten, würde sie die Wahrheit erfahren. Darauf hatten sein Vater und er sich verständigt. Seine Aufgabe war nun, Sarah von Besuchen im Rathaus und beim Grundbuchamt abzubringen, sie stattdessen zu seinem Vater zu begleiten. Jörg, niemand sonst, konnte sie überzeugen. Er würde ihr klarmachen, dass es nur diese eine Lösung gab, nachdem sie eine finanzielle Entschädigung abgelehnt hatte. Tief in Jörgs Innerem lauerten Zweifel. Dann machen wir es anders, hatte sein Vater gesagt. Aber nicht erklärt, was genau er damit meinte.

Er traf Sarah vor dem Hotel. Sie trug eine weite, farbenfroh gemusterte Bluse mit Schulterpolstern und Puffärmeln, eine Karottenjeans und dunkle Stiefeletten mit roten Bändern. An einer Schulter baumelte ein Fotoapparat. Üppige schwarze Locken umrahmten das schmale Gesicht. Der Anblick versetzte ihm einen Stich. Sie erinnerte ihn an die Sängerin Nena, die gerade mit *Feuer und Flamme* erfolgreich war. Wie gern wäre er Feuer und Flamme für Sarah gewesen. Doch ausgerechnet von dieser begehrenswerten Frau ging eine zerstörerische Bedrohung aus.

Sie zog die Augenbrauen hoch, als sie ihn entdeckte, sagte jedoch nichts, sah ihn nur fragend an.

»Es tut mir leid«, begann er, »dass ich Sie noch einmal behelligen muss. Mein Vater schickt mich. Er würde gern mit

Ihnen sprechen. Wegen … über … Ihren Großvater. Er kann Ihnen Informationen geben, die Sie suchen. Aber es geht nur heute.«

Zu Jörgs Überraschung nickte sie. »Okay. Lassen Sie uns gehen zu ihm.« Sie hob die Kamera hoch. »Wir machen eine kleine Umweg zu dem Platz, wo steht das Gänseliesel. Für ein Foto.«

»Selbstverständlich.« Er deutete in Richtung Zentrum. »Bitte, hier lang!«

Wenig später stand Sarah vor dem Brunnen. Sie lächelte. Jörg drückte auf den Auslöser und hoffte inständig, dass sich doch noch alles zum Guten wenden würde. Feindliche Gefühle schien sie nicht zu hegen. Ihr Wunsch nach Informationen über das Schicksal ihrer Familie war verständlich. Aber deren Vergangenheit durfte seine Zukunft nicht zerstören.

Jörgs Vater empfing sie in seinem Büro. Mit einer kaum wahrnehmbaren Bewegung seines Kopfes schickte er seinen Sohn hinaus. Jörg wartete voller Ungeduld auf dem Flur. Durch die Tür war nur sein Vater zu hören, jedoch nicht zu verstehen. Von Sarah vernahm er nichts. War das ein gutes Zeichen? Hörte sie zu und nickte nur hin und wieder? Würde sie sich doch noch überzeugen lassen?

Als sich schließlich die Tür öffnete, klang Sarahs Stimme leise, aber klar und fest. Ihre Hand lag auf der Klinke. »Bitte glauben Sie mir, Herr Rudloff, ich möchte Ihnen nicht schaden. Mir geht es um die Wahrheit. Nicht mehr und nicht weniger. Es tut mir leid.«

»Warten Sie, Frau Roberts!«, hörte Jörg seinen Vater sagen. »Sie suchen doch nach Ihrem Großvater. Ich kann Sie hinführen.«

Jörg erstarrte innerlich. Die Zeit schien den Atem anzuhalten. Sekunden erschienen wie Minuten. »Zu … seiner … letzten Ruhestätte«, ergänzte sein Vater. »Ich weiß, wo er liegt.«

»Hier in Göttingen?«, fragte Sarah. »Auf dem Friedhof?«

»Nein«, hörte er seinen Vater antworten. »Nicht auf dem Friedhof. Auch nicht auf dem jüdischen. Es handelt sich um … eine Art Gruft. Unter den Universitätskliniken.«

1958

Die meisten Fenster waren trotz der nächtlichen Stunde erleuchtet. Friedrich Rudloff hatte den Mercedes abseits der Eingänge zu den Kliniken neben ein niedriges Gebäude rangiert, das den Wagen gegen neugierige Blicke sowohl von der Straße als auch aus den Häusern abschirmte. Mit einem Kopfnicken deutete er auf eine rostige Eisentür in der Außenfassade, die einen neuen Anstrich vertragen hätte. »Da müssen wir rein. Komm!«

Die Männer stiegen aus, Rudloff öffnete den Kofferraum und zerrte das Paket heraus. Schwer schlug es auf den Boden. »Warte einen Moment!« Mit einigen schnellen Schritten verschwand er hinter dem Gebäude, kam schon bald zurück und hielt einen Gegenstand in der Hand. Offenbar einen Schlüssel, denn kurz darauf zog er an der Tür, die quietschend und knarrend aufschwang. Hans Rudloff sah sich sorgfältig um. Doch weit und breit war kein menschliches Wesen zu sehen.

Im nächsten Augenblick war sein Vater bei ihm, deutete wortlos mit dem Kopf auf das untere Ende des Pakets und packte mit beiden Händen zu. Hans fasste den verschnürten Körper bei den Füßen, und gemeinsam schleppten sie das schwere Bündel ins Innere des Gebäudes und legten es ab. Hier war es stockfinster. Friedrich Rudloff entzündete ein Streichholz, in dessen flackerndem Lichtschein traten auf dem Boden die Umrisse einer Falltür hervor. Er tastete in einer dicken Staubschicht nach dem Griff, fand ihn und klappte die Abdeckung auf. Das Licht erlosch. Ein weiteres Zündholz machte für Sekunden die Stufen einer Treppe sichtbar, dann verglühte es. Hans Rudloff spürte einen Luftzug. »Das ist das Belüftungssystem«, erklärte sein Vater. »Durch den Turm drüben auf dem gelben Backsteinhaus steigt die Luft nach oben und zieht die verbrauchte Luft aus den Gängen. Die zentralen Zugänge sind beleuchtet, aber wir bleiben abseits der Hauptschächte, im Bereich ewiger Finsternis.« Er zog das schwere Bündel zu der Öffnung, sein Fuß tastete nach der ersten Stufe. »Fass mit an!«, rief er und zerrte an dem Paket.

Gemeinsam bugsierten die Männer es die Treppe hinab. Unten verharrten sie kurz, dann schleppten sie es in gebückter Haltung einen nicht ganz mannshohen Schacht entlang. Irgendwo in der Ferne schimmerte ein schwacher Lichtschein und gab ein wenig Orientierung. Zu ihren Füßen plätscherte es, gelegentlich huschte ein unheimliches kleines Wesen vorüber. Schließlich erreichten sie eine Kreuzung von drei Gängen. Friedrich Rudloff wandte sich nach links. »Wenn ich mich richtig erinnere, gibt es hier eine Art Kammer, in der während des Ausbaus Werkzeug aufbewahrt wurde.« Nach einigen Schritten blieb er stehen. »Hier muss es sein.« Es knarrte vernehmlich, als er einen Riegel zur Seite schob und die Tür aus schweren Holzbohlen aufstieß. Inzwischen hatte sich Hans Rudloff soweit an die Dunkelheit gewöhnt, dass er das schwarze Loch erahnen konnte, das sich dahinter auftat. »Da rein!«, kommandierte sein Vater.

Sie legten die Leiche auf den Boden, verließen den Raum und verschlossen die Tür. Für den Rückweg zum Einstieg benötigten sie nur wenige Minuten. Schließlich saßen sie wieder im Mercedes. Friedrich Rudloff deutete mit dem Daumen hinter sich. »Hier hat er seine eigene Gruft. Früher hat man sich mit solchen Leuten nicht so viel Mühe gemacht.« Er startete den Motor. Kurz darauf passierte der Wagen das schmiedeeiserne Tor des Klinikgeländes und bog in den Kirchweg ein.

2017

»Ihr müsst den Fall neu aufrollen.« Anna, ihre Tasse in der Hand, schaute Sven herausfordernd an. Sie hatte ihn angerufen, und er war sofort bereit gewesen, sich mit ihr zu verabreden. »Ich komme nach Nikolausberg«, hatte er vorgeschlagen. Doch Anna war sich nicht sicher gewesen, ob es in ihrer Wohnung bei einem Gespräch geblieben wäre. Sven schien enttäuscht, hatte dann aber ihrem Vorschlag zugestimmt, sich im Café Ali Baba am Alten Botanischen Garten zu treffen.

»Dieser alte Fall!«, grummelte er, während er seinen Cappuccino umrührte. »Hat Alexa dir nicht erklärt, dass es keinen Ansatzpunkt gibt?«

»Ich habe einen«, trumpfte Anna auf. »Jörg Rudloff weiß etwas über das Verschwinden von Sarah Jane Roberts. Damals ist er überhaupt nicht mit dem Fall in Verbindung gebracht worden. Außerdem sollte man die Leiche exhumieren und mit neuen Methoden auf DNA-Spuren untersuchen. Du hast mir selbst erzählt, dass bis Mitte der achtziger Jahre nur wenige Merkmalsysteme bei der Auswertung von Blutspuren herangezogen werden konnten. Heute gewinnen die Rechtsmediziner aus winzigen Spuren deutlich mehr und sicherere Erkenntnisse. Wenn sich herausstellt …«

»Was sollte sich herausstellen?«, unterbrach Sven sie. »Und was macht dich so sicher, dass Rudloff mit dem Fall zu tun hat?«

»Ich hab mit ihm gesprochen. Als ich den Namen erwähnt habe, ist ihm das Whiskyglas aus der Hand gefallen. Außerdem habe ich herausgefunden, dass Sarah nicht als Touristin hier war. Sie befand sich auf Spurensuche. Ihre Vorfahren besaßen ein Haus in der Jüdenstraße. Schon 1958 war ihr Großvater nach Göttingen gekommen, um sein Elternhaus zu sehen. Und stell dir vor, er ist spurlos verschwunden. Vielleicht hat er Ansprüche angemeldet, und die neuen Besitzer, also die Rudloffs, haben ihn verschwinden lassen.« Anna hob ihre Tasse, stellte sie aber sofort wieder ab. »Ach ja, bei einer DNA-Analyse an Sarahs sterblichen Überresten könnte sich herausstellen, dass sie mit jemandem aus der Familie Rudloff Kontakt hatte.«

»Nach so langer Zeit?« Sven verzog skeptisch das Gesicht. »Sicher nicht. Allenfalls an Kleidungsstücken des Opfers. Falls die noch bei der Staatsanwaltschaft asserviert sind. Dass wir eine Exhumierung erreichen, halte ich für unwahrscheinlich. Es müsste schon deutliche Hinweise auf einen Zusammenhang zwischen der Toten und den Rudloffs geben. Deine Theorie ist ja irgendwie schlüssig. Aber sie beruht auf Vermutungen. Für eine Wiederaufnahme der Ermittlungen reicht das nicht, dafür brauchen wir neue Beweise.«

»Vermutungen?« Anna war empört. »Ich habe ein schriftliches Dokument. Einen Brief, den Sarah Jane Roberts an ihre Freundin geschrieben hat. Darin erwähnt sie eine Begegnung mit dem Sohn des Hausbesitzers. Das kann nur Jörg Rudloff gewesen sein.«

»Hat sie den Namen genannt?«, fragte Sven.

»Leider nicht. Aber sie hat das Haus erkannt. Anhand eines alten Fotos. Für mich steht fest, dass es um das Anwesen ging, in dem die Firma Rudloff ihren Sitz hatte, und dass es vor dem Krieg der Familie von Sarah Jane Roberts gehört hat.«

Sven neigte den Kopf. »Das mag ja so sein. Nur ergibt sich daraus kein konkreter Hinweis auf ein Tötungsdelikt.«

»Nicht direkt«, räumte Anna ein. »Aber überleg doch mal! Es gab wahrscheinlich zwei Todesfälle, die irgendwie mit dem Haus in der Jüdenstraße zu tun haben. In beiden Fällen hat es Nachkommen der früheren Besitzer getroffen. Während der Nazizeit haben zahlreiche Juden ihre gesamten Besitztümer verloren, die im Rahmen der sogenannten Arisierung an Deutsche gefallen sind. Auch die Rudloffs müssen auf diese Weise an das Haus gekommen sein. Die haben sich da eingerichtet, ihr Unternehmen aufgebaut und sind wohlhabend geworden. Alles auf der Grundlage eines durch nationalsozialistische

Gesetze verbrieften Unrechts. Und dann passiert etwas, mit dem sie nicht gerechnet haben. Plötzlich steht da ein Mensch aus Fleisch und Blut, der seine Besitzansprüche anmeldet.«

»Und den Rudloffs fällt nichts anderes ein, als diesen Menschen zu ermorden?« Zweifelnd sah Sven sie an. »Im Fall des verschwundenen Mannes dürfte es Ermittlungen gegeben haben. Aber das ist fast sechzig Jahre her. Alle Akten dürften inzwischen vernichtet sein. Wie willst du beweisen, dass er … getötet worden ist?«

Anna hob die Schultern. »Das kann ich nicht. Niemand kann das. Wir werden wohl nie erfahren, was damals passiert ist. Mir geht es um Sarah Jane Roberts. Das Verschwinden des Großvaters macht aber plausibel, warum sie erschossen worden ist.«

»Okay.« Sven beugte sich vor. »Nehmen wir an, du liegst mit deiner Theorie richtig. Nehmen wir außerdem an, der Kontakt zwischen Sarah und einem Mitglied der Familie Rudloff lässt sich beweisen oder wenigstens glaubhaft machen. Nehmen wir drittens an, dass es eine unrechtmäßige Besitzübertragung des Hauses gegeben hat. Trotzdem bleibt die Frage unbeantwortet, wer den Schuss abgegeben hat. Um sie beantworten zu können, brauchen wir entweder ein Geständnis oder das Projektil und die zugehörige Tatwaffe. Wir haben aber weder das eine noch das andere. Und werden es auch nicht bekommen.«

Another Day In Paradise erklang leise aus Annas Handtasche. »Entschuldige, Sven.« Sie zog das Smartphone hervor, betrachtete kopfschüttelnd das Display. »Ausländische Nummer. In letzter Zeit kommen manchmal seltsame Anrufe. Vierundvierzig. Weißt du …?«

»England«, warf Sven ein.

Anna riss Mund und Augen auf, tippte rasch auf das grüne Symbol und meldete sich. »Grüß dich, Anna«, klang eine weibliche Stimme klar und deutlich aus dem Hörer, als befände sich die Anruferin direkt nebenan. »Hier ist Hanne. Du hattest mir wegen eines emigrierten Göttingers geschrieben. David Goldstein.«

»Ja? Hast du etwas herausbekommen?« Annas Stimme war die Aufregung anzuhören.

»Mit Hilfe unserer englischen Kollegen haben wir ein bisschen recherchiert. Und den Mann gefunden, den du suchst. Er ist vierundachtzig, lebt hier in London in einem Seniorenheim. Ich muss sowieso in die Gegend. Soll ich ihn aufsuchen? Am Telefon war er sehr zurückhaltend. Immerhin hat er erwähnt, dass er im Besitz eines Fotos und eines Zeitungsberichts über das Juweliergeschäft seines Vaters aus dem Jahr 1932 ist.«

»Das wäre großartig, Hanne.« Anna war begeistert. »Ich danke dir für deine Mühe. Hoffentlich kann ich mich irgendwann revanchieren.«

»Nicht nötig.« Hanne lachte. »Mir genügt es, wenn wir uns treffen, wenn ich wieder in Deutschland bin. Spätestens in sechs Jahren, dann gehe ich in Rente. Einstweilen finde ich deine Recherchen so spannend, dass ich unbedingt das Ergebnis erfahren möchte. Falls du den Fall lösen kannst.«

»Ich gebe mir große Mühe«, antwortete Anna. »Aber es sind noch einige Hürden zu überwinden. Dein Gespräch mit Sarah Janes Vater bringt mich der Lösung vielleicht näher.«

»Das würde mich freuen. Ich melde mich, sobald ich bei ihm war. Bis dahin.«

Anna verabschiedete sich von Hanne und registrierte Svens fragenden Blick. »Hanne Busch. Eine Freundin aus meiner Berliner Zeit«, erklärte sie. »Leitet jetzt das ARD-Studio in London. Sie wird mit David Goldstein sprechen. Das ist der Vater von …«

»Sarah Jane Roberts«, ergänzt Sven. »Alle Achtung, Anna. Du hast mehr herausgefunden als meine Kollegen damals. Wenn das so weitergeht, wirst du noch Ehrenkommissarin der Göttinger Kriminalpolizei.«

Anna grinste. »So lange kann ich nicht warten. Sobald ich die Informationen von Hanne habe, spreche ich mit Oberstaatsanwalt Wegemann.«

11

2017

Pawlowski war nicht sicher, ob er seine Zielperson wirklich gesehen hatte. Nachdem der Typ das Taxi verlassen hatte, war er in einer Gruppe kostümierter Studenten verschwunden. Wie auch immer, er würde gleich wieder auftauchen, um Jesko von Arnsberg zu treffen. Also würde er auf ihn warten. Doch niemand näherte sich dem Antiquitätengeschäft. Zur Überraschung des Detektivs trat Jesko plötzlich aus der Tür, schloss ab, warf ihm einen Blick zu und wanderte in Richtung Kornmarkt. Was konnte das bedeuten? Hatte der Mann, der sich Hägele nannte, Verdacht geschöpft? Pawlowski fragte sich, ob er unvorsichtig gewesen war? Erneut kroch der Ärger in ihm hoch. Dieser Fall kostet mich zu viel Zeit und Nerven. Für Observationen bin ich offenbar zu alt, dachte er. Ich sollte damit aufhören. Während er Jesko von Arnsberg folgte, fasste er den Entschluss, sich in Zukunft keinen Außendienst mehr aufzubürden.

Der Antiquitätenhändler überquerte den Marktplatz und steuerte auf den Außenbereich des *Bullerjahn* zu. Dort setzte er sich zu einem jungen Mann an den Tisch. Hägele! Pawlowski achtete darauf, dass sich stets Passanten zwischen ihm und den beiden Männern befanden, und ließ sich schließlich in der hintersten Reihe der Außenbestuhlung vor dem *Colosseum* nieder.

Vor ihm saßen drei Damen mittleren Alters, die sich angeregt unterhielten. Hinter dieser Deckung lehnte er sich entspannt zurück, schloss die Augen und hielt das Gesicht in die Mittagssonne. Als die Bedienung erschien, bestellte er einen Espresso und beobachtete Jesko und die Zielperson. Vor seinem Freund stand ein Glas Rotwein. Hägele, oder wie immer er hieß, trank Bier. Diskret tauschten die Männer Ware gegen Geld. Dann zog Hägele ein Blatt Papier aus der Tasche und reichte es dem Antiquitätenhändler. Der betrachtete es mit offensichtlichem Interesse, gab einen Kommentar dazu ab und legte es aus der Hand. Pawlowski schmunzelte. Ein illegales Geschäft in aller Öffentlichkeit, aber niemand außer ihm beachtete den Handel.

Als Jesko von Arnsberg sich nach der Bedienung umsah, zahlte Pawlowski seinen Espresso und stand auf. Wieder nutzte er Passanten als Deckung und bewegte sich zur Treppe des Rathauses, die zum Standesamt führte. Aus den Augenwinkeln behielt er die Szene im Auge, um den Moment nicht zu verpassen, in dem seine Zielperson sich auf den Weg machte. Doch der Mann blieb sitzen, auch nachdem von Arnsberg gegangen war. Die Bedienung brachte ihm ein weiteres Bier. Pawlowski fluchte innerlich und stellte sich darauf ein, auf den Stufen verharren zu müssen. Zu allem Überfluss näherte sich eine Gruppe Japaner, die offensichtlich beschlossen hatten, am Fuß der Treppe eine Fotopause einzulegen. Mit zwei Dutzend Smartphones wurden Rathaus und Marktplatz, Gänseliesel und Georg Christoph Lichtenberg festgehalten. Dazu gab es jede Menge Selfies. Mit und ohne Statue des Gelehrten, zu zweit, zu dritt oder zu viert. Unterdessen hatte seine Zielperson die Bedienung herbeigerufen. Kurz darauf wurde ihm ein neues Bier serviert.

Aus der Gotmarstraße tauchte grummelnd der Londonbus der Göttinger Verkehrsbetriebe auf. Geräuschvoll rangierte der Doppeldecker rückwärts neben das Rathaus. Mit dem knallroten Bristol Lodekka von 1960 wurden Stadtrundfahrten durchgeführt. Dankbar beobachtete Pawlowski, wie das Ungetüm die japanischen Touristen aufnahm und mit seinen fernöstlichen Passagieren in der Zindelstraße verschwand.

Endlich schien Hägele aufzubrechen. Er zahlte, stand auf, suchte in seinen Taschen nach etwas, was er offensichtlich nicht fand, schlenderte über den Marktplatz in Richtung Kornmarkt. Pawlowski folgte ihm in sicherem Abstand, weiter in die Kurze Straße. Hinter der Kirche Sankt Michael bog Hägele nach rechts in die Turmstraße ein. Als Pawlowski dort ankam, war seine Zielperson verschwunden. Er hastete bis zur Nikolaistraße und stieß einen wütenden Fluch aus. Der Mann konnte nur in eines der Häuser gegangen sein. Aber in welches? Und hatte er einen Schlüssel benutzt, um hineinzukommen? Dann hätte Pawlowski sicher sein können, dass er hier wohnte, und die Observation beenden können. Nun stand er wieder am Anfang. Es mochte lange dauern, bis Hägele wieder zum Vorschein kam. Darauf würde er nicht warten. Er griff zum Telefon und rief im Büro an. »Jenny soll mich ablösen. Sofort … Gut, sobald sie frei ist. Turmstraße, Ecke Nikolaistraße.«

*

Nachdem der erste Teil des Deals so problemlos über die Bühne gegangen war, hatte Kilian Kaltenbach das Bedürfnis nach einem guten Joint. Der Antiquitätenhändler hatte die zehn Riesen als Anzahlung mitgebracht, und er hatte das von Oma Malu unterzeichnete Papier akzeptiert. Damit waren die entscheidenden Weichen gestellt. Das war schon eine Tüte Wert. Er durchsuchte die Schublade, in der er seinen Vorrat lagerte, und stellte fest, dass sie leer war. Die beiden letzten Joints, fiel ihm ein, lagen in Vanessas Wohnung, einer halb geraucht. Er mochte nicht auf sie warten und ohnehin würde er sich Nachschub besorgen müssen, also konnte er auch gleich frisches Gras holen. Außerdem brauchte er einen Personalausweis auf den Namen

Sebastian Hägele. Der würde deutlich schwerer zu beschaffen sein als der gefälschte Auftrag zum Verkauf des Schmucks. Und nicht gerade billig. Aber Geld spielte keine Rolle. Kilian tastete nach dem Umschlag in seiner Tasche. Kies würde Rat wissen. Der Dealer, der so genannt wurde, weil Figur und Gesicht an Keith Richards von den Rolling Stones erinnerten, war eine sichere Quelle für guten Stoff, und er kannte sich aus in illegalen Geschäften aller Art, besaß überallhin Kontakte. Kilian verließ das Haus über den Hinterhof, von wo aus er die Wohnung des Dealers unbeobachtet erreichen konnte. Für den Fall, dass jemand ihn observierte. Ihn zu Kies zu führen, würde mit Sicherheit Ärger geben.

Kies verlangte hundert Euro. Dafür schrieb er eine Mobilfunknummer auf einen Zettel. »Hier kriegst du eine Adresse. Du gehst mit dem alten Ausweis und einem Passbild dahin. Beruf dich auf mich! Eine Woche später kannst du deine neuen Papiere abholen.«

»Eine Woche?«, fragte Kilian. »Geht's auch schneller?«

»Bei Vorkasse drei Tage.«

»Und was kostet der Spaß?«

Kies faltete den Zettel und reichte ihn Kilian. »Kommt drauf an, wer damit überzeugt werden soll. Die einfache Ausführung für Laien kostet dreihundert. Wenn du aber Bullen oder Behörden leimen willst, wird's teurer. Da kannst du mit dem Drei- bis Vierfachen rechnen.«

Kilian steckte den Zettel ein und verabschiedete sich. Für den Antiquitätenhändler sollte etwas Simples reichen. Den Stand seiner Spesen schätzte er inzwischen auf einen Tausender. Aber die Ausgaben beunruhigten ihn nicht. Selbst wenn von Arnsberg ihn auf zweihunderttausend herunterhandeln würde, könnte Kilian zusammen mit dem Bargeld aus dem Tresor in wenigen Tagen über mehr als eine Viertelmillion verfügen. Genug, um in sein neues Leben zu starten. Gut gelaunt tastete er nach dem Päckchen in seiner Hosentasche. Am liebsten hätte er sich auf der Stelle einen Joint gedreht. Aber zu dieser Tageszeit waren hier Leute unterwegs. In Kassel, hatte er kürzlich im Internet gelesen, hatte das Ordnungsamt die Polizei herbeigerufen, weil jemand auf offener Straße eine Tüte geraucht hatte. Die Beamten hatten dann festgestellt, dass der Kiffer sich eines Einbruchs schuldig gemacht hatte, und ihn gleich eingebuchtet. Zu gefährlich.

Als er in seiner Straße ankam, sah er, wie eine schwarzhaarige Frau zielstrebig auf einen älteren Mann mit Hut zusteuerte, der ihm den Rücken zudrehte. Die beiden sprachen kurz miteinander, offenbar fragte sie ihn nach dem Weg, denn er deutete zum Wall. Dann eilte er durch die Gartenstraße davon, sie schlenderte in Richtung Odilienmühle. Kilian sah ihr nach. Ihm war, als hätte er die Frau schon einmal gesehen. Doch so sehr er sein Gedächtnis anstrengte, der Ort der Begegnung fiel ihm nicht ein. Gleichzeitig spürte er, wie sich Müdigkeit in seinem Körper breitmachte. Die drei großen Biere machten sich bemerkbar. Es wurde Zeit für einen kleinen Imbiss.

*

»Nicht umdrehen«, hatte Jenny Kampe gemurmelt, als sie auf ihn zugekommen war. »Der Typ steht gerade vor einem Haus hinter dir und sieht zu uns herüber.«

»Das trifft sich gut«, hatte Pawlowski geantwortet. »Jetzt sind wir zu zweit. Ich folge ihm zu seiner Wohnung. Du wartest vor dem Haus. So schnappen wir ihn.«

Nach der Panne bei der ersten Observation schien das Glück nun auf seiner Seite zu sein. Pawlowski und Jenny wanderten weiter die Gartenstraße entlang. In der Nähe des jüdischen Gemeindezentrums und der Synagoge verharrten sie, um zu beobachten, welche Richtung die Zielperson einschlug. Hägele folgte dem Fußweg zum nördlichen Teil der Angerstraße und verschwand dort in einem schmalen Haus. »Ich gehe rein«, sagte der Detektiv.

1986

»Eine Gruft unter die Klinik?« Sarahs Stimme war anzuhören, dass sie nicht glauben konnte, was sie gerade gehört hatte. »Was bedeutet das?«

»Es waren besondere Umstände«, erklärte Jörgs Vater. »Und besondere Verhältnisse. Nach Kriegsende haben die Amerikaner Göttingen an die Engländer übergeben. Die britische Armee hat die Stadt zwar 1950 verlassen, aber es gab noch englische Dienststellen, Niedersachsen war ja britische Besatzungszone. Ihr Großvater ist hier in diesem Haus tödlich verunglückt. Es war … ein … unglücklicher Sturz. Hätte man die Behörden informiert, wäre es zu Verwicklungen gekommen. Also hat man ihn … in aller Stille … beigesetzt.«

»Wer ist man?«, fragte Sarah.

»Das tut nichts zur Sache, Fräulein Roberts. Wenn Sie die letzte Ruhestätte Ihres Großvaters sehen wollen, kann ich sie Ihnen zeigen. Es ist Ihre Entscheidung. Allerdings müssten Sie sich auf einen kleinen Ausflug in den Untergrund der Stadt einstellen.«

Für einige lange Sekunden blieb es im Büro seines Vaters still. Bis Jörg Sarahs Stimme hörte. »Ich werde nachdenken darüber«, sagte sie. Rasch verzog sich Jörg in einen der benachbarten Räume.

Nachdem Sarah Jane Roberts das Haus verlassen hatte, kehrte Jörg zu seinem Vater zurück. »Was hast du vor?«, fragte er.

»Familienzusammenführung.« Hans Rudloff grinste. »Wenn sie ihren Großvater sieht, wird sie wissen, dass mit uns nicht zu spaßen ist, und eine Erklärung unterschreiben, die uns das Problem vom Hals schafft.«

»Und wenn sie nicht darauf eingeht?«

»Dann werden wir ein wenig nachhelfen. Zur Not leistet sie ihm Gesellschaft. Auf Dauer.« Er deutete zur Tür. »Bis dahin musst du sie im Auge behalten.«

Als Jörg nicht sofort reagierte, wurde er laut. »Nun mach schon! Hinterher!«

*

Wie benommen wanderte Sarah durch die Straßen der Stadt, ohne die Menschen oder die Häuser um sich herum wahrzunehmen. Natürlich konnte ihr Großvater 1958 in seinem Elternhaus gestürzt sein. Aber sie mochte nicht daran glauben. Wieso waren alle Spuren von seinem Tod verwischt worden? Die Erklärung, die Hans Rudloff ihr gegeben hatte, überzeugte sie nicht. Wenn ihr Großvater nicht verunglückt war, musste er getötet worden sein. Von den jetzigen Besitzern. Nein, von Jörg selbstverständlich nicht. Wahrscheinlich war er damals noch nicht einmal geboren. Von den damaligen Besitzern.

Sie haben meinen Großvater umgebracht. Dieser Satz kreiste in ihrem Kopf, ließ sich nicht verbannen. Und dann haben sie den Toten in einem unterirdischen Gang unter einem Krankenhaus verschwinden lassen.

Sarah war hin- und hergerissen. Sollte sie auf das Angebot, das Grab zu besuchen, eingehen? Was konnte von Elias Goldstein übrig geblieben sein? Knochen? Reste der Kleidung? Ein Gürtel? Schuhe? Eine Armbanduhr? Was immer sie in der Grabhöhle erwartete, sie hätte Gewissheit. Andererseits fürchtete sie sich vor dem Abstieg in eine unterirdische Gruft.

Sarah hätte nicht sagen können, wie sie in ihr Hotelzimmer gekommen war. Irgendwann fand sie sich auf der Bettkante sitzend, zitternd, frierend und schwitzend zugleich. Das mörderische Regime der Nationalsozialisten wirkte fort bis in die Gegenwart. Bei Aaron Goldstein, ihrem Urgroßvater, hatte es begonnen, und bei dessen Sohn Elias, ihrem Großvater, sein Unrecht fortgesetzt. Ihr Vater hatte sich weder für die jüdische Religion noch für Deutschland interessiert. Was der Familie angetan worden war, hatte er aus seinem Leben ausgeklammert. Er war Brite, Juwelier, Familienvater und nichts sonst. Vielleicht die klügste Art, mit dem Unfassbaren umzugehen. Plötzlich hatte Sarah das Bedürfnis, ihn um Rat zu fragen. Sie würde ihn anrufen. Sobald dieses Zittern aufgehört hätte. Sie stand auf, schlüpfte aus der Kleidung und ging ins Bad.

Nachdem sie lange und heiß geduscht hatte, zog sie sich an und suchte die Hotelrezeption auf. »Ich brauche ein Telefongespräch nach England.«

»Das ist kein Problem«, erklärte die Frau am Empfang. »Sie können von Ihrem Zimmer aus direkt ins Ausland wählen. Zuerst die Null für die Amtsleitung und die Landesvorwahl. Für England zweimal die Null und zweimal die Vier. Dann die Nummer des Teilnehmers. Mit der richtigen Ortsvorwahl natürlich.«

Sarah kehrte in ihr Zimmer zurück und setzte sich ans Telefon. Sie brauchte mehrere Versuche, aber schließlich meldete sich ihr Vater. Er hörte sich schweigend an, was sie herausgefunden hatte und vor welcher Entscheidung sie stand. Dann beschwor er sie, sofort ihren Koffer zu packen und nach England zurückzukehren. Doch dazu war Sarah nicht bereit. »Ich muss noch ins Rathaus«, wandte sie ein. »Ich will wissen, wie das Haus unserer Vorfahren in die Hände der Familie Rudloff gekommen ist. Danach kann ich zurückfahren.«

Ihr Vater schien verstanden zu haben, dass es ihr ernst war. »Warte einen Moment«, sagte er. »Ich muss etwas heraussuchen.«

Wenig später meldete er sich zurück. »In den Unterlagen meines Vaters habe ich zwei Briefe aus Deutschland gefunden.

Im ersten schreibt 1940 ein Mann aus Göttingen, mein Großvater Aaron sei auf seinem Dachboden erhängt aufgefunden worden. Er sei aber davon überzeugt, dass man Aaron ermordet hat. Der zweite Brief ist von 1945. Darin informiert derselbe Mann meinen Vater über den neuen Besitzer des Hauses in der Judenstraße.«

»Sie sagen hier Jüdenstraße«, warf Sarah ein. »Nennt er den Namen?«

»Ja«, bestätigte ihr Vater. »Friedrich Rudloff. Vor 1945 war er … NSDAP-Ortsgruppenleiter.«

»Sind beide Briefe von demselben Absender?«

»Ja, die Schrift ist ganz sicher dieselbe.«

»Und hat er auch seinen Namen und eine Adresse angegeben?«

Am anderen Ende des Telefons raschelte es, dann war Sarahs Vater wieder zu hören. »Auf dem ersten Umschlag steht nichts. Aber auf dem von 1945. Walter Herrmann. Soll ich die Adresse buchstabieren?«

2017

Hanne Busch meldete sich bereits am übernächsten Tag per E-Mail.

Liebe Anna,
ich habe mit David Goldstein gesprochen. Er hat spätestens nach dem Verschwinden seines Vaters – wie er sagt – das Kapitel Göttingen abgeschlossen und seitdem jede Berührung mit Deutschland und der Vergangenheit vermieden. Aber er hat mir zwei Briefe gezeigt, die er im Nachlass seines Vaters gefunden hat. Die könnten für dich interessant sein. Du findest Ablichtungen als Anhänge. Für deine weite-

ren Recherchen wünsche ich dir viel Erfolg. Vergiss nicht, mich über das Ergebnis zu informieren.

Liebe Grüße aus London

Hanne

Die fotografierten Schriftstücke waren noch schwerer zu lesen als der Brief von Sarah Jane Roberts an ihre Freundin Emily Taylor. Offenbar handelte es sich um sehr schlechtes Papier aus der Zeit des Krieges. Außerdem hatten sie über siebzig Jahre irgendwo auf einem Dachboden oder in einem Keller gelegen, so dass die Schrift verblasst und sehr schlecht zu erkennen war.

Ungeduldig wartete Anna auf den Feierabend. Sie hatte die Dokumente aus London an Ingo weitergeleitet und ihn gebeten, sich ein weiteres Mal mit der Rekonstruktion eines kaum lesbaren Textes zu befassen. Immerhin war er diesmal in deutscher Sprache verfasst.

Als sie bei ihrem Freund eintraf, hatte dieser die Briefe bereits entziffert, neu getippt und ausgedruckt.

Göttingen, im September 1940

Sehr geehrter Herr Goldstein,

in der Hoffnung, dass diese Zeilen Sie in England erreichen, schreibt Ihnen hier ein Gefährte Ihres Vaters. Aaron war für mich ein väterlicher Freund. Seit vielen Monaten haben wir intensiv an gemeinsamen Zielen gearbeitet. Nun sehe ich es als meine traurige Pflicht an, Sie vom Ableben Ihres Herrn Vaters in Kenntnis zu setzen. Aaron war bis zu seinem letzten Tag gesund und guter Dinge. Er hat oft von Ihnen gesprochen und uns erst kürzlich wieder ein Foto seines Enkels gezeigt. Umso bitterer ist sein plötzlicher Tod. Der Schmerz wird noch verstärkt durch einen schlimmen Verdacht. Die Polizei behauptet, Ihr Vater sei freiwillig aus dem Leben geschieden. Daran habe ich jedoch Zweifel.

Leider ist es uns nicht gelungen, für eine ordentliche letzte Ruhestätte zu sorgen. Weil wir nicht mit ihm verwandt sind, hat man uns den Zugang zu dem Toten und jede Information verweigert. Ich bedaure, Ihnen keinen Hinweis auf den Verbleib der sterblichen Überreste geben zu können.

Mit aufrichtiger Anteilnahme und vorzüglicher Hochachtung
Ihr sehr ergebener
Walter Herrmann

»Unvorstellbar, was den Menschen angetan wurde«, murmelte Anna und wischte sich eine Träne aus dem Auge. »Nur weil sie Juden waren. Und die Familie Goldstein ist nur eine von Millionen.«

»Und unbegreiflich«, ergänzte Ingo, »dass es in Deutschland heute wieder Tendenzen zur Ausgrenzung und Verfolgung von Menschen anderer Hautfarbe oder anderen Glaubens gibt.« Kopfschüttelnd reichte er Anna das zweite Dokument.

Göttingen, im November 1945

Sehr geehrter Herr Goldstein,
nun, da die Schreckensherrschaft in Deutschland ihr Ende gefunden hat, ist es wieder möglich, Wahrheiten auszusprechen und sogar aufzuschreiben. Es ist mir ein Bedürfnis, Sie darüber zu informieren, dass das Goldstein-Haus in der Jüdenstraße von einem Nazi in Besitz genommen worden ist. Der frühere NSDAP-Ortsgruppenleiter Friedrich Rudloff hat – auf mir unerklärliche Weise – den Übergang in die neue Zeit ungestraft überstanden und betreibt nun in den Räumen des ehemaligen Juweliergeschäfts eine von der englischen Stadtkommandantur lizenzierte Wohnraumvermittlung. Nach meinem Verständnis ist die Besitzübertragung unrechtmäßig, das Haus Ihres Vaters ist Ihr legitimes Erbe. Sollten Sie den Wunsch und die Möglichkeit haben, nach Deutschland resp. Göttingen zu kommen, bin ich Ihnen gern bei Verhandlungen mit den Behörden behilflich.

Hochachtungsvoll
Walter Herrmann

»Friedrich Rudloff.« Anna tippte auf den Ausdruck. »Ich wusste es. Später hieß das Unternehmen Rudloff-Immobilia, Inhaber F. Rudloff und Sohn. Und daraus ist die Neue Göttinger Immobilia hervorgegangen, mit der Jörg Rudloff vor einigen Jahren eine Insolvenz hingelegt hat.«

»Und was willst du damit anfangen?« Ingo machte eine skeptische Miene. »Für den Mord an Sarah Jane Roberts hast du keinen Täter.«

»Aber einen Verdacht«, entgegnete Anna. »Und der hat sich erhärtet. Außerdem sind es jetzt *drei* Morde. Das Ganze hat schon viel früher angefangen.« Sie deutete auf den ersten Brief. »Vor November 1940. Mit der Beseitigung des Hausbesitzers Aaron Goldstein. Die beiden anderen Fälle waren Folgetaten. Weil dessen Nachfahren ihre Besitzansprüche angemeldet haben.«

Ingo schüttelte den Kopf. »Das weißt du nicht, du vermutest es. Und ob diese Briefe Beweiskraft haben …«

»Aber alles passt zusammen«, erwiderte Anna trotzig. »Man kann einen Täter auch mit Indizien überführen. Ich werde mit Oberstaatsanwalt Wegemann sprechen. Wenn die Ermittlungen im Fall *Big Ben* wieder aufgerollt werden, könnten weitere neue Beweise auftauchen.«

*

Anna hatte den Oberstaatsanwalt längere Zeit nicht gesehen. Er war fülliger geworden. Sein Haar war nicht mehr nur an den Schläfen grau und hatte sich ein wenig gelichtet. Jedoch hielt er sich nach wie vor aufrecht, als hätte er den sprichwörtlichen Stock verschluckt. Wie schon bei früheren Besuchen begrüßte er sie höflich, nahm ihr die Jacke ab, die er auf einen Bügel hängte, und bat sie, Platz zu nehmen. Bevor er sich setzte, erkundigte er sich nach ihrem Getränkewunsch. Anna lehnte dankend ab und schenkte Wegemann ein gewinnendes Lächeln.

»Ich bin Ihnen sehr dankbar, dass Sie so kurzfristig Zeit für mich haben.«

»Für Sie, liebe Frau Lehnhoff, habe ich immer ein offenes Ohr. Wie lange kennen wir uns? Es müssen mindestens fünfzehn Jahre sein. Unsere Begegnungen waren nicht in jedem Fall komplikationslos. Aber Sie haben mit Ihren Recherchen unsere Ermittlungen – sagen wir: befruchtet. Ihre Artikel im Tageblatt sind selten unkritisch, doch gegenüber Justiz und Polizei stets fair. Was kann ich heute für Sie tun?«

Anna erneuerte ihr Lächeln. »Sie sind sehr freundlich.«

Der Staatsanwalt hob die Schultern und breitete die Arme aus. »Bitte. Ich höre Ihnen zu.«

»Es geht um drei Tötungsdelikte, die lange zurückliegen«, begann Anna. »Ein Mord geschah 1986. Darüber muss es eine Ermittlungsakte bei Ihnen geben. Ein Weiterer ereignete sich bereits 1958 und der erste 1940. Und alle hängen zusammen.«

Anna berichtete ausführlich und detailliert von ihren Recherchen zum Fall Sarah Jane Roberts. Lediglich ihren Einblick in die Unterlagen aus der Akte *Big Ben* bei Alexa Engel ließ sie unerwähnt und schloss mit der Frage: »Müssten angesichts der neuen Erkenntnisse die Ermittlungen nicht wieder aufgenommen und die Leiche exhumiert werden?«

Wegemann hatte konzentriert zugehört. Jetzt schwieg er einige Sekunden, bevor er antwortete. »Alles was Sie vorgetragen haben, Frau Lehnhoff, klingt schlüssig und überzeugend. Aber wir haben bestimmte Ansprüche an die Beweiskraft von Aussagen, Dokumenten und Spuren. Mit Zeugen sieht es nach so langer Zeit erfahrungsgemäß sehr schlecht aus. Die erwähnten Briefe müssten uns im Original vorliegen, und – nicht zuletzt – bräuchten wir einen Beleg für die unterstellte Beziehung zwischen Täter und Opfer. Wenn ich Sie richtig verstehe, kommen zwei Männer für das Tötungsdelikt an der jungen Frau infrage. Vater und Sohn. Es gibt aber keinen konkreten Hinweis darauf, dass einer von ihnen – oder beide – Kontakt zu ihr hatten.«

»Doch«, widersprach Anna und zog ihren Tablet-PC aus der Tasche. »Ich habe hier den Wortlaut des Briefes, den Sarah an ihre Freundin geschrieben hat«. Sie tippte auf das Display und öffnete den Ordner mit den Dokumenten zu *Big Ben*. »Bitte sehr: *Schon am ersten Tag habe ich das Haus meiner Vorfahren gefunden. Anhand des alten Fotos ist es gut wiederzuerkennen. Obwohl es verändert wurde. Im Erdgeschoss, wo früher das Geschäft meines Urgroßvaters war, befindet sich eine Firma für Immobilien. Vor dem Haus habe ich eine interessante Bekanntschaft gemacht. Der Sohn des Besitzers.* Und später heißt es: *Gestern Abend hat mich der Sohn in einen Club eingeladen.*« Anna sah auf. »Das kann nur Jörg Rudloff gewesen sein. Die beiden sind etwa gleichaltrig. Und er kennt ihren Namen.«

Wegemann zog die Augenbrauen zusammen. »Woher wollen Sie das wissen?«

»Ich habe mit ihm gesprochen. Als ich Sarah erwähnt habe, ist ihm vor Schreck das Glas aus der Hand gefallen.«

»Liebe Frau Lehnhoff, Ihr Engagement in allen Ehren.« Der Oberstaatsanwalt schmunzelte. »Sollen wir das etwa bei Gericht vorführen?«

»Nein. Natürlich nicht.« Anna verzog das Gesicht. »Aber wenn er vor dem Richter aussagt, könnte er sich verraten. Oder zumindest in Widersprüche verwickeln.«

»Das wäre möglich«, gab Wegemann zu. »Doch vergessen Sie nicht, er hat ein Zeugnisverweigerungsrecht, also muss er nicht aussagen. Legt er kein Geständnis ab, müssen wir ihn der Tat überführen. Und dafür fehlt das entscheidende Beweisstück, die Tatwaffe.« Er hob einen Zeigefinger. »Erst recht deren zweifelsfreie Zuordnung zum Täter.«

Anna verstummte. Sie sah ihre Felle davonschwimmen. Offenbar hatte sie den Oberstaatsanwalt nicht überzeugt. »Also gut«, sagte sie schließlich und erhob sich. »Ich habe verstanden. Es tut mir leid, dass ich Ihre Zeit in Anspruch genommen habe.«

Mit bedauerndem Ausdruck stand auch Wegemann auf. Er hob die Schultern. »Ein Gedankenaustausch mit Ihnen ist mir immer ein Vergnügen. Ich bewundere Ihren Scharfsinn und Ihre Leidenschaft für die Sache. Leider kann ich auf der Grundlage der von Ihnen gesammelten Informationen das Ermittlungsverfahren nicht wieder aufnehmen. Allerdings …« Er brach ab und schien zu überlegen, ob er weitersprechen sollte.

»Allerdings …?« Anna schöpfte Hoffnung.

»… ist der Fall nicht abgeschlossen.« Wegemann machte eine Pause und sah Anna aufmerksam an. Schließlich fuhr er mit leiser Stimme fort: »Theoretisch könnte die Kriminalpolizei einen ungelösten Fall, der schon länger zurückliegt, unter aktuellen ermittlungstechnischen Gesichtspunkten noch einmal bearbeiten. Sie müsste dabei nur ihre personellen Ressourcen berücksichtigen. Ich werde die Akte heraussuchen lassen und mit Frau Engel sprechen.«

Fast wäre Anna dem Oberstaatsanwalt um den Hals gefallen. »Danke, Herr Wegemann«, sprudelte es aus ihr heraus. »Danke für das Gespräch und danke vor allem für … Sie wissen schon.«

12

1986

Ihr Weg führte sie über den Theaterplatz, vorbei am Göttinger Deutschen Theater, dessen Fassade sie im Vorbeigehen dem Neoklassizismus zuordnete, das aber ebenso wenig wie das Blütenmeer auf dem Rondell in der Mitte des Platzes wirklich in ihr Bewusstsein drang. Je näher Sarah ihrem Ziel kam, desto schneller ging ihr Puls. Sie hatte den Namen, den ihr Vater genannt hatte, im Telefonbuch gefunden. Die dort angegebene Adresse stimmte mit der auf dem Briefumschlag von 1945 überein. Würde sie gleich dem Mann gegenüberstehen, der ihren Urgroßvater Aaron gekannt hatte? Walter Herrmann musste über achtzig Jahre alt sein. Wenn er noch lebte. Vielleicht würde sie nur auf den Sohn treffen.

Das Haus in der Planckstraße war aus gelbem Klinker gebaut, die Fenster mit rotem Sandstein umrahmt. Sarah ordnete es den zwanziger Jahren zu. Einige Stufen führten zur Haustür aus dunklem Holz. Es gab zwei Klingelschilder, eines trug tatsächlich den Namen Herrmann. Mit klopfendem Herzen legte sie einen Finger auf den Knopf. Zunächst geschah nichts. Sarah wollte gerade zum zweiten Mal drücken, als der Öffner summte. Sie schob die Tür auf und stand in einem dämmerigen Flur. Es roch nach altem Holz, Staub und Bohnerwachs. In der oberen Etage wurde eine Tür geöffnet, eine weibliche Stimme rief: »Zu Herrmann geht es die Treppe rauf.«

Die ausgetretenen Stufen knarrten unter ihren Tritten, als Sarah hinaufstieg. In einer offenen Tür stand eine alte Dame. Sie hatte ein freundliches Gesicht und musterte Sarah erwartungsvoll und neugierig zugleich. »Wollen Sie zu uns?«

Sarah nickte. »Bitte entschuldigen Sie die Störung. Ich suche … Herrn … Walter Herrmann.«

»Das ist mein Mann. Mit wem habe ich das Vergnügen?«

»Mein Name ist Sarah Jane Roberts. Ich bin … komme … aus Großbritannien. Die Familie meines Vaters hat in Göttingen gelebt früher. Sie heißen Goldstein und hatten ein Juweliergeschäft in der …«

»Mein Gott«, stieß die alte Dame heraus und breitete die Arme aus. »Eine Goldstein. Aus der Jüdenstraße.« Sie wandte den Kopf und rief in die Wohnung. »Walter, hier ist ein Mädchen aus England. Von der Familie Goldstein.« Sie trat zur Seite. »Kommen Sie herein. Mein Mann wird sich über Ihren Besuch freuen.«

Als sie Walter Herrmann gegenübersaß, klopfte ihr Herz noch immer. Der alte Herr musterte Sarah aus freundlichen und aufmerksamen blauen Augen. Sein volles weißes Haar fiel ihm bis auf die Schultern. Zur Begrüßung hatte er sich erhoben, nun saß er wieder in einem abgewetzten Ledersessel, ein offenbar steifes Bein hatte er auf eine Fußstütze gelegt. »Dass ich das noch erleben darf. Eine leibhaftige Goldstein. Sie müssen die Urenkelin von Aaron sein. Sein Sohn ist dreiunddreißig nach England ausgewandert. Ich erinnere mich an ein Foto von Aarons Enkel David. Der war damals gerade ein Jahr alt.«

»Das ist mein Vater«, bestätigte Sarah.

Herrmann nickte nachdenklich. »Leider hatte ich keinen Kontakt mehr zu Ihrer Familie, nachdem ...« Er hielt inne, seine Miene verdüsterte sich. »Das ist ein trauriges Kapitel.« Er schien in sich zusammenzusinken, doch dann richtete er sich wieder auf. »Wie haben Sie zu uns gefunden?«

»Im Nachlass meines Großvaters zwei Briefe waren, die Sie ihm haben geschrieben. 1940 und 1945.«

»Die existieren noch?« Verblüfft schüttelte Herrmann den Kopf. »Ich habe nie erfahren, ob sie ihren Adressaten erreicht haben.«

»Mein Großvater wollte nichts mehr zu tun haben mit Deutschland. Aber ist er doch noch einmal gekommen nach Göttingen. Und er hat ... nicht überlebt diese Reise.«

»Er ist hier ... gestorben?« In Herrmanns Miene zeichnete sich Bestürzung ab.

»Ja. 1958. Er wollte sehen das Haus seiner Familie. Und dann er ist verschwunden. Ohne Spuren. Ich glaube ...«

Sarah wurde unterbrochen, als Herrmanns Frau mit einem beladenen Tablett hereinkam. »Sie nehmen doch einen Tee mit uns, Frau Goldstein? Dazu gibt es Apfelstrudel. Selbst gebacken.«

»Ich heiße Roberts, aber nennen Sie mich Sarah, bitte.«

»Gern. Ich bin Martha.« Während die alte Dame den Tee servierte, fuhr sie fort: »Wir haben oft an Ihre Familie gedacht und uns gefragt, was aus ihr geworden ist. Ihr Urgroßvater hat mit meinem Mann und einem weiteren Freund Widerstand gegen die Nazis organisiert. Das war lebensgefährlich.« Sie nickte Walter Herrmann zu. »Ich hatte oft Angst um ihn.«

»Für die Familie Goldstein war es offenbar sogar nach dem Krieg in Göttingen noch lebensgefährlich«, warf ihr Mann ein. »Es würde mich nicht wundern, wenn ein gewisser Friedrich Rudloff nicht nur Aaron, sondern auch dessen Sohn Elias, auf dem Gewissen hätte.«

Sarah nahm einen Schluck Tee. »Rudloff sagt, er weiß, wo mein Großvater ist begraben worden.«

»Sie haben mit Rudloff gesprochen?« In Herrmanns Stimme lag Entsetzen.

»Mit Hans Rudloff«, bestätigte Sarah. »Und mit seinem Sohn Jörg.« Sie stellte ihre Tasse ab und berichtete von ihren Begegnungen mit dem Immobilienunternehmer und seinem Sohn.

»Darauf dürfen Sie sich auf gar keinen Fall einlassen«, erklärte Walter Herrmann, nachdem Sarah geendet hatte. »Ich bezweifle, dass Rudloff die Wahrheit sagt. Aber selbst wenn – Sie wären trotzdem in Gefahr. Sie müssen davon ausgehen, dass er Ihren Großvater getötet hat. Und er könnte versuchen, auch Sie aus dem Weg zu räumen. Denn Ihre Veröffentlichung bedroht natürlich seine Existenz. Sie sollten jeden weiteren Kontakt mit Rudloff vermeiden. Ihr Vater hat Recht, wenn er Ihnen rät, sofort nach England zurückzukehren.«

»Könnte man ihm nicht eine Falle stellen?«, fragte Martha Herrmann. »Die Polizei informieren und dann …«

Ihr Mann winkte ab. »Gegen Rudloff gehen die so schnell nicht vor. Er ist ein bekannter Unternehmer, Stadtrat und Mitglied in vielen Organisationen und Vereinen. Und Sarahs Geschichte würden sie nicht glauben. Manchmal ist Rückzug die beste Verteidigung. Wenn sie sich darauf einlässt, ihn in das Labyrinth unter den Kliniken zu begleiten, begibt sie sich in seine Hand. Er kennt sich da aus. Wahrscheinlich hat sein Vater sie ihm gezeigt. Der gehörte seinerzeit zu den Männern, die durch die unterirdischen Belüftungsschächte in das Wohnheim der Ostarbeiterinnen eingedrungen sind, um sich mit den jungen Frauen zu vergnügen. Die daraus entstandenen unerwünschten Kinder wurden in der sogenannten Engelskammer abgelegt, einem Raum in diesem Labyrinth, ohne Licht und ohne Luftzufuhr. Nach dem Krieg hat man dort …«

»Damit musst du Sarah nicht auch noch belasten«, unterbrach seine Frau ihn. »Wenn man die Polizei nicht einschalten kann, sollte sie wirklich nach England zurückkehren.«

»Ich muss sehen das Grab«, erwiderte Sarah. »Vielleicht es ist gefährlich. Aber ich will nicht fahren heim, ohne zu wissen, was ist passiert zu meinem Großvater. Außerdem ich möchte ins Rathaus. Mich erkundigen … Wie es war möglich, dass ein anderer hat bekommen das Haus.«

Herrmann nickte. »Das ist verständlich. Wann wollen Sie hingehen?«

»Heute«, antwortete Sarah.

»Ich kann die Treppe nicht mehr bewältigen«, murmelte Herrmann. »Sonst würde ich mitkommen.«

»Ich begleite Sie ins Rathaus«, sagte seine Frau und griff nach Sarahs Hand. »Aber Sie müssen uns sagen, wann Sie sich das … die letzte Ruhestätte Ihres Großvaters zeigen lassen. Damit wir Alarm schlagen können, wenn … Also für alle Fälle.«

2017

Es gab mehrere Klingeln, aber nur eine hatte ein Namensschild. Pawlowski schob in Höhe des Schließblechs einen Schraubenzieher zwischen Zarge und Eingangstür und hebelte sie auf. Er musste sich beeilen, hinter Hägele herzukommen. Oder wie immer der Typ hieß. Wäre er erst mal in seiner Wohnung verschwunden, müsste Pawlowski auffällig recherchieren, um herauszubekommen, wo der Dieb wohnte. Drinnen roch es nach Mittagessen. Hinter einer der Wohnungstüren stritten lautstarke Kinderstimmen. Unten im Flur waren Fahrräder und ein Kinderwagen abgestellt. Pawlowski lauschte und hörte tatsächlich ganz oben eine Tür klappen. Vorsichtig nahm er eine Stufe der ausgetretenen Holztreppe nach der anderen, erreichte schließlich unbehelligt das Obergeschoss. Hier stand eine Menge Gerümpel herum. Ein rostiger Tretroller, zwei Regale ohne Zwischenböden, eine Kommode, der eine Schublade fehlte, Stühle mit abgewetzten Sitzflächen.

Auf der Etage gab es drei Türen. Hinter einer von ihnen vermutete er Hägele. So leise wie möglich näherte sich der Detektiv der nächstliegenden und presste ein Ohr auf das Holz: psychedelische Musik. Nach einer Weile stieg ihm ein Hauch von Haschisch in die Nase. Gleichzeitig vernahm er eine weibliche Stimme. Pawlowski schlich weiter. Er horchte eine halbe Minute an einer weiteren Tür, ohne etwas zu hören, dann nahm er sich die letzte vor. Während er angestrengt lauschte, knirschte ein Schlüssel in einem Schloss. Pawlowski huschte hinter einen Schrank und hielt den Atem an.

Die mittlere Tür wurde geöffnet, jemand trat heraus. Hägele. Statt zur Treppe zu gehen, schlug er die entgegengesetzte Richtung ein. Erst jetzt entdeckte Pawlowski eine weitere Tür am Ende des kaum beleuchteten Flurs. Dort verschwand der Mann. Er wollte ihm schon folgen, als ein wütender Fluch erklang. Dann rauschte eine Wasserspülung. Offenbar hatte Hägele auf der Etagentoilette die Hinterlassenschaft eines anderen Mieters vorgefunden.

Der Detektiv huschte zur Wohnungstür und drückte vorsichtig die Klinke hinunter. Hägele hatte abgeschlossen. Aus der Hosentasche zog Pawlowski sein Lockpicking-Set und wählte einen passenden Dietrich aus. Beim zweiten Versuch hatte er Erfolg. In der nächsten Sekunde schloss er von innen wieder ab. Das Risiko, seine Zielperson könnte direkt vom Klo aus das Haus verlassen, ging er ein, denn draußen wartete Jenny.

Er sah sich um. Der Raum hatte etwa zwanzig Quadratmeter, in einer Ecke befanden sich ein Bett, in der anderen ein Küchenschrank, daneben ein Sideboard mit Elektrokochplatte und ein kleiner Kühlschrank. In der Mitte des Zimmers gab es einen weiteren Tisch mit drei Stühlen. Zwei Türen an der linken Wand standen offen. Die erste führte zu einer offenbar nachträglich installierten Dusche, die zweite in eine fensterlose Abstellkammer. Pawlowski schlüpfte hinein, um hier auf seine Zielperson zu warten.

Hägele kehrte tatsächlich ins Zimmer zurück und schloss die Tür hinter sich. Als er sich umdrehte, kam der Detektiv aus seinem Versteck, eine Waffe im Anschlag. »Guten Tag, Herr … Hägele. Oder wie immer Sie heißen.«

Panisch starrte der Mann auf die Waffe. »Wer sind Sie? Was wollen Sie?«

Pawlowski trat dicht an ihn heran und stieß ihm den Lauf der Pistole in die Magengegend. »Zuerst muss ich Dich ein wenig befühlen.« Er tastete Hägele ab und zog schließlich einen Umschlag aus dessen linker Gesäßtasche, aus der anderen hangelte er ein Portemonnaie. »Das hier«, sagte er und hielt das Kuvert hoch, »nehme ich an mich.«

»Von Arnsberg«, zischte Hägele wütend. »So ein falscher Hund.«

»Wer hier der falsche Hund ist, darüber kann man geteilter Meinung sein«, erwiderte Pawlowski, der keine Veranlassung sah, Hägele über seinen Irrtum aufzuklären, und ihn zu dem Tisch mit den Stühlen schob. »Hinsetzen!« Aus der Geldbörse zog er einen Ausweis hervor.

»Falsch ist schon mal der Name«, fuhr er fort, nachdem sich der junge Mann gesetzt hatte. »Herr Kilian Kaltenbach. Falsch ist ferner die Behauptung, du würdest im Auftrag einer reichen Dame wertvollen Schmuck veräußern. Tatsächlich ist die Ware geklaut. Durch und durch falsch ist drittens dein Auftritt als Geschäftsmann. Das ist eine Lachnummer. Wenn du in dem Gewerbe das große Geld machen willst, musst du noch sehr viel lernen, mein Junge.«

Er trat hinter den Stuhl. »Hände auf den Rücken!« Mit einem Kabelbinder fesselte er Kaltenbachs Handgelenke aneinander. Dann zurrte er beide Fußgelenke an den Stuhlbeinen fest. Schließlich umrundete er den Tisch und ließ sich auf der gegenüberliegenden Seite nieder. Die Pistole legte er vor sich auf der Tischplatte ab und zog sein Mobiltelefon aus der Tasche. »Ich habe ihn«, sagte er. »Du kannst raufkommen. Dachgeschoss, mittlere Tür.«

»Wenn Sie nicht von der Polizei sind«, flüsterte Kaltenbach hektisch, »können wir doch ins Geschäft kommen. Halbe-halbe. Für jeden mehr als hunderttausend.«

Der Detektiv lächelte nachsichtig. »Das glaubst aber nur du. Geklauter Schmuck dieser Art lässt sich bestenfalls für zehn bis zwanzig Prozent seines Werts verkaufen. Und auch das nur in der Frankfurter oder Berliner Szene, zu der du keinen Zugang hast. Oder im Ausland. Dummerweise hast du bei deinem Bruch auch eine Waffe mitgehen lassen. Die möchte der Eigentümer wiederhaben. Wo ist sie?«

Kaltenbach grinste verschlagen. »Scheint ja ziemlich wichtig zu sein. Vielleicht kommen wir doch noch ins Geschäft. Ihr bekommt die Pistole, und ich behalte den Rest.«

Pawlowski stieß einen ironischen Lacher aus. »Das kannst du dir abschminken, Junge. Also: Wo ist die Walther?« Mit einer Kopfbewegung deutete er in den hinteren Bereich des Zimmers. »Ich habe keine Lust, deinen Müll zu durchwühlen.« Er stand auf, und öffnete die Tür. »Komm rein!«

Jenny betrat den Raum und verzog angewidert das Gesicht. »Hier stinkt's.« Sie ging zum Fenster, riss beide Flügel auf und beugte sich hinaus. »Ich glaube, wir müssen mal entrümpeln.« Sie nahm das Kopfkissen vom Bett und warf es hinaus. Dann packte sie die Bettdecke, die herumliegenden Kleidungsstücke und schleuderte alles aus dem Fenster. »Jetzt ist es unten im Hof ein bisschen weicher. Wer dort landet, hat gute Chancen, mit Knochenbrüchen davonzukommen.« Sie setzte sich neben Pawlowski an den Tisch und sah Kaltenbach an. »Schon mal aus dieser Höhe gesprungen? Man muss sich gut abrollen, dann geht's vielleicht sogar mit einer Schulterprellung und ein paar Verstauchungen ab.«

»Das könnt ihr nicht machen.« Kaltenbach war blass geworden. »Das ist Mord.«

Jenny warf ihrem Chef einen Blick zu. Der nahm den Faden auf. »Damit liegst du nicht ganz falsch. Der Begriff ist allerdings etwas ungenau. Wenn jemand aus dem Fenster springt, heißt es nicht *Mord*, sondern *Selbstmord*.«

Kaltenbachs Unterlippe begann zu zittern. »Aber … aber ...« Er verschluckte sich, hustete, krächzte schließlich: »Ich gebe euch die Pistole.«

»Wo ist sie?« Pawlowski nahm seine Waffe auf und bewegte sie vor dem Gesicht des Gefesselten.

»Sie ist nicht hier«, stieß er hervor. »Ich hole sie euch. Dauert keine halbe Stunde.«

»Er will sie holen.« Pawlowski sah Jenny an. »Wahrscheinlich denkt er, wir lassen ihn gehen und warten hier so lange auf ihn, bis er vielleicht freundlicherweise zurückkommt. Und dann sitzen wir hier, bis wir schwarz werden. Und der saubere Herr dreht uns eine Nase.« Er hielt in der Bewegung inne und drückte die Mündung seiner Pistole gegen Kaltenbachs Hals. »Bind ihn los. Er macht eine kleine Flugreise und wir unterhalten uns dann auf dem Hinterhof weiter.«

»Nein«, schrie Kaltenbach. »Ich … ich gebe euch mein Wort, mein Ehrenwort. Ihr kriegt die Walther zurück. Ich muss nur kurz zu …« Er brach ab und presste die Lippen aufeinander.

Jenny nahm das edle Jackett von einem Haken hinter der Tür, und durchsuchte die Taschen. Sie zog ein Mobiltelefon heraus, ließ das Display aufleuchten und strich ein paar Mal darüber. Schließlich nickte sie zufrieden und hielt Kaltenbach das Gerät vors Gesicht. »Ruf sie an!«

»Wen soll ich anrufen?«, krächzte er.

»Die du in letzter Zeit dauernd anrufst. Vanessa.«

1986

Jörg Rudloff war Sarah gefolgt. Eine Weile hatte er unschlüssig vor dem Haus in der Planckstraße gewartet, dann war er zurückgekehrt, um seinen Vater zu informieren. »An der Tür sind zwei Klingelschilder«, berichtete er. Die Leute heißen Lohmann und … Herrmann.«

»Herrmann?«, schrie Hans Rudloff und sprang auf. »Dieser Mistkerl. Wie kommt die auf den?« Hans Rudloffs Gesicht war rot angelaufen, die Adern an Hals und Schläfen geschwollen. »Ein Kommunist, ein Saboteur, ein Vaterlandsverräter. Der ist doch mindestens … Dass der überhaupt noch lebt!« Hektisch begann er in seinem Büro auf und ab zu laufen. »Jetzt wird die Sache gefährlich. Der Herrmann könnte ihr … könnte sie … Verfluchte Scheiße! Wir müssen etwas tun.« Er blieb stehen und deutete mit ausgestrecktem Arm auf seinen Sohn. »Du gehst zurück. Beobachte sie weiter! Wenn sie zum Rathaus geht, werden wir … Dann rufst du an. Steck dir Kleingeld ein! Am 82er Platz gibt es eine Telefonzelle.«

Missmutig bezog Jörg Rudloff wieder seinen Beobachtungsposten. Schließlich erschien Sarah in der Haustür. Aber nicht allein. Eine alte Dame begleitete sie. In gemächlichem Tempo wanderten die Frauen in Richtung Theaterplatz. Jörg folgte in

Sichtweite und achtete darauf, dass sich stets Menschen oder ein anderer Sichtschutz zwischen ihm und den beiden befand.

Sie überquerten Herzberger Landstraße und Albaniplatz und nahmen den Fußweg durch den Cheltenhampark. Plötzlich wurde ihm klar, welches Ziel sie ansteuerten. Ein Anflug von Panik erfasste ihn. Er musste seinen Vater informieren, aber es gab weit und breit kein öffentliches Telefon. Kurz entschlossen machte er kehrt und hastete zum 82er Platz. Als er den Eingangsbereich des Rathauses erreichte, waren Sarah und ihre Begleiter noch nicht in Sicht. Erleichtert suchte er eine Telefonzelle auf und wählte. Hans Rudloff meldete sich sofort. »Sie sind auf dem Weg zum Rathaus«, rief er in den Hörer.

»Sie?«, antwortete sein Vater hörbar ungehalten. »Wer ist denn bei ihr?«

»Eine alte Frau begleitet Sarah.«

»Wahrscheinlich die Herrmann. Du wartest in der Eingangshalle«, befahl Rudloff. »Ich bin in zehn Minuten da.«

Während Jörg auf die Ankunft seines Vaters wartete, beobachtete er, wie Sarah und ihre Begleitung sich allmählich dem Neuen Rathaus näherten. Zum Glück kamen sie nur langsam voran. Die alte Frau musste hin und wieder stehenbleiben. Bevor sie den Vorplatz erreichten, sah Jörg den Wagen seines Vaters vom Geismar Tor kommen. Er parkte in der Sternstraße und war wenig später bei ihm, Ingeborg Haase im Schlepptau. »Wir müssen sie nach unten locken«, flüsterte er.« Zu den Parkplätzen. Da ist jetzt nicht mehr viel los.«

»Und dann?« Jörg war skeptisch. »Die Frau Herrmann ist bei ihr.«

Hans Rudloff winkte ab. »Du wirst die alte Frau ablenken. Lass dir etwas einfallen! Dich kennt sie nicht. Mit dem Mädchen werde ich schon fertig.« Er wandte sich zu seiner Sekretärin um. »Und nun kommt Ihr Einsatz, Häschen.«

*

»Jetzt Sie sollten ausruhen ein wenig.« Sarah deutete auf eine Stuhlreihe, die offenbar für Besucher vorgesehen war, und dirigierte ihre Begleiterin sanft in die Richtung. »Der Weg war anstrengend. Für den Rückweg nehmen wir ein Taxi.«

Martha Herrmann wollte widersprechen, aber ihr Atem ging schwer, und sie schwitzte von der Anstrengung. »Sie müssen dort drüben fragen«, sagte sie und zeigte auf einen Schalter. »Bei dem Herrn hinter der Glasscheibe erfahren Sie, wer Ihnen weiterhelfen kann.«

Sarah nickte, geleitete Martha zu den Stühlen und wartete, bis ihre Begleiterin sich gesetzt hatte. Dann durchquerte sie die Halle, um sich nach der zuständigen Dienststelle zu erkundigen.

Während Sarah dem städtischen Angestellten ihr Anliegen erklärte, kam ein junger Mann schnellen Schrittes auf Martha Herrmann zu. »Entschuldigen Sie bitte«, sagte er etwas außer Atem. »Mein Name ist Hoffmann. Sind Sie Frau Herrmann?«

Martha nickte.

»Ja? Das ist großartig. Meine Großmutter hat Sie vom Fenster aus reinkommen sehen. Sie sitzt im Rollstuhl, und hat mich schnell runtergeschickt, um Sie nicht zu verpassen.«

»Wie heißt Ihre Großmutter?«

»Ich soll es Ihnen nicht sagen, sie bittet Sie, zu ihr hochzukommen, in die erste Etage, es gibt einen Fahrstuhl. Sie will Sie überraschen. Sie ist ganz aufgeregt und hat gesagt, Sie würden sich sehr freuen, sie wiederzusehen, Sie beide hätten sich im Krieg sehr geholfen. Kommen Sie, tun Sie ihr und sich den Gefallen! Sie wird enttäuscht sein, wenn ich ohne Sie zurückkehre.«

Zögernd folgte Martha dem jungen Mann in den Fahrstuhl. Er drückte eine Taste und verschwand, kurz bevor sich die Tür wieder schloss.

Nachdem Sarah ihr Anliegen erklärt hatte, hob der Mann hinter der Glasscheibe bedauernd die Schultern. »Mit der Frage nach Grundbesitz der Stadt müssen Sie zum Baudezernat. Da ist jetzt wegen einer Personalversammlung aber niemand zu sprechen. Die Namen der Besitzer erfahren Sie beim Grundbuchamt. Das ist im Amtsgericht. Nicht hier im Rathaus.«

Enttäuscht wandte Sarah sich ab. In dem Augenblick trat eine blonde Frau auf sie zu. »Entschuldigung. Ich habe gerade gehört, dass Sie zum Grundbuchamt wollen. Ich muss auch dorthin und kann Sie mitnehmen. Mein Wagen steht unten, in der Tiefgarage des Rathauses.«

Unsicher sah Sarah sich um. »Ich bin nicht allein. Es gibt noch eine alte Dame, sie hat begleitet mich.«

»Sie kann selbstverständlich mitfahren.« Die Frau lächelte. »Wo ist sie denn?«

Sarah wandte den Kopf und deutete auf eine Stuhlreihe. »Sie ist … nicht mehr da. Seltsam. Sie wollte warten auf mich.«

»Wahrscheinlich hat sie noch etwas zu erledigen. Es ist mit dem Auto nicht weit, aber man schließt bald. Wissen Sie was: Ich sag dem Pförtner Bescheid, bestimmt wird sie bei ihm nach Ihnen fragen, sollte sie sich wundern. Er kann sie bitten, hier auf sie zu warten.« Sie ließ Sarah keine Zeit zu antworten, ging zur Pförtnerloge, sprach kurz mit dem Mann hinter der Glasscheibe und kam mit einem Lächeln zurück. »Alles in Ordnung. Kommen Sie!« Die Blonde nahm Sarahs Ellenbogen.

Zögernd folgte Sarah der fremden Frau. Sie führte sie einen Gang entlang, durch eine Stahltür und eine Treppe hinunter. Plötzlich blieb sie stehen. »Ach, wie dumm, ich habe meine Unterlagen beim Pförtner liegen lassen«, sagte sie. »Gehen Sie bitte schon voraus. Unten gelangen Sie vor eine Tür. Dahinter sind die Parkplätze. Ich bin in einer Minute zurück.« Sie eilte die Stufen hinauf, die Tür klappte, Sarah war allein. Langsam stieg sie weiter hinab.

Irgendwo öffnete sich knarrend eine Tür und fiel wieder ins Schloss. Im nächsten Augenblick kam ein Mann auf sie zu. Er machte keine Anstalten, auszuweichen, trat ihr mitten auf der Treppe entgegen. Als Sarah ihn erkannte, stockte ihr Atem, ihr Herz schlug bis zum Hals. Sie drehte sich um und hastete die Stufen hinauf. Doch plötzlich öffnete sich die obere Stahltür und schloss sich hinter einem weiteren Mann, der ihr entgegensah. »Tut mir leid«, sagte er und breitete bedauernd die Arme aus.

13

2017

»Vanessa hat nichts damit zu tun.« Kilian Kaltenbach schüttelte panisch den Kopf. Sein Puls raste, er war kaum in der Lage, einen klaren Gedanken zu fassen.

»Das glaube ich gern«, Jenny nahm das Smartphone hoch und tippte ein paar Mal auf das Display. »Sonst wär' sie ja schön blöd. Aber anrufen wirst du sie trotzdem. Ich habe ihre Nummer schon aus den Kontakten herausgesucht.«

»Was soll ich denn …?«

»Eine Besucherin ankündigen«, mischte Pawlowski sich ein. »Meine Kollegin wird bei Frau Jordan vorbeischauen.« Er grinste diabolisch. »Sie geht nämlich davon aus, dass du ihr die Sore untergeschoben hast. Stimmt's, Jenny?«

Die junge Frau nickte. »Ich glaube, *Sore* kennt er nicht. Er schaut so blöd.«

»Entschuldigung!« Pawlowski breitete die Arme aus und sprach mit betont sanfter Stimme weiter. »Altmodischer Ausdruck. Bedeutet *Hehlerware.*« Er schlug mit der Faust auf den Tisch und wurde laut. »Damit ist der Schmuck gemeint, den du geklaut hast. Und die Pistole.« Sein Zeigefinger deutete auf Kilians Gesicht und tanzte vor dessen Nase. »Du rufst jetzt an. Sonst machst du doch noch eine kleine Flugreise. Sag ihr, dass jemand in deinem Auftrag kommt und die Sachen abholt!«

Jenny tippte auf das Display des Smartphones. Sie schaltete den Lautsprecher ein, wählte und hielt das Telefon an Kilians Ohr.

Vanessa meldete sich nach dem dritten Rufton. »Hallo?«

Als Kaltenbach nicht sofort antwortete, stieß Pawlowski ihm wortlos die Faust in die Rippen. Kilian gab einen erstickten Laut von sich.

»Hallo, Kilian, ich sehe deine Nummer auf dem Display. Warum sagst du nichts?«, fragte Vanessa.

»Ja, ich bin's. Bist du zu Hause?«

»Nein, aber auf dem Weg. In zehn Minuten bin ich da. Wollen wir uns treffen?«

»Später«, antwortete Kilian. »Muss erst noch was erledigen. Ich wollte dich um einen Gefallen bitten. Könntest du … den Aktenkoffer, den ich dir zur Aufbewahrung gegeben habe, … an jemanden übergeben, den ich zu dir schicke? Eine Frau, sie heißt … Jenny. Groß, sportlicher Typ, dunkle Haare.«

»Wer ist diese Frau?« In Vanessas Stimme schwang ein Anflug von Misstrauen mit. »Warum kommst du nicht selbst?«

»Geht gerade nicht.« Kilian räusperte sich. »Jenny ist eine Bekannte, du kannst ihr vertrauen. Sie bringt mir den Koffer. Da ist … Ware drin. Für einen Kunden.«

»Also gut. Wenn du es so willst. Aber melde dich bitte, sobald du wieder Zeit hast!«

»Gerne«, antwortete Kilian. »Danke, Vanessa!«

Jenny Kampe beendete die Verbindung und reichte Pawlowski das Smartphone. »Ich mache mich auf den Weg. Wenn ich die Sore habe, komme ich hierher zurück. Okay?«

Pawlowski nickte. »Dann schauen wir uns gemeinsam Herrn Kaltenbachs Warenlager an.«

Kilian wurde schlecht.

*

Der seltsame Anruf ging Vanessa nicht aus dem Kopf. Kilian hatte sich eigenartig angehört. Obwohl sie ihn erst seit wenigen Tagen kannte, hatte sie das Gespräch als nicht normal empfunden. Und dass sie seinen Besitz einer fremden Frau aushändigen sollte, erschien ihr ebenfalls seltsam. Sie zog den kleinen Koffer unter dem Bett hervor und starrte ihn an. Schließlich hob sie ihn an und schüttelte ihn. Schwer war er nicht, aber auch nicht leer. Was wohl darin war? Sie drückte auf die Schlösser. Nichts, sie ließen sich nicht öffnen.

Sie legte den Koffer auf das Bett, holte aus einer Schublade ihres Schreibtischs eine große Schere und bearbeitete damit den Riegel eines Schlosses. Irgendwann gab er nach und riss aus dem Leder. Es gelang ihr, auch den zweiten herauszubrechen. Neugierig klappte sie den Deckel auf.

Auf den ersten Blick schien sein Inhalt aus zusammengeknülltem Zeitungspapier zu bestehen. Doch dann entdeckte sie einen Briefumschlag, ein Leinensäckchen, einen Beutel aus Samt, mehrere Schatullen und ein schmuddeliges Küchenhandtuch, in das offenbar ein Gegenstand eingewickelt war. Sie nahm das Kuvert in die Hand und sah hinein. Ein pralles Bündel Geldscheine. Tausender, Fünfhunderter, Zweihunderter, bestimmt einige zehntausend Euro. Kopfschüttelnd steckte sie die Scheine wieder in den Umschlag und öffnete eins der flachen Kästchen. Ein mit Diamanten besetztes Collier fiel ihr entgegen.

Hastig schob Vanessa das Schmuckstück in die Schatulle zurück. Sie verstand kaum etwas von teurem Geschmeide, aber das Collier musste Tausende von Euro wert sein, das sah auch sie. Und es gab davon offensichtlich noch mehr. Wie kam Kilian an so viel Geld und solche Wertstücke? Und warum sollte eine fremde Frau die Sachen abholen?

Sie betrachtete das Päckchen mit dem Küchenhandtuch, griff danach und schlug den Stoff auseinander. Ein länglicher metallener Gegenstand fiel herunter, ein größerer kam zum Vorschein. Eine Pistole! Erschreckt, doch auch ein wenig neugierig, nahm sie die Waffe in die Hand, legte sie aber gleich wieder zurück. Sie schloss den Deckel des Koffers und zog ihr Smartphone aus der Tasche, um Kilian anzurufen. In dem Augenblick klingelte es an der Tür.

Vanessa verharrte regungslos, ihre Gedanken kreisten um das, was sie gerade entdeckt hatte, und um das seltsame Gespräch mit Kilian. Es war klar, dass mit der *Ware*, von der er gesprochen hatte, etwas nicht stimmte. War er das Opfer von Kriminellen? Oder war er selbst der Täter? Welche Rolle spielte die Frau, die er Jenny genannt hatte?

Es klingelte erneut. Länger, ungeduldiger. Vanessa spürte, wie ihre Handflächen feucht wurden. Ohne nachzudenken, riss sie den Kofferdeckel wieder auf, nahm die Pistole in die Hand und ging zur Tür.

Sie öffnete die Wohnungstür, drückte auf den Summer und lauschte ins Treppenhaus, vernahm die näher kommenden Schritte. Als unter ihr ein dunkler Schopf auftauchte, verbarg sie die Waffe hinter dem Rücken und trat in den Flur zurück.

»Hallo, Vanessa«, sagte die Frau. »Ich bin Jenny. Kilian schickt mich. Es geht um einen Aktenkoffer, den er bei dir deponiert hat.«

»Ich weiß.« Vanessa bedeutete der Besucherin mit einer Kopfbewegung einzutreten und schloss die Tür. »Geradeaus.« Sie folgte ihr in geringem Abstand. Als Jenny den Koffer sah, stieß sie einen unwilligen Laut aus. »Du hast ihn geöffnet.«

»Allerdings«, antwortete Vanessa und hob die Waffe. »Und jetzt unterhalten wir beide uns über den Inhalt. Ich möchte wissen, was es damit auf sich hat.«

Jenny drehte sich um und sah die Pistole. »Das ist keine gute Idee«, sagte sie leise, blieb aber stehen und hob die Hände. »Und über … den … die Sache willst du nicht wirklich etwas wissen. Je weniger du weißt, desto besser für dich. Und für Kilian.«

»Setz dich hin!« Vanessa bewegte die Waffe. »Deine Meinung interessiert mich nicht, nur Fakten. Also: Worum geht es? Wem gehört der Inhalt des Koffers? Was hat Kilian damit zu tun? Welche Rolle spielst du?«

»Leg erst mal das Schießeisen weg!«, schlug die Besucherin vor, ließ die Arme sinken und setzte sich in einen Sessel. »Das Ding ist nicht geladen. Damit kannst du dir nicht mal ins eigene Knie schießen.«

Verblüfft betrachtete Vanessa die Pistole in ihrer Hand. Ohne nachzudenken, richtete sie den Lauf gegen die Zimmerdecke und drückte ab. Mehr als ein metallisches Klicken war nicht zu hören.

»Du hättest sowieso nicht auf mich geschossen.« Jenny lachte leise. »Ich mache dir einen Vorschlag. Wir legen die Waffe zurück an ihren Platz, zusammen mit dem Magazin.« Jenny hob den metallenen Gegenstand auf, der aus dem Tuch gefallen war. »Du nimmst dir eine kleine Aufwandsentschädigung aus dem Koffer. Sagen wir tausend Euro. Dann schließen wir ihn, und ich verschwinde damit. Dein Kilian wartet schon sehnsüchtig darauf. Denn wenn ich nicht bald zurückkomme, fliegt er.«

»Er fliegt?« Verständnislos sah Vanessa die Besucherin an.

Jenny nickte. »Aus dem Fenster.«

*

Alexa Engel schwieg lange, nachdem Anna Lehnhoff die Ergebnisse ihrer Recherchen dargelegt und die Dokumente aus England präsentiert hatte. Sven hatte das Gespräch vermittelt, Anna begleitet und ihren Bericht mit angehört.

»Alle Achtung«, sagte Alexa Engel schließlich. »Erstaunlich, was Sie zusammengetragen haben, Frau Lehnhoff. Wenn sich die Details bestätigen, reicht das aus, die Ermittlungen wieder aufzunehmen. Im Augenblick haben wir kein aktuelles Delikt zu verfolgen, also können wir uns alte Fälle vornehmen.« Sie nickte ihrem Kollegen zu. »Sven und ich werden Jörg Rudloff vernehmen. Und wir bitten Wegemann, die Exhumierung der Leiche von Sarah Jane Roberts zu beantragen. Viel verspreche ich mir davon nicht. Nach dreißig Jahren sind von der Toten wahrscheinlich nur die Gebeine übrig. Eventuell auch Metallteile von der Kleidung wie Knöpfe und Gürtelschnallen.«

»Hast du herausgefunden«, wandte Sven sich an Anna, »ob der Vater von Jörg Rudloff noch lebt?«

»Ja, also nein.« Anna warf einen Blick in ihre Unterlagen. »Hans Rudloff hat bis vor Kurzem in einem Altersheim gelebt. Die haben mir aber nicht sagen wollen, ob er verstorben oder ausgezogen ist. Aber wer zieht schon aus einem Altersheim wieder aus?«

»Trotzdem lässt sich feststellen, ob er im Besitz einer Schusswaffe war oder ist. Ich meine legal, mit Waffenschein.«

Alexa Engel nickte. »Aber nur dann. Wenn er sie illegal erworben hat … Wir werden seinen Sohn danach fragen. Der müsste eigentlich wissen, ob sein Vater eine Waffe besessen hat. Und wo die geblieben ist.«

»Werden Sie ihn vorladen?«, fragte Anna. »Oder besuchen Sie ihn zu Hause? Er sitzt zurzeit im Rollstuhl. Eine Nervenkrankheit. Er hat mir auch gesagt, wie die heißt. Leider habe ich vergessen …«

»Wir werden ihn aufsuchen.« Alexa Engel machte sich eine Notiz. »Ich verschaffe mir gern ein Bild von der Umgebung eines … Zeugen. Im Übrigen machen wir unsere Arbeit so, wie wir sie für richtig halten.« Ihr Blick ruhte auf Anna. »Sie haben eine bewundernswerte Vorarbeit geleistet. Aber jetzt wird nach unseren Regeln gespielt. Und Sie funken uns bitte nicht dazwischen. Ist das … angekommen?«

»Natürlich.« Anna hob beide Hände und versuchte ein entwaffnendes Lächeln. »Auf gar keinen Fall möchte ich Sie bei Ihren Ermittlungen behindern.«

»Gut.« Auch auf dem Gesicht der Hauptkommissarin deutete sich ein Lächeln an. »Ich danke Ihnen für Ihren Bericht, Frau Lehnhoff. Sven wird Sie auf dem Laufenden halten, soweit das möglich ist und unsere Arbeit nicht gefährdet.«

Anna packte ihre Unterlagen zusammen und erhob sich. Die Freude über den Erfolg konnte sie nicht verbergen, sie strahlte Sven und Alexa Engel an, während sie sich verabschiedete.

»Ich begleite dich nach unten«, sagte Sven und folgte ihr.

Anna wandte sich um. »Ich will noch kurz bei Jessica reinschauen. Mal hören, was sie an Neuigkeiten zu bieten hat.«

»So ist es brav.« Sven grinste. »Journalisten sollten sich immer an die Pressesprecherin wenden.«

Jessica Kravitz schien sich über Annas Besuch zu freuen. Die fast gleichaltrigen Frauen kannten sich schon seit vielen Jahren. Mit der Zeit war aus der beruflichen Zusammenarbeit eine Freundschaft geworden. »Du siehst gut aus«, stellte Jessica fest. »Jedenfalls nicht wie vierzig.«

»Noch nicht, noch nicht!« Anna verzog das Gesicht. »Ich find's irgendwie beunruhigend. Aber dir nimmt man die einundvierzig wirklich nicht ab. Kein Wunder, du machst viel Sport. Früher bin ich auch oft gelaufen, in letzter Zeit kriege ich leider nur noch selten die Kurve.«

»Vielleicht sollten wir uns gelegentlich verabreden«, schlug Jessica vor. »Zu einer Runde um den Kiessee. Dann geht's leichter.«

»Gute Idee«, versicherte Anna, obwohl sie nicht sicher war, ob sie eine Verabredung zum Joggen einhalten würde. Um das Thema zu wechseln, deutete sie auf Jessicas Monitor. »Hast du was für mich?«

Die Polizeisprecherin seufzte. »Einbrüche, Einbrüche, Einbrüche. Wir haben einen rasanten Anstieg bei den Wohnungseinbrüchen. Abgesehen von den beängstigend steigenden Zahlen nichts Spektakuläres. Politisch motivierte Gewalttaten von rechts und links haben ebenfalls zugenommen. Und Tätlichkeiten gegenüber Kolleginnen und Kollegen.«

»Das passt ins Bild«, bestätigte Anna. »Der Respekt scheint abzunehmen. Du glaubst gar nicht, was für E-Mails wir bekommen. Noch schlimmer ist es im Internet. Wenn du die Kommentare auf unserer Facebook-Seite liest, fragst du dich, woher der Hang zur Herabsetzung und Verunglimpfung anderer Menschen kommt.«

»Entschuldigung.« Jessica griff zum Telefon, das sich mit einem kurzen Ton und einer blinkenden Anzeige bemerkbar gemacht hatte. Sie meldete sich und lauschte wortlos dem Anrufer. »Gut«, sagte sie schließlich. »Dann sagt bitte Bescheid, wenn die Teilnehmerzahl bekannt ist. Tschüss.« Sie wandte sich ihrer Besucherin zu. »Bei der Stadt ist eine Demo angemeldet worden. Gegen die Ansiedlung neuer Möbelmärkte.«

»Ach ja«, erinnerte sich Anna. »Der rote Stuhl und die Domäne. Der Rat hatte seine Entscheidung bis nach der Kommunalwahl verschoben. Jetzt muss er wohl langsam in die Strümpfe kommen. Das wird noch spannend werden.«

»Wie du siehst, gibt es deswegen erst mal Arbeit für uns«, stellte Jessica fest. »Wenn sich die Firmen wirklich hier ansiedeln, frage ich mich, wer die vielen Möbel kaufen soll.«

»Wir sicher nicht.« Anna grinste. »Von uns könnten nicht mal die vorhandenen Geschäfte leben. Aber anscheinend finden die überall ihre Kunden. Dafür wird der ein oder andere alteingesessene Laden dichtmachen.« Sie sah auf die Uhr. »Ich muss weiter. Lass von dir hören, wenn du was für mich hast! Mach's gut!«

»Und du lass von dir hören, wenn du mit mir um den Kiessee laufen willst!«, rief Jessica ihr nach, als Anna das Büro verließ.

Auf dem Weg in die Redaktion ging ihr das Gespräch mit Alexa Engel durch den Kopf. Anna hatte nicht damit gerechnet, dass Svens Chefin sich so schnell auf ihre Argumentation einlassen würde. Vielleicht hatte er ein wenig Vorarbeit geleistet. Jedenfalls hatte er sich wieder einmal als hilfsbereit erwiesen. Obwohl seit ihrer Trennung nun schon etliche Jahre ins Land gegangen waren, war er stets für sie da. Warum fand dieser liebenswerte und gut aussehende Mann kein Glück in einer dauerhaften Beziehung? Warum fühlte sie sich immer noch für ihn verantwortlich? Sie wusste, dass sie darauf keine Antworten hatte, deshalb schob sie die Fragen beiseite und rief sich erneut das Gespräch über *Big Ben* in Erinnerung.

Eine Bemerkung der Hauptkommissarin hatte in ihr etwas angestoßen. Irgendwo in ihrem Unterbewusstsein rumorte ein Gedanke. Sie spürte, dass er zu einem Ansatz für neue Recherchen werden konnte, sie musste ihn nur zu fassen kriegen. Unwillig hämmerte sie mit der Faust auf das Lenkrad ihres Twingos. Beinahe hätte sie den Wagen aus der Spur gebracht, knirschend streifte eine Felge den Bordstein, irgendwo hupte ein Autofahrer. »Reiß dich zusammen«, murmelte Anna vor sich hin und drehte das Radio lauter. NDR Info brachte einen Bericht aus Göttingen. Über den Streit um die geplanten Möbelmärkte.

*

Vanessa wunderte sich über ihre eigene Kaltblütigkeit. Dass sie mal eine Pistole in die Hand nehmen und abdrücken würde, hätte sie nicht für möglich gehalten. Genauso wenig hätte sie sich vorstellen können, sich in einen Kriminellen zu verlieben. Obwohl – noch war keineswegs sicher, dass Kilian zu dieser Kategorie gehörte. Er hatte von einem Geschäft gesprochen, das kurz vor dem Abschluss stand. Das konnte auch legal sein. Klar war jedoch, dass er in Schwierigkeiten steckte. Wahrscheinlich wäre es vernünftig, das Angebot dieser Jenny anzunehmen. Aber was würde mit Kilian passieren? Offenbar gab es zwischen ihm und ihr eine Auseinandersetzung um den Inhalt des Koffers. Vanessa bezweifelte, dass er Jenny gehörte. Würde sie sonst mal eben eintausend Euro verschenken, um sie loszuwerden? Weil sie Geld und Schmuck für sich beanspruchte oder weil sie alles dem Besitzer zurückgeben wollte, wer immer das war? Kilian? Aber der würde bestimmt nichts davon bekommen. Vanessa fasste einen Entschluss.

»Ich komme mit«, verkündete sie mit fester Stimme. »Wir gehen zusammen.«

Mit einer Mischung aus Überraschung und Ungläubigkeit sah Jenny sie an. »Das ist unmöglich.«

»Und ob das möglich ist«, trumpfte Vanessa auf. »Du kannst gern den Koffer tragen. Aber ich begleite dich. Ich will mit Kilian sprechen.«

»Nein.« Jenny schüttelte den Kopf.

»Doch«, widersprach Vanessa. »Wenn du ohne mich diese Wohnung verlässt, rufe ich die Polizei.«

»Dann wandert dein Kilian in den Knast.«

»Vielleicht.« Vanessa schlüpfte in ihre Schuhe und begann, sich eine Jacke anzuziehen. »Vielleicht aber auch nicht, vielleicht kommst *du* in den Knast.« Sie deutete auf den Koffer. »Das da gehört jedenfalls nicht dir.«

Jenny sah sie einen Moment unentschlossen an, schließlich zog sie ein Mobiltelefon aus der Jackentasche. »Warte mal, ich muss kurz telefonieren.«

*

»Das geht in Ordnung«, sagte Julian Pawlowski. »Mach dir keinen Kopf!« Grinsend steckte er das Telefon zurück in die Tasche. »Dein Mädchen kommt mit her.«

»Vanessa?«, schnappte Kilian entgeistert.

»Hast du mehr als eine?«, fragte der Privatdetektiv. »Diese ist hübsch, hellhäutig und rothaarig. Und ja, sie heißt Vanessa.«

»Was wollt ihr von ihr?«, keuchte Kilian. »Sie hat mit der Sache nichts zu tun.«

»Ich weiß«, antwortete Pawlowski. »Wir wollen auch überhaupt nichts von ihr. Sie will etwas. Allerdings ist mir nicht klar, was genau, aber sie besteht darauf, hierherzukommen.«

Sprachlos schüttelte Kilian den Kopf. Was war in Vanessa gefahren? Diese Leute waren gefährlich. Was würden sie tun, wenn sie Geld, Schmuck und Pistole hätten? Ihn umbringen? Und Vanessa gleich mit?

Irgendwann hörte er Schritte auf der Treppe, dann standen die beiden Frauen in der Tür. Als sie den Raum betraten, senkte Kilian den Blick. Aus den Augenwinkeln beobachtete er, wie Jenny den Koffer auf den Tisch legte. Vanessa verharrte an der Tür. Was immer jetzt passierte, er würde seine Traumfrau verlieren. Der große Deal, mit dem er sich auf die sonnige Seite der Welt hatte katapultieren wollen, war geplatzt. Er würde der Loser bleiben, der er war, von Einbrüchen und kleinen Geschäften leben und weder eine Wohnung noch ein Auto besitzen. Bestenfalls. Wenn dieser Typ und seine Jenny ihn laufen ließen. Er spürte, wie ihm Tränen in die Augen traten, und presste die Lippen aufeinander.

»Was ist hier eigentlich los?«, fragte Vanessa und sah Kilian fragend an. Als der hilflos mit den Schultern zuckte, antwortete Pawlowski. »Der junge Mann hat sich ein bisschen übernommen. Als Fahrrad- oder Handtaschendieb mag er erfolgreich sein, aber der Bruch in Weende war für ihn ein paar Nummern zu groß.«

»Du bist eingebrochen?« Vanessa trat auf Kilian zu und rüttelte an seiner Schulter. »Hast du den Schmuck geklaut? Bist du mit einer Pistole auf Leute losgegangen? Das ist ... das wäre ...« Sie brach ab, weil die Vorstellung sie entsetzte.

»Bewaffneter Raubüberfall«, ergänzte Pawlowski. »Juristisch schwerer Raub, Paragraph zweihundertfünfzig Strafgesetzbuch. Dafür gibt's mindestens fünf Jahre.«

»Nein«, begehrte Kilian auf. »Nicht bewaffnet. Die Waffe ... habe ich gefunden. Sie lag bei den Leuten im Tresor.«

»Dann wird's günstiger«, meldete sich Jenny zu Wort. »Aber ein paar Monate Knast werden es schon.«

Pawlowski stand auf. »Das Kolloquium ist beendet. Meine Mitarbeiterin und ich verabschieden uns jetzt.« Er wandte sich an Kilian. »Du hast Glück, mein Junge. Unser Auftraggeber möchte die Polizei raushalten. Also erfahren die Bullen nichts von deiner Eskapade. Kann natürlich sein, dass sie auf andere Weise auf dich aufmerksam werden. Deshalb würde ich an deiner Stelle in der nächsten Zeit alle gesetzwidrigen Aktivitäten meiden.« Er trat an den Tisch, öffnete den Koffer und kontrollierte den Inhalt. Dann schloss er den Deckel und gab Jenny einen Wink. »Komm!«

Nachdem der ältere Mann und die junge Frau das Zimmer verlassen hatten und ihre Schritte auf der Treppe verklungen waren, starrte Kilian auf den Boden zwischen seinen gefesselten Füßen. Vanessa sah sich um. »Hier wohnst du also.« Erst jetzt wurde ihr klar, in welch ärmlicher Umgebung sie sich befand. »Nicht gerade einladend.« Sie befühlte die Kabelbinder um Kilians Handgelenke und Knöchel. »Hast du eine Schere oder eine Zange oder irgendetwas, womit ich diese Dinger aufkriege?«

»Da drüben in der Schublade.«

Vanessa fand ein Messer und schnitt die Fesseln auf.

»Und was machen wir jetzt?«, fragte Kilian, während er sich die befreiten Handgelenke rieb und Arme und Beine bewegte.

»Hier kannst du jedenfalls nicht bleiben«, stellte Vanessa fest. »Wenn die Polizei doch noch Wind von der Sache kriegt … Erst mal kommst du zu mir. Und du erzählst mir die ganze Geschichte. Und dann sehen wir weiter.«

Kilian nickte dankbar. Sein Blick fiel auf das offene Fenster. »Aber vorher hole ich mein Bettzeug wieder hoch. «

14

Als Hauptkommissarin Engel und Oberkommissar Petersson sich vorstellten und ihre Ausweise vorzeigten, wirkte Susanne Rudloff erleichtert. »Freut mich, dass Sie kommen. Haben Sie den Täter schon gefasst?«

Alexa Engel warf ihrem Kollegen einen Blick zu. Dann zeigte sie ein unverbindliches Lächeln. »Wir würden gern mit Ihrem Mann sprechen, Frau Rudloff.«

»Selbstverständlich«. Die Hausherrin trat zur Seite. »Bitte, hier entlang!« Während sie die Kriminalbeamten ins Wohnzimmer führte, fuhr sie fort. »Ich muss aber doch fragen, ob mein Schmuck wieder aufgetaucht ist. Einige Stücke vermisse ich sehr. Es sind zum Teil über hundert Jahre alte Erbstücke, die …«

»Wir kommen nicht wegen Ihres Schmucks, Frau Rudloff«, erklärte Alexa Engel. »Wenn Sie bestohlen worden sind, ist dafür ein anderes Kommissariat zuständig.«

»Nicht?« Susanne Rudloff war stehen geblieben und starrte die Besucher mit großen Augen an. »Sie kommen nicht wegen des Einbruchs? Weshalb dann?«

»Das möchten wir mit Ihrem Mann besprechen.« Die Hauptkommissarin sprach mit sanfter Stimme und lächelte nachsichtig. »Und was den Einbruch betrifft, von dem Sie sprechen, wird mein Kollege sich gern nach dem Stand der Ermittlungen erkundigen.« Sie nickte Sven zu.

Der Oberkommissar zog sein Handy aus der Tasche und ging ein paar Schritte zur Seite.

Susanne Rudloff öffnete die Tür zum Wohnzimmer. »Bitte, Frau Kommissarin, nehmen Sie Platz. Ich sage meinem Mann Bescheid. Er wird gleich kommen. Darf ich Ihnen in der Zwischenzeit etwas anbieten?«

Während Alexa Engel dankend ablehnte, hörte sie Svens Stimme, der auf dem Flur geblieben war und telefonierte. Kurz darauf trat er ins Zimmer. »Einbruchdiebstahl. Die Kollegen warten noch auf eine Aufstellung mit den entwendeten Schmuckstücken, die Familie Rudloff ihnen übermitteln wollte.«

»Das ist doch ...« Mit einer Miene, die Verständnislosigkeit und Ärger ausdrückte, sah Susanne Rudloff ihn an. Sven wartete auf die Vervollständigung des Satzes, aber von der Dame des Hauses kam nichts mehr. Sie eilte davon, die Absätze ihrer Schuhe klackerten über die Fliesen, dann klappte eine Tür. Fast im gleichen Augenblick war ihre Stimme zu hören. Was sie sagte, war nicht zu verstehen, aber Tonfall und Stimmführung ließen keinen Zweifel daran, dass sie heftig schimpfte.

Sven grinste. »Die Herrschaften scheinen sich nicht ganz einig zu sein.«

Seine Kollegin nickte. »Sieht so aus, als hätte der Hausherr den Verlust nicht so ernst genommen, wie seine Frau es erwartet hatte.«

Plötzlich wurde die Stimme lauter, brach aber sofort ab. »... erklären« war das letzte Wort, das über den Flur drang.

Kurz darauf rollte Jörg Rudloff ins Zimmer. Sven erhob sich. »Bitte behalten Sie Platz«, bat Rudloff. »Und entschuldigen Sie den kleinen Auftritt. Wir hatten in der Tat erst kürzlich einen Einbruch, bei dem einige Schmuckstücke meiner Frau abhandengekommen sind. Susanne ist seitdem etwas nervös. Ich habe es noch nicht geschafft, eine Liste zusammenzustellen und an die Polizei zu übermitteln.« Er sah Alexa Engel an. »Sie sind nicht wegen dieser Angelegenheit hier?«

»Nein«, bestätigte die Kommissarin. »Mein Kollege und ich haben ein paar Fragen, mit deren Beantwortung Sie uns in einem anderen Fall weiterhelfen könnten.«

»Nur zu!« Rudloff lächelte generös. »Ich habe nichts zu verbergen und helfe gern. – Möchten Sie vielleicht etwas trinken? Hat meine Frau Ihnen nichts angeboten?«

»Doch«, antwortete Sven. »Hat sie. Vielen Dank.«

»Aber mir nicht.« Rudloff wandte den Kopf zur offenen Tür. »Susanne!«

Draußen rührte sich nichts. Der Hausherr hob entschuldigend die Hände. »Wie gesagt, sie ist ein wenig aus der Fassung seit diesem … Vorfall.«

»Geht es um beträchtliche Werte?«, fragte Alexa Engel. »Vielleicht kann Ihre Frau eine Zusammenstellung machen, und wir nehmen sie nachher für die Kollegen mit.«

Rudloff winkte ab. »Niemand weiß genau, was die Klunker wert sind. Ich muss mich erst beraten lassen. Dann bekommen Ihre Leute die Liste. Die Versicherung natürlich auch, wenn das Zeug nicht wieder auftaucht. Aber ich mache mir wenig Hoffnung. Wie man liest, ist die Aufklärungsquote bei Einbruchdiebstählen ziemlich niedrig.« Er lachte etwas unmotiviert. »Doch dafür sind Sie ja nicht zuständig. Welche Ungesetzlichkeiten fallen in Ihr Ressort?«

»Tötungsdelikte«, antwortete Alexa Engel. »Wir ermitteln in einem Fall, der einige Zeit zurückliegt. Und in dem Zusammenhang interessieren wir uns für die Geschichte Ihrer Firma.«

»Meiner Firma?« Rudloff schüttelte irritiert den Kopf. »Sie wissen doch sicher, dass es das seit geraumer Zeit nicht mehr gibt. Ich musste Insolvenz beantragen. Ist ein paar Jahre her.«

Sven hatte in den Notizen auf seinem Smartphone nachgesehen. »Das war die Neue Göttinger Immobilia. Richtig?«

Rudloff nickte.

»Sie waren ursprünglich Teilhaber in der Firma Ihres Vaters?«, fragte Sven.

Rudloff nickte erneut.

»Sie wissen doch sicher«, warf Alexa Engel ein, »ob Ihr Vater eine Schusswaffe besaß.«

»Wie kommen Sie denn jetzt darauf?«, entgegnete Rudloff. »Mein Vater ist ... kürzlich ... gestorben. An ... Jedenfalls nicht an einer Gewehrkugel.«

»Trotzdem könnte er eine Pistole besessen haben«, wandte Sven ein. »Sie haben doch sicher seinen Nachlass gesichtet.«

»Natürlich.« Rudloff fasste in die Greifräder seines Rollstuhls und bewegte ihn kaum merklich vor und zurück. »Aber darin gab es keine Waffe. Warum auch? Was hätte er damit machen sollen?«

»Die Frage ist berechtigt.« Alexa Engel nickte Rudloff freundlich zu. »Normalerweise ist es nicht nötig, dass ein Privatmann sich eine Pistole zulegt. Doch hin und wieder kommt es zu Tötungsdelikten mit Schusswaffen, für die der Besitzer keinen Waffenschein hat, weil er nie vorhatte, sie zu benutzen. Das sind dann meistens Erbstücke.«

Sven war es, als sei Rudloff bei Alexas letztem Wort zusammengezuckt. Er warf ihr einen Blick zu. Die Hauptkommissarin ließ keine Regung erkennen. Eine Erwiderung schien sie nicht zu erwarten. Mit undurchdringlicher Miene fuhr sie fort. »Ich hätte noch eine andere Frage, Herr Rudloff. Vielleicht können Sie die beantworten.«

»Bitte!« Rudloff stieß das Wort hervor, er wirkte plötzlich weniger selbstsicher.

»Erinnern Sie sich an das Jahr 1986 und an die bedeutenden Ereignisse damals? Die Challenger-Katastrophe, Tschernobyl … und einen Mord.«

Wieder zeigte der Mann im Rollstuhl eine unwillkürliche Reaktion. Sven sah, wie sich seine Finger um die Griffreifen klammerten. Im nächsten Moment vollführte er eine Drehung und rollte zur noch immer offenen Tür. Sven wollte aufspringen, doch seine Chefin schüttelte den Kopf.

Rudloff brüllte den Namen seiner Frau in den Flur, packte die Klinke und schlug die Tür zu. Dann kehrte er zur Sitzgruppe zurück. »Was für einen Mord?«, fragte er mit heiserer Stimme.

»Am schwedischen Premierminister Olof Palme«, antwortete Alexa Engel.

Irritiert sah Rudloff sie an. Der Ausdruck seiner Miene wechselte von Verständnislosigkeit zu Erleichterung. Schließlich stieß er einen schrillen Lacher aus. »Was soll das jetzt? Wollen Sie mich auf den Arm nehmen?«

»Nein.« Die Hauptkommissarin schüttelte den Kopf. »Das liegt uns fern. Ich wollte Ihnen nur ein bestimmtes Jahr in Erinnerung rufen. 1986. Damals gab es auch in Göttingen einen Mordfall. Eine junge Frau wurde getötet. Man hat ihre Leiche auf der Treppe zum Kellergeschoss des Neuen Rathauses gefunden.«

Rudloffs Gesicht wechselte die Farbe. Wieder umklammerten seine Finger den Griffreifen des Rollstuhls, zerrten daran und versetzten das Gefährt in ruckartige Bewegungen. Schließlich räusperte er sich. »Warum erzählen Sie mir das?«

»Weil wir Grund zu der Annahme haben«, antwortete Alexa Engel, »dass Sie das Opfer kannten.«

»Ich?« Rudloff schüttelte den Kopf. »Sechsundachtzig – das ist über dreißig Jahre her. Ich war im besten Alter und kein Kind von Traurigkeit. Habe viele Frauen gekannt. Da kann ich mich nicht an jede erinnern.«

»Das erwartet auch niemand von Ihnen«, meldete sich Sven Petersson zu Wort. »Es geht nur um diese eine Frau. Die – damals – achtundzwanzigjährige Sarah Jane Roberts.«

Stumm starrte Rudloff erst ihn, dann die Hauptkommissarin an. Er presste die Lippen aufeinander, sein rechtes Augenlid zuckte.

»Der Name sagt Ihnen nichts?«, setzte Alexa Engel nach. »Sie muss Ihnen begegnet sein. Uns liegt ein Dokument vor, in dem Sarah Sie erwähnt.«

»Ein Brief«, ergänzte Sven. »Sie hat ihn kurz vor ihrem Tod einer Freundin geschrieben.«

Rudloff öffnete den Mund und schloss ihn wieder. Er hob seine linke Hand und wischte sich über die Augen. »Mir geht es nicht gut«, stieß er schließlich hervor. »Ich möchte das Gespräch jetzt beenden.«

*

»Der hat was zu verbergen«, mutmaßte Sven Petersson auf dem Rückweg zur Dienststelle.

»Das war nicht zu übersehen«, bestätigte Alexa Engel. »Erstaunlich, dass er bestreitet, Sarah Jane Roberts kennengelernt zu haben. Kaum vorstellbar, dass er die Begegnung vergessen hat. Allenfalls verdrängt. Seine Reaktion spricht Bände. Der Mann hat Angst.«

»Aber wovor?«, fragte Sven. »Auch wenn sein Vater die Frau damals umgebracht hätte und wir das beweisen könnten, würde ihm doch nichts passieren.«

»Es sei denn«, gab Alexa Engel zu bedenken, »er hätte selbst etwas mit dem Mord zu tun. Vielleicht geht es ihm auch nur um den Ruf seiner Familie. Nach Frau Lehnhoffs Recherchen haben die Rudloffs möglicherweise von der Arisierung jüdischen Vermögens profitiert.«

»Anna ist davon überzeugt«, bestätigte Sven. »Und wenn

es tatsächlich so wäre, müsste Jörg Rudloff nicht nur deswegen ein schlechtes Gewissen haben; er und sein Vater hätten auch ein Motiv für den Mord.«

»Das sehe ich genauso«, stimmte die Hauptkommissarin zu. »Allerdings ist und bleibt der Nachweis schwierig. Ich hoffe sehr, dass wir die Exhumierung durchkriegen und sich dadurch Erkenntnisse ergeben, die Rudloff weiter verunsichern. An einen schlüssigen Beweis mag ich noch gar nicht glauben. Aber nach den Reaktionen von eben habe ich die Hoffnung, dass wir ihn zu einem Geständnis bringen können.«

Sven nickte. »Die Sache mit dem Einbruch kommt mir übrigens seltsam vor. Die Kollegen wundern sich, dass sie keine Aufstellung über die entwendeten Gegenstände bekommen haben. Sie hatten außerdem den Eindruck, dass Rudloff nicht unbedingt an einer Aufklärung des Überfalls interessiert war.«

»Interessant«, bemerkte Alexa Engel. »Das sollten wir im Auge behalten. Bleib mit den Kollegen in Kontakt!«

*

»Du bist ziemlich gut aus der Sache rausgekommen«, sagte Vanessa, nachdem Kilian seine Geschichte erzählt hatte. Natürlich hatte er ein paar Dinge weggelassen. Dass er Susanne Rudloff das Messer an die Kehle gesetzt, seine Großmutter hintergangen und sich eine falsche Identität zugelegt hatte, waren entbehrliche Details, die kein gutes Licht auf ihn werfen würden. Zum Ausgleich hatte er die Bedrohung durch Jenny und den Glatzkopf ein wenig ausgeschmückt und dramatisiert. Während er den Ablauf der Szene in seinem Zimmer schilderte, kristallisierte sich in seinem Hinterkopf mehr und mehr eine Idee. Schon beim Einsammeln seines Bettzeugs auf dem Hinterhof war ihm der Gedanke durch den Kopf geschossen, den schmählichen und demütigenden Ausgang seines eigentlich genial geplanten Coups nicht einfach hinzunehmen. Nachdem er nun Vanessa die ganze Geschichte erzählt hatte, erschien es ihm unerträglich, am Ende als Verlierer dazustehen.

Der Immobilienheini hatte kein Interesse daran, die Polizei einzuschalten. War das nicht die beste Voraussetzung, um dem Schicksal ein Schnippchen zu schlagen? Schließlich hatte er viel Zeit und Energie investiert, um von der Schattenseite des Lebens auf die Spur der Gewinner zu wechseln. Vanessa hatte Recht. Er war einigermaßen unbeschadet aus der Sackgasse herausgekommen, in die er geraten war. Aber damit konnte er nicht zufrieden sein. Sein Traum war nicht in Erfüllung gegangen. Sollte er ihn aufgeben? Unbewusst schüttelte Kilian den Kopf.

»Woran denkst du?«, fragte Vanessa.

»An meine Zukunft«, antwortete er vage. Tatsächlich dachte er darüber nach, wie er seine Beute zurückholen würde. Es gab einen naheliegenden Ansatzpunkt. Den Plan, der gerade in ihm reifte, mochte er ihr jedoch nicht offenbaren. Er würde ihr nicht gefallen, zumal er gezwungen sein würde, jemanden mit dem Messer zu bedrohen.

»Aber vergiss nicht, was der Typ gesagt hat. Keine ungesetzlichen Handlungen!«

Kilian gab einen unbestimmten Laut von sich, den man als Zustimmung oder Widerspruch deuten konnte. Er würde bei seinem Plan bleiben und damit Erfolg haben. Wenn dennoch etwas schiefgehen sollte, musste er eben die Stadt verlassen und untertauchen.

15

Jesko von Arnsberg wollte gerade abschließen, als ein Mann die Klinke niederdrückte und die Ladentür aufstieß. »Herr Hägele«, entfuhr es ihm. »Was machen Sie denn hier? Ich denke …«

»Maul halten und abschließen!«, zischte der Besucher und zielte mit einem Messer auf von Arnsbergs Kehle. Mit zittrigen Fingern drehte der Antiquitätenhändler den Schlüssel um. »Wenn Sie Geld wollen oder den Schmuck – ich habe weder das eine noch das andere.«

»Ich weiß.« Kilian Kaltenbach nahm ihm den Schlüssel aus der Hand und schob den Mann durch den Laden. »Das wird sich ändern. Los, ins Büro!«

In dem kleinen Hinterzimmer, das als Büroraum diente, deutete Kaltenbach auf den Schreibtischstuhl. »Hinsetzen!« Vorsichtig ließ von Arnsberg sich nieder. »Ich sehe wirklich nicht, wie ich Ihnen noch behilflich sein kann«, murmelte er.

»Sie haben mich reingelegt«, schimpfte Kaltenbach. »Sie sind ein hinterhältiger Lügner, haben das Interesse am Ankauf des Schmucks nur vorgetäuscht. Und jetzt machen Sie mit Ihrem Kumpel halbe-halbe. Zwei alte Säcke, die es nochmal wissen wollen.« Er stieß einen Lacher aus.« Aber nicht mit mir.«

»Sie irren sich«, wandte von Arnsberg ein. »Ich war durchaus bereit, mir die Sache zu überlegen. Wenn Sie sich nicht verraten hätten. Freifrau von Kaltenborn lebt nicht in Göttingen. Ihre Familie ist mir bekannt. Aus dem Gotha. Persönlich habe ich die Freifrau …«

»Papperlapapp«, schnitt Kilian dem Antiquitätenhändler das Wort ab. »Wir haben keine Zeit für Geschichten aus dem Adel. Sie rufen jetzt Ihren Kumpel an!« Er drückte die Messerklinge an den Hals des Mannes. »Sagen Sie ihm, er soll den Koffer herbringen. Mit vollständigem Inhalt. Wenn er in der nächsten Stunde nicht damit auftaucht, steche ich Sie ab.«

»Das wird nicht funktionieren.« Von Arnsberg schüttelte den Kopf. »Erstens glaube ich nicht, dass mein Freund noch im Besitz des Koffers ist. Zweitens wird er die Polizei einschalten. Und die wird vor ihm hier sein.«

»Ich bin sicher, dass er die Ware bisher nicht zurückgegeben hat«, knurrte Kilian. »Und die Bullen ruft er auch nicht. Sein Auftraggeber hat selbst Dreck am Stecken und will mit denen nichts zu tun haben.« Er deutete auf das altmodische Telefon. »Los jetzt!«

Der Antiquitätenhändler zog den Apparat zu sich heran und wählte. Pawlowski meldete sich nach dem dritten Rufzeichen. »Der Brunello di Montalcino ist noch nicht da«, sagte er statt einer Begrüßung. »Du musst dich ein paar Tage gedulden.«

Von Arnsberg ging nicht darauf ein. »Wir haben ein Problem, Julian. Der Herr … *Hägele* ist hier und will seinen Koffer zurück. Mit Inhalt natürlich.«

»Das kann er sich abschminken«, antwortete Pawlowski. »Sag ihm das! Er soll zusehen, dass er aus Göttingen verschwindet. Sonst könnte …«

Kilian riss von Arnsberg den Telefonhörer aus der Hand. »Wenn Sie nicht tun, was ich sage«, brüllte er hinein, »steche ich Ihren Freund ab. Ich gebe Ihnen genau eine Stunde Zeit, mir alles zurückzubringen. Sie können danach mit ihm Wein oder was auch immer saufen oder ihn beerdigen lassen. Suchen Sie sich's aus! Haben Sie mich verstanden?«

Der Privatdetektiv antwortete nicht sofort. »So schnell geht das nicht«, sagte er endlich. »Ich muss die Sachen aus dem Schließfach holen. Das ist erst morgen früh wieder möglich. Die Bank hat bereits geschlossen.«

»Ich glaube Ihnen nicht«, schrie Kilian. »Von wegen Schließfach. Bringen Sie den Koffer her!«

»Ich kann vorbeikommen«, schlug Pawlowski in nachsichtigem Tonfall vor, »und Ihnen den Schließfachschlüssel zeigen. Oder geben. Dann können Sie ihn selbst abholen.«

Kilian Kaltenbach überlegte. Das Angebot war eine Falle. Wenn er zur Bank ging, konnte einer der Männer die Bullen rufen. Vanessa müsste den Weg übernehmen, während er den Antiquitätenhändler im Auge behielt. Würde sie das tun? Er hörte sie reden. »Aber denk an das, was der Typ gesagt hat. Keine ungesetzlichen Handlungen!« Nein, sie wäre wohl nicht bereit, ihm noch einmal aus der Patsche zu helfen.

»Also gut«, sagte er schließlich. »Sie holen den Koffer und bringen ihn mir hierher. Morgen früh. Unbewaffnet. Keine Tricks und keine Polizei. Sonst stirbt Ihr Freund.« Er legte den Telefonhörer auf. »Vermisst Sie jemand, wenn Sie heute Abend nicht nach Hause kommen?«

Der Antiquitätenhändler schüttelte den Kopf. »Ich lebe allein.«

»Okay.« Kilian sah sich um. »Nicht gerade gemütlich, aber wir werden hier die Nacht verbringen.«

Jesko von Arnsberg schnaufte unwillig. »Sie glauben, dass Sie damit durchkommen? Was ist, wenn die Polizei den Laden stürmt?«

»Dann sind Sie tot«, antwortete Kilian und ließ das Messer vor dem Gesicht des Antiquitätenhändlers tanzen. »Trauen Sie Ihrem Freund zu, dass er Sie über die Klinge springen lässt?«

*

Nach dem Telefongespräch tigerte Julian Pawlowski im Flur seines Hauses auf und ab. Die Vorstellung, dieser Schwachkopf Kaltenbach alias Hägele könnte am Ende als Gewinner aus der Sache herausgehen, beunruhigte ihn mehr, als sein berufliches Selbstverständnis zulassen wollte. Dass Jesko doch noch in Gefahr geraten war, nagte zusätzlich an seinem Selbstwertgefühl. Es war ein Fehler gewesen, den Einbrecher nicht der Polizei auszuliefern. Jetzt war es womöglich zu spät. Zwar hatte er mit seiner spontanen Lüge gut zwölf Stunden Zeit gewonnen, aber wie er sie sinnvoll nutzen sollte, war ihm nicht klar.

Ein Szenario lief vor seinem inneren Auge ab. Wenn er die Kripo informierte, konnten die Göttinger Beamten ein SEK aus Hannover anfordern. Die würden das Antiquitätengeschäft im Morgengrauen stürmen. Doch mit welchem Ergebnis? Im besten Fall käme Jesko frei und der Täter in Gewahrsam. Im schlimmsten Fall wären beide tot. Und es bestand die Gefahr, dass die Walther PPK in die Hände der Polizei geriete. Sein Auftrag wäre nicht erfüllt. Julian Pawlowski, der erfahrene Privatdetektiv, wäre gescheitert. Ausgerechnet bei einem Job, den Seibold vermittelt hatte. Der Ruf seiner Detektei würde leiden.

Nein, es musste eine andere Lösung, irgendeinen Ansatzpunkt geben. Bei seinem Gegner. Wo war er verletzlich? Was wusste er von Kaltenbach? Er musste sich eingestehen, dass er hier geschlampt hatte, zu wenige Erkundigungen über Kaltenbachs Umfeld eingezogen. Deshalb hatte seine Freundin sie derart überrumpeln können. Vanessa Jordan? Ob sie Einfluss auf ihn hatte? Pawlowski blieb stehen. Er beschloss, mit der jungen Frau Kontakt aufzunehmen. Vielleicht konnte er sie davon überzeugen, an der Lösung seines Problems mitzuarbeiten. Er nahm das Telefon und wählte Jenny Kampes Nummer. »Ich brauche deine Hilfe«, sagte er, als sie sich meldete. »Es geht noch mal um Kaltenbach. Er hat meinen Freund Jesko als Geisel genommen und will sein geklautes Zeug zurück. Du musst mit seiner Freundin reden.«

Anschließend rief er seinen Auftraggeber an. Rudloff ging trotz der späten Stunde an den Apparat. »Haben Sie die Pistole?«, fragte er statt einer Begrüßung.

»Ja«, antwortete Pawlowski. »Allerdings gibt es ein Problem.« So knapp wie möglich stellte er die neue Situation dar. »Eine Lösung ohne Polizei«, schloss er, »kann es aber immer noch geben. Wenn Sie auf das Bargeld verzichten, das der

Einbrecher mitgenommen hat. Ich würde es ihm im Austausch gegen die Geisel anbieten.«

Rudloff zögerte nur kurz. Dann stimmte er dem Vorschlag zu.

1986

Sarah wollte schreien, aber in dem Augenblick umklammerte von hinten ein Arm ihren Oberkörper, und eine kräftige Hand legte sich auf ihren Mund. »Sie möchten doch das Grab Ihres Großvaters sehen«, sagte Hans Rudloff. »Dazu bekommen Sie jetzt Gelegenheit.«

Mit aller Kraft stieß und schlug Sarah um sich, trat ihren Peiniger und versuchte die behaarte Hand von ihren Lippen zu lösen. »Verdammtes Miststück«, knurrte Rudloff. »Nimm die Pistole«, rief er seinem Sohn zu. »In meiner rechten Jackentasche.«

Jörg zog die Waffe heraus und richtete sie auf Sarah. »Es ist besser, wenn du dich nicht wehrst. Sonst werden wir dich fesseln und knebeln.« Er zog ein Seil aus der Tasche und wedelte damit herum. Sarah wollte nicht nachgeben, trat wütend um sich und versuchte, sich aus der Umklammerung zu lösen. Doch die wurde fester, der Druck auf ihren Mund stärker. »Bind ihre Hände zusammen!«, brüllte Rudloff. »Und die Füße. Wir müssen sie wegschaffen.«

Einen Moment zögerte Jörg, blickte unentschlossen erst auf das Seil in seiner Hand und dann auf die Waffe in der anderen. Schließlich steckte er die Pistole ein und fesselte Sarah. Er zog eine Rolle Klebeband aus der Tasche. Im nächsten Augenblick lockerte sich der Druck auf Sarahs Mund, aber bevor sie ihn zu einem Schrei öffnen konnte, hatte Hans Rudloff bereits ein

Stück Stoff hineingestopft und sein Sohn einen Klebestreifen auf ihre Lippen gedrückt.

Einer der Männer packte sie unter den Armen, der andere nahm ihre Füße. So schleppten sie Sarah die Stufen hinab, durch die Tür zu dem direkt dahinter abgestellten Wagen. Wenig später verstauten sie das menschliche Paket im Kofferraum.

Sarah spürte, wie der Motor angelassen wurde und der Wagen sich in Bewegung setzte. Ihrem Gefühl nach waren zwanzig oder dreißig Minuten vergangen, als das Fahrzeug hielt und das Motorengeräusch erstarb.

Lange Zeit blieb es um sie herum ruhig. Die unbequeme Lage machte ihr zu schaffen. Wegen des Knebels konnte sie nur flach atmen, aber zumindest gelang es ihr, die drohende Gefühllosigkeit in Armen und Beinen abzuwenden, indem sie die Muskeln anspannte und entspannte und die Gelenke massierte.

Stunden mussten vergangen sein, denn als die Kofferraumhaube geöffnet wurde, war es dunkel. Die Männer hoben sie heraus und trugen sie zu einer abwärts führenden Treppe. Nachdem sie die Tür geschlossen hatten, entfernte einer von ihnen die Fesseln von den Fußgelenken und das Klebeband von ihrem Mund. Dann stieß der andere sie die Stufen hinab. Unten angekommen umklammerte er ihren Oberarm und dirigierte sie einen dunklen Gang entlang. »Wir sind gleich da«, sagte die Stimme Hans Rudloffs. Jörg ging mit einer Taschenlampe hinter ihnen und erzeugte damit bizarre Schattenspiele an den Wänden aus grob gehauenen Steinen.

Plötzlich blieb Rudloff stehen, stieß mit dem Fuß eine Holztür auf und schob Sarah in einen winzigen Raum. Im nächsten Augenblick erfasste der Lichtkegel der Taschenlampe ein menschliches Skelett. »Oh, mein …«, entfuhr es Jörg Rudloff, der aber sofort wieder verstummte. Sarah spürte, wie das Blut in ihren Adern stockte. Sie schloss die Augen, ein Schwindel befiel sie, und mit einem Laut des Entsetzens sank sie auf die Knie.

»Sie haben es gewollt«, knurrte Hans Rudloff. »Das ist … war … Ihr Großvater.«

Sarah zwang sich, die Augen zu öffnen und die Überreste ihres Vorfahren anzusehen. An einigen der Knochen hingen Stofffetzen, ein Ledergürtel war nahezu unversehrt, filigrane Reste einer rostigen Schnalle hielten die Enden noch immer zusammen. Ihr Blick wanderte zum bleichen Schädel, dessen Augenhöhlen auf sie gerichtet zu sein schienen, und blieb an einer dunklen Stelle auf der Oberfläche hängen. Sarah beugte sich vor. Da war kein Schmutz, kein Tier, keine Verfärbung. Aber ein Loch. Unwillkürlich streckte sie die Hand aus, zuckte aber wieder zurück.

»Wie gesagt«, hörte sie Hans Rudloff hinter sich. »Ein Sturz.«

Unwillig schüttelte Sarah den Kopf. »Sie haben ihn erschlagen.«

»Glauben Sie, was Sie wollen«, erwiderte Rudloff. »Es spielt keine Rolle. Wir kommen jetzt zum geschäftlichen Teil dieses kleinen Ausflugs.« Er zog ein Blatt Papier aus der Innentasche seines Jacketts und faltete es auseinander. »Sie können sich entscheiden, ob sie Ihrem Großvater dauerhaft Gesellschaft leisten möchten oder ob Sie diese Erklärung unterzeichnen. Darin verpflichten Sie sich, über die ehemaligen Besitztümer Ihrer Familie in Göttingen und über das Schicksal Ihres Großvaters Stillschweigen zu wahren. Sobald Sie unterschrieben haben, verlassen wir diesen unwirtlichen Ort. Sie kehren so schnell wie möglich nach England zurück, und alles bleibt, wie es ist.«

Sarah richtete sich auf und fixierte Rudloffs Sohn. »Ist das auch Ihre Ansicht?«

Jörg hob die Schultern. »Es gibt keine andere Lösung. Wenn die … Sache … öffentlich bekannt wird, ist unsere Firma am Ende. Das können wir nicht zulassen. Wir haben Verantwortung für unsere Mitarbeiter und ihre Familien.«

»Verantwortung«, wiederholte Sarah fassungslos. »Sie sprechen von Verantwortung?« In ihr ging eine seltsame Verwandlung vor. Die alles beherrschende dumpfe Angst wich plötzlich einer klaren Entschlossenheit. Sie wusste, dass sie ihr Ziel niemals aufgeben konnte. Und dafür musste sie überleben. Die Wahrheit über das Haus in der Jüdenstraße und die Menschen, die darin gelebt hatten, würde ans Licht kommen.

Sie streckte eine Hand aus. »Ich unterschreibe.«

Jörg wandte ihr den Rücken zu und beugte sich vor, so dass sie das Blatt, das sein Vater ihr reichte, darauf ablegen konnte. Sarah verlangte nach einem Stift, und als Hans Rudloff in seine Jackentasche griff, rammte sie ihr Knie gegen Jörgs Hinterteil und stieß ihn nach vorn. Mit einem wütenden Aufschrei landete er auf dem Boden. Im nächsten Augenblick stürmte sie aus der engen Höhle und rannte den Gang entlang. Fluchend folgte Rudloff ihr, bekam ihre Jacke zu fassen, zerrte sie zurück. Doch Sarah schlüpfte aus dem Kleidungsstück, rannte weiter, einfach geradeaus, ohne zu wissen, wohin, aber die Arme vorgestreckt, um in der Dunkelheit nicht vor eine Mauer zu laufen. Sie wagte nicht, innezuhalten, um sich zu orientieren, denn hinter sich hörte sie Rudloffs Schritte, kurz darauf auch die seines Sohnes, die sich mit denen des Vaters zu einem hektischen Getrappel mischten. Der Abstand zu ihnen vergrößerte sich.

Aber würde sie den Ausgang finden? Sie hoffte, ein Lichtschein würde ihr den Weg weisen. Doch so sehr sie ihre Augen anstrengte, es blieb dunkel.

2017

Der jüdische Friedhof war über 300 Jahre alt, er grenzte an den alten Göttinger Stadtfriedhof neben der Kasseler Landstraße. Anna hatte vor einiger Zeit eine Führung miterlebt. Während sie den Weg vom Parkplatz zur ehemaligen Gerichtslinde zurücklegte, rief sie sich weitere Einzelheiten ins Gedächtnis. Es gab hier etwa 500 Grabstellen, die nach jüdischer Tradition nicht eingeebnet wurden. Ältere Gräber, hatte Anna gelesen, waren noch in Richtung Jerusalem ausgerichtet, die jüngeren parallel zur Kasseler Landstraße. An den Reihen vorüberwandernd, studierte sie die Namen auf den bemoosten Steinen, fand das Grab des früheren Göttinger Oberbürgermeisters Artur Levi, das eines jungen Engländers, der hier während des Ersten Weltkriegs begraben worden war, und stand schließlich vor den Gräbern der Familie Goldstein. Eine schlichte Inschrift auf einem der Grabsteine kennzeichnete die letzte Ruhestätte von Sarah Jane Roberts.

Anna machte ein Foto und sah auf die Uhr. Die Gruppe aus Totengräbern und Kriminalbeamten, Staatsanwalt und Rechtsmediziner würde in einigen Minuten auftauchen. Sven hatte ihr den Termin unter der Bedingung genannt, dass sie während der Ausgrabung nicht in Erscheinung trat. Um ihn nicht in Verlegenheit zu bringen, hielt sich Anna an die Abmachung. Aber ihr wäre auch nicht wohl dabei gewesen, zuzuschauen, wie das Grab geöffnet wurde. Sie hoffte, später Einzelheiten zu erfahren. Sollte die Exhumierung zu einem Erfolg führen, würden Polizei und Staatsanwalt kein Geheimnis daraus machen. Nicht zuletzt war es ihr noch immer unangenehm, Professor Cordalis zu begegnen, den sie vor vielen Jahren durch eine illegale Aktion in Schwierigkeiten gebracht hatte. Sie hatte sich in sein Institut geschlichen und Untersuchungsergebnisse kopiert, um nachzuweisen, dass der Fund einer mumifizierten Leiche aus der Nachkriegszeit mit einem Verbrechen zusammenhing.

Anna verscheuchte die Erinnerung und sah sich um. Vom Haupteingang her näherte sich eine kleine Gruppe Menschen. Sie erkannte Sven und Alexa Engel, Oberstaatsanwalt Wegemann und den Rechtsmediziner, alle Männer trugen trotz des warmen Frühsommertages Kopfbedeckungen. Rasch verließ sie die Grabstelle und kehrte auf Umwegen zu ihrem Auto zurück. Allerdings brachte sie es nicht fertig, wegzufahren. Am Torhaus wartete sie auf das Ende der Aktion. Vielleicht konnte sie dem Staatsanwalt oder Hauptkommissarin Engel doch schon eine Information entlocken.

*

Nachdem die Arbeiter die Grabstelle freigelegt hatten, war Professor Cordalis in die Grube gestiegen. Mit einer kleinen Schaufel und einem Pinsel entfernte er Reste der Erde von den Knochen, die zwischen weitgehend vermoderten Holzteilen sichtbar geworden waren. Sorgfältig hob er anschließend die Gebeine aus dem Erdloch und legte sie auf einer vorbereiteten Kunststoffplane ab. Gebannt schauten Sven Petersson und Alexa Engel ihm bei der Arbeit zu. Staatsanwalt Wegemann begann nach einiger Zeit unruhig zu werden. Nervös trat er von einem Fuß auf den anderen. »Können Sie schon etwas sagen?«, fragte er schließlich den Rechtsmediziner.

»Ist man in kleinen Dingen nicht geduldig, bringt man die großen Vorhaben zum Scheitern«, brummte Cordalis, ohne in seiner Arbeit innezuhalten. »Konfuzius.«

Sven grinste, Alexa Engel lächelte, Wegemann presste die Lippen aufeinander. Stumm beobachteten sie den Arzt, der in aufreizender Langsamkeit einen Knochen nach dem anderen in die Hände nahm und ihn gründlich betrachtete, bevor er ihn sanft auf die Plane legte.

Plötzlich hielt er inne, zog ein chromglänzendes Werkzeug aus der Tasche und hantierte damit an einem Knochen. Im nächsten Augenblick zeigte er das Fundstück hoch. Zwischen den Spitzen der überdimensionalen Pinzette klemmte ein centgroßer dunkler Gegenstand. »Das ist interessant«, rief er. »Schauen Sie sich das an!«

»Was ist das?«, fragte der Staatsanwalt. »Ich kann nichts erkennen.«

»Ein Projektil. Es steckte in der Wirbelsäule.«

»Unmöglich«, entfuhr es Wegemann. »Aus der Akte geht hervor, dass die Kugel am Rücken des Opfers ausgetreten ist. Sie hat an der Wand einen Abdruck hinterlassen. Man hat sie nicht gefunden und ist davon ausgegangen, dass der Täter sie und die Hülse mitgenommen hat. Jedenfalls haben die Ärzte, die versucht haben, das Leben der jungen Frau zu retten, nur einen Durchschuss erwähnt.«

Cordalis nickte. »Chirurgen sind keine Rechtsmediziner. Man hätte eine Obduktion durchführen müssen. Der scheinbar eindeutige Befund war nicht ganz falsch, aber unvollständig. Es hat offenbar zwei Schüsse gegeben. Sicherlich aufgesetzt und unmittelbar nacheinander. Deshalb haben die Kollegen nur eine Einschussöffnung gesehen. Eine Kugel ist am Rücken ausgetreten, die andere in der Wirbelsäule stecken geblieben.« Er drehte sein Instrument hin und her und wandte sich an die Kriminalhauptkommissarin. »Diese ist jedenfalls recht gut erhalten. Wenn Sie dazu die passende Waffe hätten …«

Alexa Engel gab ihrem Kollegen einen Wink. Sven zog eine Plastiktüte aus der Tasche, hockte sich an den Rand der Grube und hielt sie dem Rechtsmediziner hin. Der ließ das Projektil hineinfallen und wandte sich wieder den Knochen zu. »Ich schaue mir jetzt den Schädel an. Mehr kann ich im Augenblick nicht tun.« Er deutete auf die Plastikplane mit den sterblichen Überresten von Sarah Jane Roberts. »Wenn ich die untersucht habe, erfahren Sie möglicherweise noch das ein oder andere Detail. Aber das ist erstens nicht sicher und wird zweitens ein paar Tage dauern.«

»Sie haben uns bereits sehr geholfen, Herr Professor«, sagte Alexa Engel. »Herzlichen Dank dafür.« Sie wandte sich an Sven. »Bring das Projektil so schnell wie möglich in die Kriminaltechnik! Vielleicht haben wir die dazugehörige Waffe im System.«

Ihr Kollege steckte die Tüte ein und verabschiedete sich von Wegemann und Cordalis. Seiner Chefin rief er zu. »Wir sehen uns dann im Kommissariat.« Rasch verließ er die Grabstelle.

Anna sah Sven kommen. Allein und offensichtlich in Eile. Was konnte das bedeuten? Hatte der Rechtsmediziner einen Hinweis auf den Täter gefunden? War Sven bereits auf dem Weg zu einem Verdächtigen? Nein, sonst würde Alexa Engel ihn begleiten. Doch irgendetwas musste passiert sein. Es hatte jedoch keinen Sinn, Sven danach zu fragen. Sie wusste, er würde ihr nicht antworten. Nicht antworten dürfen.

Rasch trat sie hinter einen Mauervorsprung der Torhaus-Galerie. Sie schämte sich ein wenig, aber um herauszufinden, was Sven zur Eile trieb, würde sie ihm unauffällig folgen.

Nachdem er in seinem Dienstwagen den Parkplatz in Richtung Stadtmitte verlassen hatte, startete Anna ihren Twingo und fuhr ihm in sicherem Abstand nach. Zu Ihrer Enttäuschung bog er bereits nach einigen Hundert Metern ab – in die Zufahrt zur Polizeidirektion. Warum war er so eilig aufgebrochen, wenn er ohnehin nur zu seiner Dienststelle wollte? Zögernd folgte Anna dem Wagen auf das Gelände, parkte auf der für Besucher vorgesehenen Fläche und schlenderte zum Haupteingang. Während sie noch überlegte, ob sie sich anmelden sollte, entdeckte sie Jessica Kravitz hinter den gläsernen Türen. Sie winkte, Jessica winkte zurück und kam auf sie zu. »Willst du zu Sven?«, fragte sie. »Er muss im Haus unterwegs sein. Ich habe ihn gerade getroffen. War auf dem Weg zur KTU und wirkte ziemlich … geschäftig.«

»Zur Kriminaltechnik?«, vergewisserte sich Anna. »Interessant. Aber wenn er beschäftigt ist, möchte ich ihn nicht aufhalten. Außerdem kannst du meine Frage wahrscheinlich auch beantworten.«

Die Polizeipressesprecherin hielt die Tür auf. »Komm rein!«

Sie winkte den Kollegen der Wache zu. »Ist schon in Ordnung. Frau Lehnhoff will zu mir.«

»Nee, lass mal«, wehrte Anna ab. »Ich muss wieder in die Redaktion. Wollte nur wissen, ob es bei den Ermittlungen im Fall *Big Ben* was Neues gibt.«

Jessica warf einen Blick auf die Uhr. »Vielleicht. Die Kollegen haben heute die sterblichen Überreste des Opfers exhumiert. Sie müssten eigentlich bereits fertig sein. Ich habe aber noch keine Informationen über das Ergebnis. Wahrscheinlich dauert das ein paar Tage. Bis der Rechtsmediziner die Leiche untersucht hat. Beziehungsweise das, was von ihr übrig geblieben ist.«

»Danke für die Auskunft. Wenn du mehr weißt …«

»… melde ich mich bei dir. Keine Sorge!« Jessica grinste. »Ich weiß doch, dass du immer auf … Empfang bist. Grüße an Ingo! Und denk mal über gemeinsames Jogging nach!«

»Mach ich«, antwortete Anna und eilte winkend zu ihrem Auto. Sven wollte sie jetzt nicht mehr begegnen. Er hätte sich über ihre Anwesenheit gewundert und nach Gründen gefragt. Während sie vom Parkplatz der Polizeidirektion rollte und den Weg zur Redaktion einschlug, fragte sie sich, was Professor Cordalis an der Leiche von Sarah Jane Roberts gefunden haben mochte, das dreißig Jahre überdauert hatte und jetzt kriminaltechnisch untersucht werden sollte. Eine Pistolenkugel wohl kaum. Die war seinerzeit vom Tatort verschwunden. Hauptkommissarin Engel konnte sie ebenso wenig danach fragen wie Oberstaatsanwalt Wegemann. Den Rechtsmediziner schon gar nicht. Ob sie Sven noch einmal herumkriegen würde?

16

1986

Ein Luftstrom kam ihr entgegen, wurde stärker, in den Geruch von Moder und Fäulnis mischte sich frische Sommerluft. Obwohl Sarah ihre Lunge spürte, erhöhte sie noch einmal ihre Anstrengungen. Die Schritte hinter ihr waren nicht näher gekommen, aber weit konnten sie nicht sein, sie hörte einen der Männer keuchen. Vor ihr erschienen die Konturen einer Treppe. Sie hatte den Ausgang gefunden. Kurz darauf hastete sie die Stufen hinauf, erreichte die Tür und warf sich dagegen. Sie bewegte sich nicht. Ihr wurde bewusst, dass sie nicht hatte sehen können, ob sie nach innen oder nach außen öffnet. Hektisch suchte sie nach der Klinke.

Die Männer hinter ihr kamen näher, waren fast bei den ersten Stufen angekommen. »Sie ist da oben«, rief der Jüngere. »Hinterher, schnell!«, antwortete der andere. Sarah fand den Griff, zerrte und drückte daran, schließlich sprang die Tür auf. Sie stürzte hinaus, stolperte über eine Schwelle oder einen Gegenstand, unterdrückte einen Schrei, fiel der Länge nach hin. Im nächsten Augenblick war Jörg Rudloff über ihr, packte sie und riss sie hoch. Sarah schlug mit den Fäusten auf ihn ein. Um ihre Bewegungsfreiheit einzuschränken, umklammerte er ihren Oberkörper mitsamt den Armen, presste auf diese Weise ihren Körper so dicht an seinen, dass sie seinen keuchenden Atem in ihrem Gesicht spürte.

Blitzartig durchzuckte Sarah der Gedanke, dass ihr Leben bald zu Ende sein könnte. Sie musste sich befreien! Schon hörte sie Hans Rudloff mit rasselndem Atem die Stufen erklimmen. Da erinnerte sie sich an den Rat einer Lehrerin, die im Sportunterricht mit ihren Schülerinnen Selbstverteidigung geübt hatte. »Wenn es um euer Leben oder eure Gesundheit geht, gibt es keine Fairness.« Mit aller Kraft stieß sie ihr Knie zwischen Jörg Rudloffs Beine. Er schrie auf, gab sie frei, taumelte stöhnend rückwärts, fiel seinem Vater vor die Füße und brachte ihn dadurch ebenfalls zu Fall.

Sarah wandte sich ab und rannte los. Als sie die Straße erreichte, hörte sie, dass auf dem Klinikgelände ein Motor aufheulte. Sie hockte sich hinter ein parkendes Auto und beobachtete, wie Rudloffs Mercedes mit quietschenden Reifen aus der Zufahrt geschossen kam. Ohne Rücksicht auf andere Fahrzeuge drängelte er sich in den fließenden Verkehr. Nach wenigen Hundert Metern stoppte er, die Männer sprangen heraus und sahen sich suchend um. Sarah duckte sich tiefer. Ein Hupkonzert setzte ein und trieb die Rudloffs zurück in den Wagen. Als er seinen Weg fortsetzte, eine Ampelkreuzung passierte und in der Dunkelheit verschwand, richtete sich Sarah erleichtert auf. Erst jetzt bemerkte sie das Zittern, das sie erfasst hatte. Sie fror und verspürte Übelkeit. Die Kälte in den unterirdischen Gängen machte sich bemerkbar. Und die Angst.

Ohne jedes Gefühl für Zeit und Raum irrte Sarah durch die Straßen der Stadt. Bis sie jenen Punkt erreichte, den Jörg Rudloff als Nabel beschrieben hatte. Ein Brunnen, über dem eine Skulptur aus tanzenden Figuren schwebte. Von hier aus fand sie den Weg zum Hotel.

Erst unter der heißen Dusche gelang es ihr, wieder einen klaren Gedanken zu fassen. Sie hatte sich in Todesgefahr gebracht, weil sie sich nicht hatte vorstellen können, dass es Menschen gab, die ihr ernsthaft nach dem Leben trachten würden. Nun stand fest, dass sie dem Rat ihres Vaters und der Herrmanns folgen und Göttingen so schnell wie möglich verlassen würde. Schon morgen wollte sie den Zug nehmen, der sie über Köln und Brüssel nach Calais bringen würde. Nach einem kurzen Abstecher zum Göttinger Rathaus. Vielleicht gelang es ihr noch, beim Baudezernat die Hintergründe für die seltsame Besitzübertragung durch die Stadt in Erfahrung zu bringen.

Plötzlich sah sie Martha Herrmann vor sich. In ihrer Aufregung hatte sie die alte Dame ganz vergessen. Sie würde ihr schreiben und sich entschuldigen müssen. Was mochte sie sich gedacht haben, als Sarah einfach verschwunden war? Bestimmt hatte die blonde Frau nicht dafür gesorgt, dass sie informiert würde. Worüber auch? Dass es keinen Sinn hatte, zu warten, weil Sarah gleich entführt würde? Denn das war Sarah nun klar, die Blonde war eine Komplizin der Rudloffs.

Noch einmal würde sie nicht auf eine offenbar von den Rudloffs gesteuerte Fehlinformation hereinfallen. Und wenn sie im Rathaus nicht so rasch die gewünschte Auskunft bekäme, konnte sie den Behörden immerhin mitteilen, wo die sterblichen Überreste ihres Großvaters lagen. Alles Weitere ließe sich auch von London aus veranlassen.

Trotz dieser Gewissheit fand sie keinen Schlaf, wälzte sich ruhelos bis zum Morgengrauen im Hotelbett hin und her. Als sie schließlich aufstand, war es draußen bereits taghell, aber der Stundenzeiger ihrer Uhr zeigte auf die Sechs. Ihr war klar, dass sie um diese Zeit im Rathaus noch nichts erreichen würde, doch eine innere Unruhe trieb sie zum Handeln. Also zog sie sich an, verzichtete aufs Frühstück und machte sich auf den Weg.

*

Auch Jörg Rudloff schlief schlecht in dieser Nacht. Die Schmerzen, die ihm Sarahs Tritte zwischen die Beine zugefügt hatte, waren zwar ein wenig abgeklungen, aber sie verhinderten längere Phasen Schlaf. In seiner Not hatte er versucht, seine blau angelaufenen Körperteile mit Eisbeuteln zu kühlen, doch sie fühlten sich an, als seien sie auf Birnengröße angeschwollen und drohten bei Berührung zu platzen.

Gegen Morgen, gerade als er in einen wohltuenden Dämmerschlaf gefallen war, wurde er aus einem beginnenden

Traum gerissen, in dem ihn ein gesichtsloser Uniformierter, mit der Aufschrift *Police* auf der Jacke, nach seinem Namen fragte. »My name is Jörg«, murmelte er und starrte in das Gesicht seines Vaters, der an seiner Schulter rüttelte.

»Aufstehen. Die Jüdin ist schon unterwegs. Gerade kam der Anruf vom Hotel.«

»Vom Hotel?« Jörg blinzelte irritiert. »Warum rufen die an? Wie spät ist es denn?«

»Gleich halb sieben«, antwortete Hans Rudloff. »Die haben angerufen, weil ich darum gebeten habe, mich zu informieren, wenn sie das Haus verlässt. Wahrscheinlich geht sie zum Rathaus. Oder zum Grundbuchamt. Was weiß ich.«

»Aber um diese Zeit haben die doch alle noch geschlossen?«

»Vielleicht will sie gleich als Erste da sein. Oder sie will vorher woanders hin. Zu diesen Herrmanns zum Beispiel. Egal, du musst sie suchen! Zieh dich an! Und steck die Pistole ein!« Er legte sie auf Jörgs Nachttisch ab. »Sobald du sie gesehen hast, rufst du an. Ich warte im Büro. Wir treffen uns dann dort, wo du sie findest.«

Stöhnend schwang Jörg die Beine aus dem Bett. Er warf einen Blick auf die Walther PPK und humpelte breitbeinig zur Tür. »Muss duschen«, murmelte er.

»Nein, mein Lieber.« Hans Rudloff hatte die Stimme erhoben. »Du ziehst dich an und gehst sofort los. Wir haben keine Zeit zu verlieren. Alles andere kann warten.«

Als Jörg dennoch Anstalten machte, das Zimmer zu verlassen, brüllte sein Vater los. »Hast du mich nicht verstanden? Du ziehst dich jetzt an und suchst das Mädchen. Sofort!«

»Ich muss pissen!«, bellte Jörg zurück. Seine Hoden schmerzten, sein Kopf dröhnte und ließ Bilder aus der vergangenen Nacht vor seinem inneren Auge rotieren. »Ich geh ja gleich!«, schrie er und knallte die Tür ins Schloss.

Sarah. Ja, er musste sie finden. Sie waren gezwungen, sie aus dem Verkehr zu ziehen. Plötzlich fühlte er sich überfordert.

Falls er sie nicht auftrieb, würde sein Vater ihn verantwortlich machen. Wenn er sie aber fand, begannen die Probleme erst. Jörg ahnte, dass es nur noch eine Möglichkeit gab, Sarah an der Ausführung ihres Vorhabens zu hindern.

2017

Als Vanessa Jordan nach der Arbeit aus dem Apex zu ihrer Wohnung zurückkehrte, war sie kurzzeitig irritiert. Hatte sie wieder einmal vergessen, abzuschließen? Früher hatte sie sich darüber keine Gedanken gemacht, doch seit in Göttingen so viel über Einbrüche geredet und geschrieben wurde, hatte sie sich vorgenommen, den Schlüssel stets zu drehen, bevor sie ihn abzog. Sie zog die Tür zu und schloss von innen ab. Noch im Flur streifte sie ihre nach Kneipe riechende Kleidung ab, um sie in die Waschmaschine zu stecken. Wie immer, wenn sie vom Kellnern kam, würde sie duschen, sich mit einem Glas Wein vor der Glotze niederlassen, durch die Programme zappen, nebenher E-Mails checken und die ein oder andere WhatsApp-Nachricht beantworten. Als sie den Wohnraum betrat und das Licht einschaltete, zuckte sie zusammen und unterdrückte einen Aufschrei. Auf der Couch saß eine Frau. Jenny.

»Guten Abend, Vanessa.« Sie lächelte entwaffnend. »Bitte entschuldige, wenn ich hier einfach so reinschneie. Aber es ist wichtig.«

»Wie sind … bist du hier reingekommen?«

Jenny zuckte mit den Schultern. »Türen zu öffnen, gehört zu meinem Job.«

»Was willst du? Ihr habt doch bekommen, was ihr wolltet.«

Die Besucherin schüttelte bedauernd den Kopf. »Es hat sich eine neue Situation ergeben.«

In Vanessa stieg eine Ahnung auf. »Kilian?«

»Ja.« Jenny nickte. »Er hat eine Geisel genommen. Jesko von Arnsberg, den Antiquitätenhändler und Freund meines Chefs. In dessen Laden. Kilian droht, ihn abzustechen, wenn wir ihm nicht seine Beute zurückgeben.«

»Idiot!« Vanessa schüttelte sich. »Reitet sich immer weiter rein.«

»So ist es«, bestätigte Jenny. »Aber vielleicht können wir gemeinsam das Schlimmste verhindern. Mein Chef möchte erreichen, dass er freiwillig aufgibt. Wenn die Polizei den Laden stürmt, kann es Tote geben. Und falls Kilian überlebt, wandert er in den Knast.«

»Wie verhindern?« Vanessa wurde bewusst, dass sie fast nackt vor der Besucherin stand. »Entschuldige, ich wollte duschen. Warte einen Moment, ich ziehe mir etwas über.«

»Wir brauchen jetzt deine Hilfe«, sagte Jenny, als Vanessa in Jeans und Pullover in den Wohnraum zurückkehrte. »Wenn jemand ihn davon überzeugen kann, seinen Plan aufzugeben, bist du das.«

»Wie stellst du dir das vor? Soll ich in den Laden gehen und ihm sagen, er möchte bitte mit dem Unfug aufhören?«

»Im Prinzip ja«, antwortete Jenny. »Vielleicht nicht so direkt. Aber ich bin sicher, dass du die richtigen Worte finden wirst.«

»Du glaubst, er hört auf mich?«

»Auf wen sonst? Kilian ist mit der Situation überfordert. Im Grunde wünscht er sich nichts sehnlicher, als dort unbeschadet herauszukommen. Doch das gesteht er sich nicht ein. Er glaubt immer noch, er kann mit dem Diebesgut ein ganz großes Rad drehen. Und ich glaube, dass du in seinen Plänen eine wichtige Rolle spielst.«

»Ich?« Vanessa schüttelte den Kopf. »Wie kommst du darauf?«

Jenny breitete die Arme aus. »Ich habe den sicheren Eindruck, dass er schwer in dich verliebt ist. Mit dem Geld und dem erhofften Erlös aus dem Schmuckverkauf macht er Pläne für seine Zukunft. Die dürfte für ihn nicht vorstellbar sein ohne die Frau, die er liebt.«

Stumm, mit Zweifeln im Blick sah Vanessa sie an. Sie ahnte, dass Jenny Recht haben konnte. Kilian hatte zunächst besonders cool erscheinen wollen. Doch hatte er ihr gegenüber auch seine weiche Seite gezeigt. Vom Stolz des Eroberers zum zärtlichen Liebhaber. Gut möglich, dass er sie liebte. Sie ihn ja auch – irgendwie. »Vielleicht hast du Recht«, murmelte sie. »Lass uns gehen!«

Jenny nickte ihr dankbar zu, zog ein Mobiltelefon aus der Tasche und wählte. »Wir kommen«, sagte sie, als sich ihr Gesprächspartner meldete. »In zehn Minuten sind wir da.«

*

Nachdem von Arnsberg eine Flasche Rotwein geleert hatte, war er eingeschlafen. Auf seiner Liege im Hinterzimmer des Antiquitätengeschäfts schnarchte er rasselnd vor sich hin. Kilian hatte sich davon überzeugt, dass es kein Trick war, indem er ein Augenlid des Mannes angehoben hatte, ohne irgendeine Reaktion hervorzurufen. Nach mehr als einer Stunde begann ihm das Geräusch auf die Nerven zu gehen. Er war versucht, den Mann wachzurütteln. Doch scheute er davor zurück, weil der Antiquitätenhändler mit seinem Gequatsche fortfahren würde. Das hatte noch stärker genervt als das Geschnarche.

»Du versaust dir dein Leben«, hatte er behauptet und allerlei Sprüche angehängt. Über den Sinn von Arbeit, das Glück einer liebevollen Beziehung und die Bedeutung der von eigener Hand geschaffenen Werte. Schließlich hatte er sogar die sattsam bekannte Weisheit vom Geld bemüht, das nicht glücklich macht.

Kilian hatte gelacht. »Das ist eine Verdummungsparole, Alter. Mit der will man den Menschen, die nichts haben, einreden, dass sie sich mit dem, was sie nicht haben, zufriedengeben und den Reichen nichts wegnehmen sollen. Das war schon immer so. Brot und Spiele für das Volk, heute Hartz vier, damit es nicht aufmüpfig wird oder auf die Idee kommt, sich selbst zu bedienen.«

Von Arnsberg schüttelte den Kopf. »Das ist eine ziemlich schlichte Weltsicht, mein Junge. Der Mensch ist komplizierter. Alle sind anders, und jeder hat die Chance, etwas aus seinem Leben zu machen. Sieh mich an! Ich habe mit ein paar alten Bauernschränken angefangen, die ich eigenhändig aufgearbeitet habe. In einer unbeheizten Garage. Heute gehören mir dieses Haus und noch zwei weitere in der Nachbarschaft.«

»Und wovon haben Sie gelebt? Wer hat Ihre Miete bezahlt? Ihre Krankenversicherung? Haben *ein paar alte Schränke* so viel eingebracht?«

»Ich war Student«, gab von Arnsberg zu. »Meine Eltern haben mich unterstützt. Aber nur die ersten Jahre.«

»Sehen Sie!«, ereiferte sich Kilian, »ohne das Moos von Papa hätten Sie jobben müssen. In der Kneipe, in der Fabrik oder sonst wo, jedenfalls nicht im Antiquitätenhandel.«

»Was ist mit Ihnen?«, fragte von Arnsberg. »Wie sind Sie auf die schiefe Bahn geraten?«

»Schiefe Bahn?« Kilian lachte. »Das würde *ich* als schlichte Weltsicht bezeichnen. Von wegen *jeder hat dieselbe Chance*. In Wahrheit werden wir zu dem gemacht, was wir sind. In meinem Fall hat mein Alter mich nicht akzeptiert. Also musste ich mein Leben neu ausrichten. Ich habe mich auf die Suche nach Freunden, nach einer Ersatzfamilie begeben. Dass ich sie nicht gefunden habe, hängt mit der Kohle zusammen, genauer gesagt, mit der fehlenden Kohle. Deswegen ist der Spruch vom Glücklichsein ohne Geld einfach nur Kacke. In dieser Welt brauchst du eine pekuniäre Grundausstattung, um glücklich werden zu können. So ist das.«

»Vielleicht hast du Recht«, räumte der Antiquitätenhändler ein. »Aber niemand darf sich auf Kosten anderer bereichern.

Schon gar nicht mit Gewalt. Und sollte Pawlowski dir deine Beute zurückbringen, wirst du mit dem geklauten Geld bestimmt nicht glücklich.«

»Doch«, widersprach Kilian. »Was Ihnen Ihre Eltern gegeben haben, nehme ich mir von einem reichen Arschloch. Mein Startkapital. Damit erfülle ich mir meinen Lebenstraum. Wenn dann auch noch die Frau meines Lebens mitmacht, bin ich glücklich.«

»Wie gesagt«, knurrte von Arnsberg, »auf Kosten anderer.«

»Scheiße, Alter, du kapierst es nicht.« Kilian stöhnte. »Ich beklaue Leute. Gut, das ist nicht besonders anständig. Aber dabei kommt keiner wirklich zu Schaden. Die Versicherungen ersetzen Computer, Fahrräder oder Smartphones. Manch einer freut sich vielleicht sogar darüber, dass er auf diese Weise ein neues kriegt. Und der Arsch, von dem ich den Schmuck habe, ist ein gewaltiger Gauner. Zufällig weiß ich, dass er ein ziemlich großes Ding gedreht hat. Insolvenzbetrug. Geht das nicht auf Kosten anderer? Oder nimm meinen Alten! Der bescheißt die Allgemeinheit, indem er nur die Hälfte seines Einkommens versteuert. Und er ist nicht der Einzige. Wie viele Leute haben sich selbst angezeigt, weil sie befürchten müssen, dass ihre illegalen Depots in der Schweiz bekannt werden? Über hunderttausend. Und das ist nur die Spitze des Eisbergs. Woher nehmen die Quandts und Schleckers, Albrechts und Schaefflers ihre Kohle? Für die Vermehrung ihres Vermögens machen sie keinen Finger krumm, das erledigen Arbeiter und Angestellte, Kassiererinnen und Regalpacker. Die müssen ackern und haben gerade mal genug zum Leben und vielleicht hin und wieder kleine Extras. Und wenn mal einer von den Großen pleitegeht, weil er sich übernommen hat, hat er vorher garantiert sein Vermögen in Sicherheit gebracht, und die kleinen Leute bezahlen mit dem Verlust ihres Arbeitsplatzes.«

»Das kannst du nicht vergleichen«, wandte von Arnsberg ein und leerte den Rest aus der Rotweinflasche in sein Glas.

»Aber ich will mit dir darüber jetzt nicht streiten. Ich sage dir nur, dass du mit deiner Sicht falsch liegst und mit deinem Vorhaben scheitern wirst. Wenn du mich umbringst, kriegst du dein Zeug nicht. Falls Pawlowski dir den Koffer tatsächlich bringt - was ich, wie gesagt, nicht glaube - wirst du daran nicht lange Freude haben. Er wird ihn dir wieder abnehmen. Oder die Polizei informieren. Dann jagen die dich, bis sie dich haben. Und aus ist der Traum.«

Kilian hatte nichts mehr erwidert und mit den Schultern gezuckt. Er wollte jetzt nicht darüber nachdenken, was schiefgehen könnte. Nachdem von Arnsberg eingepennt war, hatte Kilian sein Smartphone aus der Tasche gezogen und begonnen, eine Runde *Enigma* zu spielen. Das Point-und-Click-Abenteuer im Retrostil versetzte ihn in die Rolle eines Geheimagenten, der in den 1940er Jahren auf der Seite der Alliierten unterwegs war, um das Geheimnis um die berühmte Kodierungsmaschine zu lüften.

Das Spiel erforderte seine volle Konzentration, so dass er das Geräusch an der Ladentür nicht gleich hörte. Erst als das Schnarchen des Antiquitätenhändlers abebbte, drang ein energisches Klopfen in sein Bewusstsein. Kilian schreckte auf, ließ das Smartphone sinken und griff nach dem Messer, um zu dem Antiquitätenhändler zu gehen und es ihm für den Fall an die Kehle zu halten, dass jemand in den Laden eindrang. Doch dann entdeckte er das Gesicht hinter der Scheibe des Schaufensters. Vanessa. Unsicher wanderte sein Blick zwischen ihr und dem Hinterzimmer hin und her. Schließlich näherte er sich der Tür. Dumpf vernahm er Vanessas Stimme. »Lass uns reden, Kilian! Ich muss mit dir sprechen.«

»Bist du allein?«, fragte er.

»Ja«, bestätigte sie. »Bitte mach die Tür auf! Nur ganz kurz.«

Kilian hob das Messer in Brusthöhe und drehte vorsichtig den Schlüssel im Schloss. Langsam drückte er die Klinke hinunter und zog die Tür einen Spalt weit auf. Die Straßenbeleuchtung erlaubte ihm ausreichend Sicht. Vanessa schien tatsächlich allein zu sein.

Er ließ die Tür aufschwingen. »Komm rein!«

Kilian war derart überrascht über ihr Erscheinen, dass er vergaß, die Tür hinter Vanessa zu verriegeln. »Woher weißt du, dass ich hier bin? Hat dich dieser Schnüffler angerufen? Was willst du überhaupt?«

»Zu viele Fragen auf einmal«, antwortete sie, »findest du nicht? Außerdem wüsste ich gerne, was du um diese Zeit in dem Laden zu suchen hast.« Sie deutete auf das Messer in seiner Hand. »Und was das soll. Waren wir uns nicht einig, dass du nie wieder …« Sie wandte sich um. »Schläft da einer?«

Kilian nickte. »Das ist der Antiquitätenhändler, dem dieser Laden gehört. Mit ihm wollte ich eigentlich das Geschäft machen. Aber das war eine Falle.«

»Und jetzt hast du ihn in deiner Gewalt und willst dadurch an dein Geld kommen?«

»Ging nicht anders.« Kilian zuckte mit den Schultern. »Die haben mir mein Eigentum weggenommen. Ich muss es zurückholen.« Er packte Vanessas Oberarm. »Es passiert nichts«, versicherte er. »Niemand kommt zu Schaden. Die sollen mir nur meinen Koffer bringen, dann bin ich weg. Ich verlasse Göttingen und alles ist gut.«

»Und was ist mit mir?« Vanessa trat dicht an ihn heran und fixierte ihn. »Willst du mich allein zurücklassen?«

Kilian öffnete den Mund, schloss ihn aber wieder und sah sie mit großen Augen an.

»Willst du mich allein lassen?«, wiederholte Vanessa.

Stumm schüttelte Kilian den Kopf. »Ich dachte … Ich habe geglaubt, dass du nicht mehr mit mir … Ich meine, dass du von mir nichts mehr wissen willst. Nach alledem hier.«

»Also war ich für dich nur ein Abenteuer?«

»Nein. Du warst … Du bist … Ich liebe dich, Vanessa!«

»Dann musst du dich jetzt entscheiden.«

»Wie – entscheiden?«

»Ob du mit mir zusammenbleiben oder deine kriminelle Karriere fortsetzen willst.«

»Kriminelle Karriere?« Kilian schüttelte den Kopf. »Ich will doch nicht, ich meine, ich wollte doch nur …«

»Was immer du wolltest«, unterbrach Vanessa ihn. »Tatsache ist, du steckst in der Scheiße. Aber noch kannst du rauskommen. Ohne Risiko und ohne im Knast zu landen.«

»Wie denn?«, fragte Kilian. »Ich brauche mein Startkapital.«

»Pawlowski hat einen Vorschlag für dich. Wenn du einverstanden bist, kommt er hierher.« Sie zog ihr Handy aus der Tasche. »Ich muss ihn nur anrufen.«

1986

Er entdeckte sie auf dem Vorplatz des neuen Rathauses. Zuvor war er den Weg vom Hotel zur Planckstraße entlanggegangen, hatte eine Weile vor dem Haus der Herrmanns gewartet und dann die Fußgängerzone zwischen Goetheallee, Kornmarkt und Hospitalstraße abgesucht.

Sie wanderte vor dem Haupteingang auf und ab. Inzwischen war es halb acht. In einer halben Stunde wurden die Ämter für den Publikumsverkehr geöffnet. Bis dahin musste er seine Aufgabe erledigt haben, später würde es hier von Menschen wimmeln. Von einer Telefonzelle aus rief er seinen Vater an. »Ich habe sie gefunden. Am Rathaus.«

»Verlier sie nicht aus den Augen!«, antwortete er. »Ich komme.«

Nachdem Jörg den Hörer aufgehängt hatte, beobachtete er, wie Sarah einen Mann ansprach, der dem Eingang zustrebte.

Wahrscheinlich ein Bediensteter der Stadt. Er tippte auf seine Armbanduhr, deutete erst auf das Rathaus, dann auf die Zufahrt für PKW. Aus seinen Gesten entnahm Jörg, dass er ihr den Weg durch die Tiefgarage beschrieb. Von dort würde sie offenbar früher Einlass bekommen. Als sie sich in die angegebene Richtung wandte, setzte er sich in Bewegung. Seine schmerzenden Verletzungen hinderten ihn an einer schnellen Gangart. Vor dem Eingang zur Zulassungsstelle sah er sie wieder. Nur wenige Schritte vor sich. Zögernd öffnete sie die Stahltür zum Treppenhaus. Jörg sah sich um, niemand sonst war in der Nähe. Er tastete nach der Pistole und folgte ihr.

Nachdem sie einige Stufen erklommen hatte, hielt sie plötzlich inne und sah sich um. »Jörg!«, stieß sie mit aufgerissenen Augen hervor. »Was soll das noch?«

Bevor er antworten konnte, wiederholte sie ihre Frage mit schriller Stimme und ging ihm entgegen. Zwei Stufen über ihm blieb sie stehen, Angst und Wut blitzten in ihren Augen. Sie beugte ein Knie. Jörg schoss Panik durch alle Glieder. Er zog die Pistole aus der Tasche und richtete sie auf Sarahs Bauch. »Nicht!«, krächzte er. »Sonst …« Doch Sarah trat auf die nächste Stufe hinunter, berührte ihn bereits.

Er zog den Abzugshebel durch. Der Schlag trieb sie zurück, ließ sie taumeln und auf die Treppe stürzen. Ihr Kopf schlug auf den Beton, ihr Oberkörper rutschte ein paar Stufen hinab, und so blieb sie – grotesk verdreht – auf der Treppe liegen und regte sich nicht mehr.

Entsetzt beobachtete Jörg, wie sich ein Blutfleck auf Sarahs Bluse bildete. Er sah auf die Waffe in seiner Hand, als wäre sie ein fremdes Wesen, wollte sie fallen lassen. In seinem Kopf tauchten Bilder aus einem Fernsehkrimi auf. Wie Polizeibeamte eine Pistole auf Fingerabdrücke untersuchten. Rasch steckte er sie ein, wandte sich um, drückte sich an dem leblosen Körper vorbei, stürzte die Stufen hinunter, riss die Tür auf, rannte los, ignorierte die Schmerzen im Schritt.

Weil er nicht wusste, wohin er sich wenden sollte, lief er ziellos über den Hiroshimaplatz. Bis er den Wagen seines Vaters entdeckte, der aus der Keplerstraße kam. Fast wäre er unter die Räder des Mercedes geraten, als er auf ihn zustürzte.

»Ich habe sie erschossen«, stammelte er, als er schließlich auf dem Beifahrersitz saß. Sein Vater sah ihn aufmerksam an. »Wo?«

»Im Rathaus. Auf der Treppe.«

»Hat dich jemand gesehen?«

»Da war weit und breit niemand.«

»Wo ist die Pistole?«

Jörg klopfte auf seine Jackentasche. »Hier.«

Plötzlich streckte sein Vater die Hand aus und schlug ihm auf die Schulter. »Gut gemacht, mein Junge. Bleib einen Moment sitzen! Ich sehe mir das an.«

»Aber …«

»Kein Aber.« Heinz Rudloff lenkte den Wagen in eine Parkbucht und stellte den Motor ab. »Bin gleich wieder da.«

Als er wenige Minuten später zurückkehrte, drückte seine Miene Triumph aus. Er setzte sich auf den Fahrersitz und öffnete vor Jörgs Gesicht die Faust. »Patronenhülse und Kugel. Habe ich eingesammelt, bevor es zu einem Menschenauflauf kommt.« Er ließ beides in Jörgs Schoß fallen und drehte den Zündschlüssel. »Das Problem sind wir los.«

Jörg starrte auf das Projektil. Irgendetwas stimmte nicht. Ihm war, als hätte auf der Treppe jemand neben ihm gestanden und ein zweites Mal abgedrückt.

*

Ein Schreckensschrei aus der Küche ließ Walter Herrmann zusammenzucken. Seine Frau neigte nicht zu Panik, er hatte auch kein Geräusch eines auf dem Fußboden zerspringenden Tellers oder einer Schüssel gehört. Irgendetwas anderes, Schlimmes war geschehen. Trotz seines schmerzenden Beins hievte er sich aus dem Sessel und humpelte zur Tür. »Was ist passiert?«

Martha Herrmann saß am Küchentisch, sie hatte das Göttinger Tageblatt aufgeschlagen. Als ihr Mann in der Tür erschien, nahm sie ihre Lesebrille ab und ließ die Zeitung sinken. »Wir müssen zur Polizei gehen.« Sie tippte auf die Seite. »Man hat eine Leiche gefunden. Im Rathaus. Eine junge Frau aus England. Das kann nur Sarah sein. Deshalb war sie plötzlich verschwunden und hat sich nicht mehr gemeldet. Sarah ist tot. Ist das nicht entsetzlich?«

Ihr Mann schüttelte geistesabwesend den Kopf. »Das darf doch nicht wahr sein«, murmelte er. »Was die der Familie Goldstein angetan haben! Erst Aaron, dann Elias, und jetzt dieses junge Mädchen.« Er deutete auf die Zeitung. »Steht da etwas über den Mörder?«

»Nein, sie haben keine Spur. Meinst du, dass Rudloff dahintersteckt?«

»Ich bin sogar sicher.« Walter Herrmann stieß einen wütenden Fluch aus. »Aber man wird uns nicht glauben. Versuchen müssen wir es trotzdem.« Mit der flachen Hand klopfte er auf seinen Oberschenkel. »Nur mit dem Gehen wird es nichts.«

»Ich kann anrufen«, schlug seine Frau vor. »Vielleicht kommt jemand her.« Ohne seine Antwort abzuwarten, ging sie in den Flur, wo der grüne Telefonapparat auf einer Kommode stand. In der Mitte der Wählscheibe waren die Notrufnummern eingetragen. Martha Herrmann setzte ihre Lesebrille wieder auf und wählte die Nummer der Polizei.

Es dauerte eine Weile, bis der verantwortliche Beamte gefunden worden war. Mit vor Aufregung zitternder Stimme berichtete Martha von Sarahs Besuch. Doch bevor sie von dem Verdacht sprechen konnte, den sie und ihr Mann hegten, unterbrach sie der Polizist. »Wir müssen Ihre Aussage zu Protokoll nehmen, Frau Herrmann. Können Sie zu uns in die Dienststelle kommen? Am Steinsgraben neunzehn.«

Nachdem Martha dargelegt hatte, dass ihr Mann nicht in der Lage war, den Weg zu bewältigen, bat der Beamte um ihre Telefonnummer. »Jemand kommt zu Ihnen«, erklärte er. »Ich weiß nur noch nicht, wann. Wir melden uns vorher telefonisch bei Ihnen.«

Einen Tag später saß ein Polizist bei den Herrmanns am Küchentisch und genoss den Kaffee, den Martha für ihn gebrüht hatte. Nicht ohne zu erklären, dass sie die Bohnen frisch gemahlen und ein wenig Salz in die Filtertüte gegeben hatte. Sie stellte Kekse auf den Tisch und schenkte nach. »Haben Sie wirklich gar keine Spur von dem … Mörder?«

»Leider nicht«, antwortete der Beamte, der sich als Kriminalobermeister Möller vorgestellt hatte. »Auch keine Zeugen. Sie sind die ersten, die sich gemeldet haben.« Dass es sich tatsächlich um Sarah Jane Roberts handelte, hatte ihnen ein Foto gezeigt, das Möller mitgebracht hatte. »Die getötete junge Frau hatte offenbar zu niemandem sonst Kontakt.«

»Doch!«, mischte Walter Herrmann sich ein. »Sie hat mit den Rudloffs gesprochen. Junior und Senior. Von Rudloff-Immobilia in der Jüdenstraße.«

»Woher wissen Sie das?«, fragte der Beamte.

»Das hat sie uns erzählt.«

»Sind Sie sicher? Rudloff?«, vergewisserte sich Möller.

»Ja, ganz bestimmt.« Die beiden alten Leute nickten heftig. Der Polizist schien trotzdem nicht recht überzeugt, schrieb aber auf, was die Herrmanns über Sarah und deren Begegnung mit den Rudloffs berichten konnten.

»Werden Sie sie vernehmen?«, fragte Walter Herrmann, als sie sich verabschiedeten.

»Ich habe das nicht zu entscheiden«, erklärte der Beamte. »Das bestimmt der Chef vom Kriminalermittlungsdienst. Oder der Staatsanwalt. Und solche Entscheidungen können manchmal ein wenig dauern, ja nachdem wie sich die Ermittlungen gestalten. Auf jeden Fall wird Ihre Aussage in den Akten aufgenommen, das kann ich Ihnen zusichern.«

*

Als der Polizist das Haus verließ, parkte auf der gegenüberliegenden Straßenseite ein Mercedes mit getönten Scheiben. »Na also«, knurrte Hans Rudloff. »Ist ja einfacher, als ich dachte. Den brauchst du nicht auszukundschaften. Den kenne ich, der baut gerade in Grone ein Haus. Da lässt sich was machen.«

»Wie meinst du das?«, fragte Jörg.

»Solche Leute übernehmen sich oft. Kleine und mittlere Beamte gehen fast immer an die Grenze ihrer pekuniären Belastbarkeit. Das Beamtenwams ist warm, aber eng. Bei den Finanzierungsplänen ist es so ähnlich. Das Gehalt ist sicher, doch knapp. Steigen die Zinsen oder kommt es zu unvorhergesehenen Mehrausgaben, platzt der Plan aus den Nähten. Und dann ist Holland in Not.«

»Was wirst du tun?«

»Ich drehe ihm die Luft ab.« Rudloff lachte. »Finanziell. Und wenn der Bauherr feststellt, dass sein Traum vom Haus den Bach runtergeht, erscheint ein Engel von Rudloff-Immobilia und rettet ihn. Gegen einen kleinen Gefallen, versteht sich.«

»So einfach ist das?« Jörg war skeptisch.

»Über Erfolg und Misserfolg im Wirtschaftsleben entscheiden Druck und Gegendruck. Manche nennen es Erpressung. Oder Nötigung. Ich nenne es gegenseitigen Nutzen.«

*

»Ja, mein lieber Herr Möller, das ist ausgesprochenes Pech. Es ist nicht Ihre Schuld, es ist nicht meine Schuld.«

Hans Rudloff breitete bedauernd die Arme aus. »Wir können den Unternehmer verklagen, der die falschen Fenstergrößen geliefert hat. Aber Sie wissen ja, vor Gericht und auf hoher See ... Selbst wenn Sie Recht bekommen – was keineswegs sicher ist – geht es auf der Baustelle erst mal nicht weiter.«

»Warum sollte ich nicht Recht bekommen«, empörte sich Möller. »Wir haben eine korrekte Bestellung aufgegeben.«

»Davon gehe ich aus«, bestätigte Rudloff. »Aber können Sie das auch beweisen? Schauen Sie!« Er zog ein Blatt aus dem Stapel Papiere auf seinem Schreibtisch. »Das ist der Lieferschein. Hier sind Fenstertyp und Größe festgehalten. Sie haben den Empfang quittiert und keinen Einspruch erhoben. Sie hätten sofort reklamieren sollen. Noch bevor der Lieferant die Ware abgeladen hat.«

»Das gibt es doch nicht, ich muss mich doch darauf verlassen können, dass die Fenster so geliefert werden, wie wir sie bestellt haben.« Möller war nun derart von seinem Problem vereinnahmt, dass er seine Befangenheit völlig vergaß, die er gegenüber Rudloff empfunden hatte, nachdem er die Aussage des alten Ehepaars Herrmann aufgenommen hatte. Rudloff nickte nachsichtig. »Im Normalfall ist das auch so. Kontrolle wäre trotzdem besser gewesen. Ich habe heute noch mal mit dem Hersteller gesprochen, die Ersatzlieferung wird in sechs Wochen eintreffen.«

Möller wurde blass. »Das ist unmöglich, wir haben unsere Wohnung zum Jahresende gekündigt. Weihnachten wollten wir im neuen Haus verbringen.«

»Das wird knapp.« Rudloff blätterte in den Unterlagen. »Da müssen wir uns wohl etwas einfallen lassen.«

»Sehen Sie eine Möglichkeit?« Hoffnungsvoll sah Möller ihn an.

»Vielleicht.« Der Bauunternehmer setzte eine nachdenkliche Miene auf. »Technisch könnte man das Problem lösen, indem man das Haus an die gelieferten Fenster anpasst. Mit ein paar Umbaumaßnahmen lässt sich das machen. Wenn wir sofort damit anfangen, beschränkt sich die Verzögerung auf wenige Tage. Das wird allerdings teurer, ich weiß nicht …«

»Nein, tut mir leid, unmöglich. Ich habe keinen Spielraum mehr.«

»Das ist bedauerlich.« Rudloff gab seiner Stimme einen mitfühlenden Klang. »Aber auch für dieses Problem kann ich mir eine Lösung vorstellen.« Er machte eine Pause, bevor er leise fortfuhr. »Die setzt allerdings Ihre Mitwirkung voraus.«

Möller stieß einen Seufzer aus. »Wir machen schon so viel selbst. Ich habe meinen gesamten Jahresurlaub verbraucht. Und meine Frau …«

Rudloff hob abwehrend die Hände. »Nicht auf dem Bau, Herr Möller. Was ich Ihnen vorschlage, kostet kaum Zeit und wenig Mühe. Und Sie können es während der Arbeit erledigen.«

»Wie soll das gehen? Meine Dienstzeiten sind …«

»Wie gesagt«, unterbrach Rudloff ihn. »Der Aufwand ist gering. Und Sie befreien sich mit einem Schlag von Ihren Problemen. Wenn Sie erfolgreich kooperieren, übernehme ich alle Mehrkosten, die durch die Umbaumaßnahmen für die Fenster entstehen. Zusätzlich stelle ich Ihnen ein zinsloses Darlehen über – sagen wir 30.000 Mark – zur Verfügung, vielleicht für die Einrichtung? Die Rückzahlungsmodalitäten bestimmen Sie.«

Verwundert starrte Möller den Bauunternehmer an. »Das ist ja, wäre ja … sehr großzügig. Womit könnte ich … Wie kann ich … Was muss ich dafür tun?«

»Ein bestimmtes Schriftstück aus einer bestimmten Akte entfernen«, antwortete Rudloff. »Das ist alles.«

»Aber … Aus welcher Akte? Wie soll ich denn …?«

»Es ist ganz leicht, Herr Möller. Sie selbst haben es verfasst. Ein Vernehmungsprotokoll. Von einem Besuch bei einem gewissen Herrmann.«

Möller schüttelte den Kopf. »Ich kann nicht einfach …«

»Doch«, unterbrach Rudloff ihn erneut. »Sie können. Denken Sie darüber nach, aber entscheiden Sie sich bald!« Er stand auf. »Für heute sind wir fertig.«

Zögernd erhob sich Möller. »Wann wollen Sie …?«

»Morgen.«

Der Polizist nickte stumm und wandte sich zum Gehen.

»Noch etwas!«, rief Rudloff, bevor Möller die Tür hinter sich schloss. »Falls Sie auf die Idee kommen sollten, mein Angebot abzulehnen, hat dieses Gespräch nie stattgefunden. Und denken Sie daran, was beim Hausbau noch alles schieflaufen kann!«

*

»Das darf doch nicht wahr sein«, empörte sich Martha Herrmann sechs Wochen nach dem Besuch der Polizeibeamten. »Hör mal, was heute in der Tageblatt steht. Die Ermittlungen im Fall der englischen Touristin, die im vergangenen Monat tot im neuen Rathaus aufgefunden wurde, werden vorläufig eingestellt. *Es haben sich keine konkreten Hinweise auf eine mögliche Täterschaft ergeben*, sagte ein Sprecher der Staatsanwaltschaft Göttingen.« Sie ließ die Zeitung sinken und nahm ihre Lesebrille ab. »Haben die unsere Aussagen gar nicht berücksichtigt?«

»Ich habe es geahnt«, brummte Walter Herrmann. »Wahrscheinlich hat Rudloff da seine Finger drin, der hat überall Leute, die ihm einen Gefallen schulden. Das war schon bei seinem Vater so.«

17

2017

»Das Projektil ist ein Sieben-fünfundsechzig Browning.« Sven Petersson wedelte mit der Akte aus der KTU. »Könnte aus einer alten Polizeiwaffe stammen, sagen die Kollegen. Wahrscheinlich aus einer Walther PPK. Aber ganz sicher können sie das erst feststellen, wenn wir die Pistole haben. Wir brauchen einen Durchsuchungsbeschluss für die Rudloff-Villa.«

Alexa Engel streckte die Hand aus. »Lass mal sehen!« Sie öffnete den Aktendeckel und überflog den Bericht der Kriminaltechniker. »Das Kaliber ist weit verbreitet. Hatten wir auch mal für unsere Dienstwaffen. Die wurden dann teilweise an Privatleute verkauft, als wir unsere neuen Pistolen bekommen haben. An Sportschützen, Jäger, Geschäftsleute mit Waffenschein. Damit haben wir dazu beigetragen, dass in Deutschland mehr als fünf Millionen Handfeuerwaffen im Umlauf sind. Das sind nur die legalen. Du kannst davon ausgehen, dass drei- bis viermal so viele illegale dazukommen. Die mit Kaliber siebenfünfundsechzig sind am weitesten verbreitet. Wir suchen also die Nadel im Heuhaufen.«

»Deshalb sollten wir bei Rudloff anfangen«, ereiferte sich Sven. »Der hat sich merkwürdig verhalten. Ich wette, er weiß mehr über den Tod dieses Mädchens, als er zugibt.«

»Mich musst du nicht überzeugen«, antwortete die Hauptkommissarin. »Wir müssen Wegemann dazu bringen, dass er einen Durchsuchungsbeschluss erwirkt.« Sie reichte Sven die Mappe zurück. »Geh damit zum Chef und sag ihm, dass wir eventuell seine Hilfe brauchen. Ich versuche schon mal mein Glück beim Staatsanwalt.«

*

Der Leiter des Zentralen Kriminaldienstes warf einen Blick in die Akte und hörte sich Svens Bericht kommentarlos an. »Wäre es nicht sinnvoll«, fragte er schließlich, »die Suche bei Rudloffs Vater zu beginnen?«

»Entschuldigung.« Sven sah verlegen zu Boden. »Ich habe versäumt zu erwähnen, dass Hans Rudloff kürzlich verstorben ist. Was vom Nachlass noch existiert, lagert bei seinem Sohn.«

»Haben Sie das überprüft?«

»Den Nachlass?«, fragte Sven irritiert zurück.

Der Kriminaldirektor schüttelte den Kopf. »Nein, ob der Todesfall eingetreten ist. Dass einer verschwiegen wird, weil jemand weiter die Rente des Verblichenen kassieren will, ist ja nicht so selten. Ich hatte allerdings mal einen Fall, in dem ein Vater von seinen Kindern für tot erklärt wurde, um selbst in die Gunst eines Erbes zu gelangen, das sonst an den Vater gefallen wäre.«

Sven schob die Unterlippe vor. »Nach Aussage des Sohnes ist Hans Rudloff kürzlich verstorben. Das deckt sich mit der Auskunft des Seniorenheims, in dem er bis vor ein paar Wochen gelebt hat. Danach haben ihn die Angehörigen zu sich genommen, damit er seine letzten Tage im Kreis der Familie verbringen kann. Ich werde aber noch beim Standesamt nachfragen.«

»Also gut.« Mit einem aufmunternden Nicken schob der Kriminaldirektor die KTU-Akte über den Tisch. »Sagen Sie Frau Engel, dass ich sie unterstützen werde, sollte der Staatsanwalt zögern. Wenn ich die Sache richtig einschätze, muss es jetzt schnell gehen, damit Rudloff die Waffe nicht beiseiteschafft. Falls sie tatsächlich in seinem Besitz ist.«

Zufrieden verließ Sven Petersson das Büro des ZDK-Leiters. Auf dem Weg zum Fachkommissariat machte sich sein Smartphone bemerkbar. »Hallo, mein lieber Sven«, meldete sich Anna. Mein lieber Sven! Das erinnerte ihn an vergangene Zeiten. Leider war die Verbindung schlecht. Ihre Sätze kamen zerhackt bei ihm an. »Wie ge … es … dir? Kommt … voran? Ich … nicht gedacht, dass … bei der Exhu…ung … herauskommt. Nach so lang ….ie KTU …on im ...iel?«

»Ich verstehe dich kaum. Leg auf! Ich rufe sofort zurück.« Hatte er richtig gehört? Anna erkundigte sich nach dem Projektil! Sven wählte und meldete sich mit der Frage, die ihm auf der Seele brannte. »Woher weißt du von dem Projektil?«

»Von Jessica. Sie hat allerdings nur erwähnt, dass Cordalis etwas gefunden hat, das in die Kriminaltechnik gebracht worden ist. Der Rest ist … sagen wir … Intuition. Was macht ihr jetzt? Wird Rudloff vernommen? Ich bin sicher, er weiß etwas.«

»Anna!« Sven schüttelte unbewusst den Kopf. »Du weißt genau, dass ich dir aus laufenden Ermittlungen nicht …«

»Schon in Ordnung, mein lieber Sven.« Anna lachte leise. »Ich will dich nicht in Verlegenheit bringen. Ich habe mir nur überlegt, falls ihr ein Projektil habt, müsst ihr doch nach der entsprechenden Waffe suchen. Oder?«

Sven stöhnte. »Du kannst es einfach nicht lassen! Ich darf dir zum Fall *Big Ben* nichts weiter sagen. Mit deinen Recherchen hast du uns sehr geholfen. Aber jetzt übernehmen wir den Fall. Wenn wir ein Ergebnis präsentieren können, wirst du es erfahren.«

»Nicht aufregen, Sven!« Anna legte möglichst viel Wärme in ihre Stimme. »Es liegt mir fern, euch in die Quere zu kommen. Ich mache ja nur meinen Job. Trotzdem hoffe ich, dass wir uns bald mal sehen.«

Sven hatte die Tür zu Alexa Engels Büro erreicht. »Das wünsche ich mir auch«, sagte er. »Sei nicht böse, ich habe zu tun. Ich rufe dich wieder an, wenn es etwas Neues gibt, das nicht unter das Dienstgeheimnis fällt. Bis dahin.«

Ein Anflug von schlechtem Gewissen beschlich Anna, nachdem sie aufgelegt hatte. Die gestörte Verbindung zu seinem

Handy hatte ihr geholfen, doch eigentlich hatte sie Sven reingelegt. Ein bisschen war er allerdings selbst schuld. Schließlich hätte er das Projektil nicht erwähnen müssen. »Ist die KTU schon im Spiel?«, hatte sie gefragt.

Das Gespräch mit Rudloff kam ihr in den Sinn. Ihm war das Whiskyglas aus der Hand geglitten, als sie den Namen Sarah Jane Roberts erwähnt hatte. Anschließend hatte er sie hinauskomplimentiert. Dabei hätte sie ihn gern nach den Einzelheiten gefragt, die Sarah ihrer Freundin Emily Taylor in ihrem Brief mitgeteilt hatte. Zum Beispiel zu dem Treffen im Nörgelbuff. Vor allem jedoch zu der Frage, wie die Rudloffs an das Haus in der Jüdenstraße gekommen waren.

Es war wie verhext. Der Fall *Big Ben* lag offen vor ihr. Nur beweisen konnte sie nichts. Sven und Alexa Engel ging es wahrscheinlich ähnlich. Aber im Gegensatz zu ihr hatten sie die Möglichkeit, Jörg Rudloff zu vernehmen. Vielleicht würden sie sogar sein Haus durchsuchen, um die Pistole zu finden, mit der Sarah erschossen worden war. Ob Sven Wort halten und sie informieren würde, wenn die Ermittlungen neue Ergebnisse brachten? Wenn! Rudloff war gewarnt, er konnte die Waffe verschwinden lassen. Und dann? Keine Tatwaffe, kein Täter, kein Urteil. Der Mord an Sarah Jane Roberts bliebe ungesühnt. Alles hing daran, dass die verdammte Pistole auftauchte. Sie musste einen Ansatzpunkt finden! Anna schloss die Augen und versuchte, sich in die Situation von Jörg Rudloff zu versetzen.

*

Kilian starrte Vanessa an. »Was hast du mit dem Typ zu schaffen?«

»Seine Mitarbeiterin hat mich gebeten, mit dir zu reden. Weil Pawlowski dir doch ein Angebot machen will.«

In seinem Kopf arbeitete es. Schmuck und Bargeld musste der Schnüffler seinem Auftraggeber abliefern. Die Pistole natürlich auch. Was also hatte er ihm anzubieten? Freien Abzug? Kilian stieß einen bitteren Lacher aus. »Das kann nur eine Falle sein. Was soll er mir denn vorschlagen, er hat mir ja nichts anzubieten. Jedenfalls nichts, was mir den Start in ein neues Leben ermöglichen würde.«

»Vielleicht doch«, widersprach Vanessa. »Versuch es! Er kann dich nicht reinlegen. Außer er ruft die Bullen. Aber seine Mitarbeiterin hat mir versichert, dass er einen sauberen Deal vorschlagen wird. Ohne Polizei. Du hast ja nichts zu verlieren.« Sie deutete auf die Tür zum Hinterzimmer, aus dem noch immer leises Schnarchen drang. »Außerdem bist du in der stärkeren Position. Du hast den da. Und mich.«

»Dich?« Kilian schüttelte den Kopf. »Du hast mit der Sache nichts zu tun. Ruf den Schnüffler an! Er soll allein kommen. Unbewaffnet. Und wenn er hier ist, gehst du nach Hause. Ich möchte dich nicht in Gefahr bringen. Wer weiß, was der Typ im Schilde führt.«

Vanessa nickte und tippte auf ihr Smartphone. »Hallo Jenny, Herr Pawlowski kann herkommen. Aber allein. Das ist die Bedingung.« Sie lauschte einen Moment und antwortete schließlich. »Ja, hier ist alles in Ordnung. Herr von Arnsberg schläft, mir geht es gut. Okay.« Sie steckte das Telefon ein. »Pawlowski kommt in zehn Minuten. Ich warte so lange.«

Kilian nickte stumm und deutete auf einen Stuhl. »Setz dich!« Er wandte sich zum Hinterzimmer, steckte den Kopf durch die Tür und betrachtete den schlafenden Mann. Der hat gute Nerven, dachte er. Oder zu viel Rotwein in der Birne. Er kehrte zu Vanessa zurück und ließ sich ebenfalls auf einem der Stühle nieder. Wie gern würde er mit ihr über seine Zukunftspläne sprechen. Über das kleine Café, aus dem später ein bekanntes Restaurant werden würde. Welche Rolle er ihr dabei zugedacht hatte, wusste sie noch nicht. Nur war es wohl nicht der richtige Zeitpunkt, ihr die Mitarbeit in seinem künftigen Gastronomiebetrieb schmackhaft zu machen. In den letzten

Tagen hatte er die Bilder immer wieder vor sich gesehen. Beinahe wäre er mit seinem Plan gescheitert. Doch jetzt standen die Dinge gut. Pawlowskis Vorschlag würde er sich anhören, hauptsächlich wegen Vanessa. Sollte der Schnüffler jedoch keine Idee mitbringen, mit der sich sein Vorhaben verwirklichen ließe, war die Sache entschieden. Um das Leben des Antiquitätenhändlers zu retten, würde Pawlowski ihm seinen Koffer bringen müssen. Klar, dass er aus Göttingen verschwinden musste. Aber schon bald würde er Vanessa nachholen und mit ihr seine Zukunft gestalten.

Er schaute sie an und malte sich aus, wie ihr Charme und ihre Schönheit die Gäste bezauberte und für ein ausgebuchtes Restaurant mit langer Reservierungsliste sorgte. Im Augenblick wirkte sie eher angestrengt und übermüdet. Dunkle Ringe bildeten Schatten unter glanzlosen Augen, und das rote Haar war wirr und matt. Aber das würde sich schlagartig ändern, wenn sie erst seine Partnerin wäre. Wahrscheinlich sah er gerade auch nicht besonders fit aus. Kilian überkam das Bedürfnis nach einem Joint. Er durchsuchte seine Taschen und fand eine zerdrückte Tüte. »Hast du Feuer?«

Vanessa schüttelte stumm den Kopf, öffnete den Mund, um etwas zu sagen, schloss ihn aber wieder.

Kilian legte das Messer ab, stand auf, ging ins Hinterzimmer und kramte in der Schreibtischschublade des Antiquitätenhändlers. Mit einer Streichholzschachtel in der Hand kehrte er zurück, setzte sich und zündete seinen Joint an. Er nahm einen tiefen Zug, dann hielt er ihn Vanessa hin. Sie schüttelte erneut den Kopf. »Im Augenblick ist mir nicht danach.«

Plötzlich drang ein Geräusch an sein Ohr. Er griff nach dem Messer, sprang vom Stuhl auf, drehte sich um. Hinter ihm schwang der Antiquitätenhändler einen Gegenstand über dem Kopf. Reflexartig stieß Kilian zu, die Klinge drang widerstandslos in den Körper des Mannes ein. Er zog das Messer zurück, um ein weiteres Mal zuzustechen, in dem Augenblick krachte etwas auf seinen Schädel und brachte ihn aus dem Gleichgewicht. Er hörte Vanessas Schrei, sah eine feuerrote Sonne auf sich zurasen, dann wurde es dunkel.

Julian Pawlowski hatte Jenny den Koffer überlassen und war die letzten Schritte zum Geschäft seines Freundes zu Fuß gegangen. Es war unbeleuchtet, nur das Licht der Straßenbeleuchtung drang durch die großen Schaufensterscheiben hinein. Klar, Kaltenbach wollte keine Aufmerksamkeit erregen. Als er sich der Tür näherte, flammte innen die Beleuchtung auf. Durch die Scheiben sah er die Silhouette einer jungen Frau mit rötlich schimmerndem Haar. Das konnte nur Vanessa Jordan sein. Sie hatte eine Hand am Lichtschalter und beugte sich hinab. Da stimmte etwas nicht. Eilig legte er die letzten Schritte zurück, nahm die drei Stufen, die zum Laden führten, mit einem Satz, zog seine Pistole und drückte die Klinke nieder. Die Tür war nicht verschlossen.

Der Raum bot ein erschreckendes Bild. Er sah zwei Männer auf dem Boden, jeder in einer Blutlache. Sein Freund Jesko. Und Kilian Kaltenbach. Vanessa wandte ihm wimmernd ihr tränenüberströmtes Gesicht zu. Zwischen den beiden befand sich eine Bronzestatue: ein Mann mit Hut, der seine Arme verloren hatte, sie lagen beziehungslos neben den Verletzten. Seltsamerweise erinnerte ihn die demolierte Figur an den Musiker Udo Lindenberg. Dann entdeckte er ein Messer mit blutiger Klinge in Kaltenbachs Hand. Blitzartig erfasste Pawlowski die Situation. Jesko von Arnsberg musste mit der Statue zugeschlagen, Kaltenbach ihm das Messer in den Bauch gerammt haben. In welcher Reihenfolge, war nicht ersichtlich, wahrscheinlich war beides fast gleichzeitig passiert.

Pawlowski hockte sich auf den Boden und tastete nach Jeskos Schlagader. »Er lebt«, murmelte er und zog ein Mobiltelefon aus der Tasche. Während er den Notruf wählte, befühlte er den Hals des jungen Kaltenbach. Auch dessen Herz schlug noch. »Hier wird ein Rettungswagen gebraucht«, rief er ins Telefon. »Zwei Schwerverletzte. Messerstich und Kopfverletzung. Erheblicher Blutverlust bei beiden.« Er nannte die Adresse, beschrieb den Laden und fügte hinzu: »Machen Sie schnell!« Dann stand er auf und zog Vanessa Jordan am Ärmel mit sich. »Der Notarzt ist unterwegs. Kommen Sie! Wir müssen verschwinden.«

Das Mädchen schüttelte den Kopf. »Ich will Kilian nicht alleinlassen!«

»Sie können jetzt nichts für ihn tun. Er wird ärztlich versorgt. Bald wird die Polizei auftauchen. Es ist besser, Sie werden hier nicht angetroffen. Später können Sie immer noch überlegen, ob Sie eine Aussage machen. Aber im Augenblick würden Sie die Sache nur verschlimmern. Falls Ihr Freund durchkommt und wieder aufwacht, freut er sich, wenn Sie an seinem Bett sitzen.«

Vanessas verstörter Blick wanderte zwischen Kilian und Pawlowski hin und her.

»Jetzt kommen Sie schon!«, drängte der Privatdetektiv.

*

Anna betrachtete missbilligend einige Fältchen, die sich offenbar über Nacht zu den anderen gesellt hatten. Vielleicht lag es auch an der Beleuchtung. Sie hatte ihre alten Badezimmerlampen durch LED-Leuchten ersetzt, was eindeutig mehr Helligkeit gebracht, die erste Begegnung mit ihrem Spiegelbild am Morgen aber nicht unbedingt erfreulicher gemacht hatte. Sie seufzte und griff mit beiden Händen in die Haare. Waschen oder nicht? Ach nein, die Frage stellte sich nicht. Schon am Abend hatte sie bemerkt, dass ihr Haarwaschmittel aufgebraucht war und sie vergessen hatte, neues zu kaufen. Oder sollte sie bei Lissy klingeln, um sich Shampoo zu leihen? Sie ging kurz ihre Außentermine durch und entschied sich dagegen. Heute lag nichts Besonderes an. Ingo hatte spät noch Konferenz, Sven würde sie sicher erst in einigen Tagen wieder sehen. Sie konnte zwischendurch irgendwo einkaufen.

Als sie zur Zahnbürste griff, klingelte das Telefon. Wer mochte um diese Zeit anrufen? Wohl kaum ein Kollege aus der Redaktion, Ingo war im Unterricht, Sven auf dem Weg zu seiner Dienststelle. Ihre Freundinnen wussten, dass sie gerade aus dem Bett kam, sie würden sie nicht behelligen. Wahrscheinlich hatte sich jemand verwählt. Trotzdem legte Anna die Zahnbürste ab und eilte zum Telefon. Als sie es erreichte, verstummte das Signal. Sie kontrollierte die Anruferliste. Der letzte Eintrag war *Jessica (Büro)*. Die Pressesprecherin der Polizei war also schon an ihrem Arbeitsplatz und hatte eine Information für sie. Rasch drückte Anna auf Rückruf.

»Gibt's was Neues im Fall *Big Ben*?«, fragte sie, nachdem sie Jessica einen guten Morgen gewünscht hatte.

»Das nicht«, antwortete die Polizistin. »Der muss jetzt erst mal warten. Wir haben einen seltsamen Fall mit zwei Schwerverletzten und wissen noch nicht, ob es sich um einen Tötungsversuch handelt. In der vergangenen Nacht wurden die Kollegen zu einem Antiquitätenhändler gerufen. Der wurde in seinem Laden von einem Unbekannten mit einem Messer angegriffen. Es sieht so aus, als habe der Ladeninhaber seinerseits den Angreifer mit einer Bronzestatue außer Gefecht gesetzt. Der Fall erscheint den Kollegen vom FK eins mysteriös, weil Spuren darauf hindeuten, dass sich der Messerstecher schon einige Zeit in dem Geschäft aufgehalten hat. Außerdem muss eine dritte Person anwesend gewesen sein. Sie hat mit dem Blut eines der Opfer einen Fußabdruck hinterlassen.«

»Wo sind die Verletzten jetzt?«, fragte Anna. »Sind sie vernehmungsfähig?«

»Kollege Petersson ist auf dem Weg zum Klinikum. Ich hoffe, dass er etwas ausrichten kann und sie nicht im Koma liegen.«

»Kannst du mir die Namen nennen?«

»Ich gebe nachher eine Presseinformation heraus«, antwortete Jessica. »Da stehen natürlich nur die Vornamen drin. Der junge Mann heißt Kilian K., der Antiquitätenhändler Jesko von A. Sollte für dich kein Problem sein, die vollen Namen herauszufinden.«

»Ich danke dir, Jessica. Du bist ein Schatz.« Anna verabschiedete sich und wählte erneut, um in der Redaktion Bescheid zu sagen, dass sie später kommen würde. Nun war doch ein Außentermin auf sie zugekommen. Sie würde nachsehen, um welchen Antiquitätenhändler es sich handelte, und zuerst dessen Geschäft aufsuchen, um Fotos zu machen und sich in der Nachbarschaft umzuhören. Bis zum Nachmittag würde sie auch die Identität des anderen Beteiligten herausfinden. Während sie ihre Zähne putzte, produzierte ihr Kopf bereits Schlagzeilen. *Mordversuch an Antiquitätenhändler?* Oder: *Nächtliches Blutbad in der Altstadt.* Nein, zu reißerisch. *Messer gegen Statue.* Zu schwach. Wenn sie Jessica richtig verstanden hatte, waren beide Opfer zugleich auch Täter. Und sie hatte von einem möglichen Tötungsversuch gesprochen. Vielleicht ließ sich daraus eine Überschrift machen. *Doppelte Bluttat – Täter als Opfer.*

Trotz der neu entdeckten Fältchen verzichtete Anna auf kosmetische Korrekturen, setzte sich mit Kaffee und Frühstücksbrötchen vor den PC und scrollte durch das Göttinger Telefonbuch. Den Antiquitätenhändler fand sie dank seines seltenen Vornamens schnell, notierte seinen Nachnamen und die Adresse des Ladengeschäfts. Unter den Namen, die mit dem Buchstaben K begannen, war kein Eintrag mit *Kilian* als Vornamen zu finden. Sie bezweifelte, dass Sven ihr weiterhelfen würde, nachdem sie ihm die Information zu dem Projektil auf so hinterhältige Weise entlockt hatte. Um an den Nachnamen des Kleinkriminellen zu kommen, musste sie sich etwas anderes einfallen lassen.

Sie schaltete den Computer aus, nahm einen letzten Schluck Kaffee und machte sich auf den Weg in die Innenstadt. Anna staunte über die vielen Menschen, die um diese Zeit schon in der Fußgängerzone unterwegs waren. Die meisten Geschäfte öffneten gerade erst, einige hatten noch geschlossen. Vor Cron & Lanz wartete ein Dutzend Leute auf Einlass.

Mit einem Gefühl des Bedauerns streifte ihr Blick die Ladenfront, hinter der sich früher ihr Lieblingsschuhgeschäft befunden hatte. Hier war sie stets fündig geworden, hatte im Lauf der Jahre mehr als zwanzig Paar schicke Schuhe gekauft. Seit das Geschäft geschlossen war, hatte sich in Göttingen die Auswahl an eleganten und edlen Schuhen spürbar verringert. Ihr Ausgabenposten allerdings auch.

Sie erreichte den Antiquitätenladen, fotografierte die Front aus verschiedenen Perspektiven und fragte bei Nachbarn nach Informationen über den Inhaber. Dann eilte sie zurück zu ihrem Twingo, den sie im Parkhaus des Carré abgestellt hatte, kaufte im Drogeriemarkt noch schnell Haarwaschmittel und schlug den Weg zum Klinikum ein. Dort würde sie nach Jesko von Arnsberg und Kilian K. suchen. Eine bessere Lösung war ihr nicht eingefallen. Nun hoffte sie, mit einem der Verletzten sprechen zu können, falls einer von ihnen nicht im Koma lag oder aufgewacht war.

*

Nachdem Jenny sie zu ihrer Wohnung begleitet, ihr einen Tee gekocht und eingeflößt und sie dann mit ein paar aufmunternden Worten allein gelassen hatte, war Vanessa lange auf dem Stuhl in ihrer kleinen Küche sitzen geblieben. Die Vorstellung, sich ruhelos in dem Bett zu wälzen, in dem sie und Kilian sich geliebt hatten, war so abschreckend gewesen, dass sie das Schlafzimmer nicht einmal betreten mochte. Später hatte sie sich auf die Couch gelegt, aber auch hier nicht wirklich schlafen können.

Kaum war der Tag angebrochen, wäre sie am liebsten zum Klinikum gefahren, um sich nach Kilians Zustand zu erkundigen. Doch ihr war klar, dass man ihr keine Auskunft geben würde. Nur mit Familienangehörigen würden die Ärzte sprechen. Seine Eltern hatte Kilian nur einmal erwähnt, in abfälligem Ton und mit spürbarer Verachtung. Trotzdem mussten sie informiert werden. Das würde die Polizei übernehmen, hatte Jenny ihr versichert. Würden sich die Eltern um ihren verletzten Sohn kümmern? Vanessa hatte Zweifel. Aber was sollte sie tun? Sie kannten Vanessa nicht und würden sie wohl kaum ins Vertrauen ziehen, wahrscheinlich gar nicht mit ihr reden.

Ganz anders als über seine Eltern hatte Kilian von seiner Großmutter gesprochen, die im Altersheim in Geismar lebte. Vanessa beschloss, zu ihr Kontakt aufzunehmen. In der Hoffnung, dass sie denselben Namen wie Kilian trug, suchte sie im Telefonbuch nach der Nummer. Es gab drei Einträge. Kaltenbach, Dr. Michael, Gynäkologe, mit einer Praxisadresse in der Innenstadt. Kaltenbach-Oltrogge, Sandra, Künstlerin, mit einer Adresse im Ostviertel. Kaltenbach, Marie-Luise, ohne Adresse. Die Nummer begann mit 79; die Ziffern deuteten auf Geismar hin. Vanessa wählte, hatte jedoch kein Glück. Wahrscheinlich war es zu früh. Um diese Zeit war die alte Dame vermutlich beim Frühstück. Eine knappe Stunde später meldete sie sich, mit klarer und resoluter, aber nicht unfreundlicher Stimme.

»Kaltenbach.«

Vanessa stellte sich vor, erklärte ihr, dass sie mit Kilian befreundet sei, und fragte, ob er vielleicht ihr Enkel sein könne, er habe sehr respektvoll von ihr gesprochen.

»Ja«, antwortete die alte Dame. »Ich habe einen Enkel. Nur ruft der gewöhnlich selbst an und schickt niemanden vor. Da ich Sie nicht kenne, werde ich das Gespräch beenden.«

»Warten Sie!«, rief Vanessa ins Telefon. »Kilian kann Sie nicht anrufen, er liegt im Krankenhaus.«

»Das wird ja immer besser«, antwortete Marie-Luise Kaltenbach. »Hören Sie, junge Frau! Auf Enkeltricks falle ich nicht herein. Ich lege jetzt auf. Wenn Sie mich noch einmal belästigen, informiere ich die Polizei. Ihre Nummer wird mir angezeigt.«

»Aber ich will doch gar nichts von Ihnen, Frau Kaltenbach. Bitte hören Sie mir zu!« Aber die alte Dame hatte bereits aufgelegt. Enttäuscht starrte Vanessa auf das Display des Telefons, auf dem wie zum Hohn ein Schriftzug blinkte. *Verbindung beendet.*

18

Das nächtliche Intermezzo hatte Julian Pawlowski stärker zu schaffen gemacht, als er sich eingestehen mochte. Obwohl er in seinem Berufsleben öfter Schwerverletzte, auch die ein oder andere Leiche gesehen hatte, war der Anblick der Männer in ihren Blutlachen ein Schock gewesen. Trotz einiger Cognacs hatte er keinen Schlaf gefunden, sich gegen Morgen in sein Arbeitszimmer gesetzt und durch das Fenster in die Landschaft gestarrt. Daran, dass sein alter Freund Jesko von Arnsberg lebensgefährlich verletzt worden war, trug er, Julian Pawlowski, die Schuld. Er hätte ihn nicht als Köder einsetzen dürfen. Den jungen Spinner, der geglaubt hatte, das ganz große Ding drehen zu können, hätte er rechtzeitig aus dem Verkehr ziehen lassen müssen. Sein Vorgehen war unprofessionell gewesen, das würde er sich nie verzeihen. Vor allem nicht, wenn Jesko nicht wieder ins Dasein zurückkehrte. Ein Messerstich in den Bauch musste nicht tödlich sein, konnte aber durchaus ein Leben beenden.

Pawlowski rieb sich die müden Augen und sah auf die Uhr. Telefonisch würde er im Klinikum nichts ausrichten, also würde er hinfahren. Nach seiner Erfahrung war am frühen Morgen noch kein Arzt zu sprechen. Seufzend stand er auf, ging in die Küche und setzte die Kaffeemaschine in Gang. Mit Frühstück, Morgentoilette und Ankleiden würde sich die Wartezeit überbrücken lassen.

Zwei Stunden später hatte der Privatdetektiv das Klinikum erreicht, sich zur Chirurgie durchgefragt und herausgefunden, dass Jesko von Arnsberg überlebt und eine Operation überstanden hatte. Mit ihm sprechen konnte er nicht, noch lag der Patient auf der chirurgischen Intensivstation. Über Kilian Kaltenbach war aus dem Pflegepersonal nichts herauszubekommen. »Einzelheiten wird Ihnen Professor Muthesius mitteilen«, hatte die Stationsschwester gesagt und nach einem kritischen Blick hinzugefügt: »Aber frühestens in einer Stunde, und auch nur dann, wenn Sie ein Angehöriger sind.«

Der Zustand des jungen Mannes war für Pawlowski zweitrangig. Hauptsache, er hatte überlebt. Das wäre eine gute Nachricht für Jesko. Wichtig war, dass sein Freund ohne bleibende Schäden aus der Sache herauskam. Der Kampf hätte für beide tödlich enden können. Dabei war er völlig überflüssig gewesen. Zu dem Zeitpunkt gab es keinen Grund für Kaltenbach, Jesko von Arnsberg anzugreifen. Auch später, nachdem Kaltenbach auf seinen Vorschlag eingegangen wäre, hätten sich alle Beteiligten friedlich trennen können. Falls nicht, hätte es ebenso wenig eine Auseinandersetzung mit Jesko geben müssen. Dass sie von diesem ausgegangen sein könnte, hielt Pawlowski für undenkbar. Am Ende käme es wohl auf die Aussage dieser Vanessa Jordan an. Obwohl man berücksichtigen musste, dass sie im Zweifel sicher eher die Unschuld ihres Freundes bezeugen würde.

»Wann kann ich mit Herrn von Arnsberg sprechen?«, hatte er gefragt und die Antwort erhalten, dass es nicht möglich sei, einen Zeitpunkt zu nennen. Aus der Narkose würde er schon bald aufwachen, aber wie schnell er dann auf die Station verlegt werden und Besuch empfangen könne, müsse der Arzt entscheiden. Daraufhin hatte Pawlowski sich entschieden, zu warten, und sich auf den Weg zur Cafeteria gemacht.

Als er im Erdgeschoss den Fahrstuhl verließ, entdeckte er Vanessa Jordan, die das Klinikgebäude in Begleitung einer alten Dame durch den Haupteingang betrat. Rasch wandte er sich ab, um nicht erkannt zu werden.

*

Sie hätte nicht sagen können, wie lange sie auf das Telefon gestarrt hatte, nachdem Kilians Großmutter aufgelegt hatte. Wahrscheinlich waren es nur einige Minuten gewesen. In dieser Zeit kreisten Bilder und Geräusche aus der vergangenen Nacht vor ihrem inneren Auge. Der alte Mann, der plötzlich hinter Kilian auftauchte, in seinen Händen einen schweren Gegenstand, den er über den Kopf hob. Kilian, der aufsprang und dem Alten das Messer in den Bauch rammte. Ihr eigener Aufschrei. Das schreckliche Knirschen, als Kilians Schädeldecke getroffen wurde. Das Poltern der Bronzefigur, die auf dem Boden zerbrach, zwei Körper, die zusammenbrachen, das Blut.

Marie-Luise Kaltenbach hatte zurückgerufen. Mit aufgeregter Stimme. »Ich habe gerade mit meiner Schwiegertochter telefoniert. Die Polizei war da und hat ihr gesagt, dass Kilian … Entschuldigen Sie bitte, dass ich Ihnen nicht geglaubt habe! Mein Enkel ist tatsächlich … Seine Eltern sagen, man weiß nicht, wie es ihm geht, man kann nicht mit ihm sprechen. Außerdem haben sie keine Zeit. Ich möchte hinfahren. Wollen Sie mich begleiten, Frau …«

»Jordan«, antwortete Vanessa und sprang auf. »Ja, ich komme sehr gern mit, Frau Kaltenbach. Ich will wissen, wie es um ihn steht. Mir würden die Ärzte nichts sagen. Aber Ihnen …«

»Ich nehme ein Taxi«, unterbrach sie die alte Dame. »Wo wohnen Sie? Ich hole Sie ab.«

Vanessa nannte ihre Adresse. »Es ist einfacher und geht schneller, wenn Sie mich am Weender Tor aufnehmen. Ich komme hin und warte am Heinz-Erhard-Platz, neben dem *Vapiano*. Sagen Sie das dem Fahrer. Der wird das kennen.«

Eine halbe Stunde später stieg sie zu Marie-Luise Kaltenbach ins Taxi. Die alte Dame griff nach Vanessas Hand und hielt sie fest. »Es tut mir sehr leid, dass ich Sie am Telefon so kurz abgefertigt habe. Ich wusste ja nicht einmal, dass Kilian ... Sie müssen einen guten Einfluss auf meinen Enkel haben. Bei seinem letzten Besuch wirkte er zum ersten Mal seit vielen Jahren richtig glücklich. Ich dachte, es sei nur sein plötzlicher Erfolg bei ... Ich weiß gar nicht genau, was er jetzt macht. Jedenfalls ging es ihm gut. Wahrscheinlich ist er in Sie verliebt. Lieben Sie ihn?«

»Ich bin mir nicht sicher. Ich glaube ja. Obwohl ...« Vanessa verstummte, weil sie an Kilians Einbruch, das Geld, den Schmuck, die Pistole und seine Drohung mit dem Messer gegen den Antiquitätenhändler denken musste. Dass er tatsächlich zugestochen hatte, konnte man vielleicht als Notwehr ansehen. Doch alles zusammen ...

Seine Großmutter drückte ihre Hand. »Am Anfang ist es normal, dass man Zweifel hat. Die Gewissheit kommt nicht über Nacht, aber sie kommt.« Sie seufzte. »Jetzt geht es erst einmal darum, dass Kilian gesund wird. Seine Eltern haben mir keine klare Auskunft gegeben. Wissen Sie, was genau passiert ist?«

Vanessa nickte. »Er wurde angegriffen. Ein Mann hat ihn ... mit einer Bronzefigur ... am Kopf ... getroffen.«

»Menschen gibt es!« Die alte Dame schaute ungläubig. »Wer macht so etwas? Er muss in schlechte Kreise geraten sein. Eigentlich ist er ein guter Junge. Leider hat sein Vater viel falsch gemacht. Wollte immer Höchstleistungen sehen. Hervorragende Noten in Mathematik, Physik, Chemie. Für ein Medizinstudium. Nie gab es Lob für das Kind. Ständig Vorhaltungen.

Andere sind besser. Musik und Literatur überlass gefälligst den Mädchen und kümmere dich um Naturwissenschaften und Technik.«

»Und seine Mutter?«, fragte Vanessa.

Marie-Luise Kaltenbach winkte ab. »Die hatte nur ihre Kunst im Kopf. Wäre wohl gern berühmt geworden. Hat aber nicht geklappt. Als Kilian eine kleine Schwester bekam, hat sich die Mutter ganz auf die Tochter konzentriert, sie wie ein Modepüppchen ausgestattet, zu Castingshows geschleppt und mit Ballettunterricht gequält. War ein hübsches Kind, ihr Vater war völlig vernarrt in sie. Mit achtzehn ist sie von zu Hause weggelaufen, lebt jetzt in Berlin und studiert Byzantinistik!«

»Also haben beide Kinder es nicht leicht gehabt.«

»Das kann man wohl sagen.« Die alte Dame seufzte. »Meine Enkelin kommt damit besser zurecht. Kilian dagegen ... Ich habe mich so gefreut, dass er offensichtlich doch die Kurve gekriegt hat. Als er mich kürzlich besucht hat, war er wie ausgewechselt. Schon äußerlich kaum wiederzuerkennen. Ordentlich frisiert, in einem eleganten Anzug. Wie ein Geschäftsmann. Er muss jetzt irgendwas mit Schmuck zu tun haben.« Sie warf Vanessa einen Blick zu. »Die Wandlung hängt bestimmt auch mit Ihnen zusammen, Frau Jordan.«

Zum Glück erreichten sie in diesem Augenblick die Zufahrt zum Haupteingang des Klinikums, so dass Vanessa nicht darauf eingehen musste. »Wir sind gleich da«, sagte sie und deutete nach vorn.

*

Julian Pawlowski hatte die beiden Frauen im Auge behalten. Nachdem sie sich am Informationsschalter offenbar über Kilian Kaltenbach informiert hatten, strebten sie zu den Aufzügen. Der Privatdetektiv folgte ihnen.

Kurze Zeit später beobachtete er, wie Vanessa Jordan und die alte Dame auf der Bettenstation der Chirurgie das Schwesternzimmer aufsuchten. Unauffällig schlenderte er zur offenen Tür, um zu erfahren, was dort gesprochen wurde. »Ich bin die Großmutter«, hörte er eine energische Stimme. »Und ich verlange, mit einem Arzt zu sprechen. Außerdem möchte ich meinen Enkel sehen.«

»Wenn Sie bitte im Wartebereich Platz nehmen wollen«, antwortete eine der Schwestern. »Professor Muthesius kommt später zu Ihnen. Es kann aber noch eine Weile dauern, Herr Professor operiert gerade. In einer halben Stunde beginnt voraussichtlich die Visite, dann können Sie mit ihm sprechen.«

Rasch zog sich Pawlowski zurück. Er wusste jetzt, wo er Kaltenbach finden würde. Falls man ihn nicht zu ihm ließ, würde er Vanessa Jordan über Kaltenbachs Zustand befragen. Erneut schlug er den Weg zur Cafeteria ein. Sein Magen verlangte nach etwas Essbarem.

*

Mit gemischten Gefühlen machte sich Anna im Klinikum auf die Suche nach dem Antiquitätenhändler. Dass er in der Nacht eingeliefert und in der chirurgischen Abteilung gelandet war, hatte sie rasch herausgefunden. Auf einem Gang der Bettenstation wartete sie auf eine Gelegenheit, mehr zu erfahren. Sie hatte sich auf einem der Stühle niedergelassen, die für Patienten oder wartende Angehörige an der Wand aufgereiht waren, und beobachtete das Personal. Ihr war klar, dass keine der Krankenschwestern, die sie bisher zu Gesicht bekommen hatte, ihr eine Auskunft geben würden. Deshalb hoffte sie auf eine sehr junge Schwester, die naiv genug war, ihr den Status einer Angehörigen ohne Nachweis abzunehmen, oder auf einen nicht mehr ganz so jungen Pfleger. Männer waren nach ihrer Erfahrung zugänglicher als Frauen. Vor allem die Vierzig- bis Fünfzigjährigen. Wenn sie bei dieser Altersgruppe ihren Charme einsetzte, hatte sie fast immer Erfolg. Doch der ließ noch auf sich warten.

Nachdem eine Dreiviertelstunde vergangen war, beschloss Anna, ihr Vorhaben für heute aufzugeben und in die Redaktion zu fahren. Morgen wäre der Patient ohnehin mit höherer Wahrscheinlichkeit ansprechbar und damit ihre Chance größer, mit ihm reden zu können.

Als sie aufstehen wollte, um zu gehen, bog ein älterer Mann mit Glatze in den Gang ein und hielt eine vorübereilende Krankenschwester am Ärmel fest. »Gibt es etwas Neues von Jesko von Arnsberg?«

Die Schwester befreite ihren Arm und sah den Besucher missbilligend an. »Sind Sie ein Angehöriger?«

»Ich bin sein Bruder«, sagte er. »Julian von Arnsberg.« Er zog einen Ausweis aus der Tasche und hielt ihn der Frau unter die Nase.

»Warten Sie bitte hier!«, antwortete die Krankenschwester. »Ich sage dem Stationsarzt Bescheid.« Sie verschwand hinter einer Tür.

Der Mann streckte seinen Ausweis weg, nickte Anna zu und ließ sich mit einem Seufzer auf dem Stuhl neben ihr nieder. »Ich hasse Krankenhäuser«, murmelte er.

Anna witterte eine Chance. »Umso ehrenwerter, dass Sie sich um Ihren Bruder kümmern.«

»Jesko ist mein Freund«, antwortete der Unbekannte.

»Und der Ausweis?«

»War mein Perso. Man muss bestimmt auftreten. Dann schaut keiner mehr so genau hin.«

»Das werde ich mir merken.« Anna lächelte gewinnend. »Nicht jeder Freund ist bei einem Krankenhausaufenthalt sofort zur Stelle. Sie kennen Herrn von Arnsberg sicher schon länger. Sind Sie auch im Antiquitätenhandel tätig?«

»Nein«, antwortete der Mann und musterte sie aufmerksam. »Sind Sie wegen Jesko hier?«

Anna entschloss sich instinktiv zur Wahrheit. »Ich bin Journalistin beim Göttinger Tageblatt. Mein Name ist Lehnhoff.

Habe zufällig von dem Vorfall im Antiquitätengeschäft erfahren und würde gern mit Ihrem Freund sprechen, um herauszufinden, was genau passiert ist. Vor allem möchte ich natürlich wissen, wer ihm die Verletzung zugefügt hat.«

»Sie sind ja von der ganz schnellen Truppe.« Er nickte anerkennend. »Ich weiß nicht, ob man Sie zu ihm lässt. Aber ich kann Ihnen sagen, dass der Täter auch hier liegt.« Er streckte die Hand aus. »Ich heiße übrigens Pawlowski. Julian.« Er grinste. »Der Vorname stimmte.«

»Wissen Sie noch mehr?«, fragte Anna.

Pawlowski lächelte. Er zog eine Visitenkarte aus dem Jackett und überreichte sie Anna. »Mehr zu wissen gehört zu meinem Beruf. So ähnlich wie bei Ihnen. Aber in diesem Fall kann ich noch nicht viel sagen. Vielleicht später. Muss selbst erst herausfinden, was genau passiert ist, und deshalb mit Jesko sprechen.«

»Dann haben wir dieselben Interessen«, stellte Anna fest. »Wir könnten uns zusammentun und …«

»Gemeinsam recherchieren?«, ergänzte Pawlowski und sah sie nachdenklich an. »Vielleicht gar keine schlechte Idee.« Er beugte sich zu ihr hinüber und senkte die Stimme. »Wenn Sie wollen, können wir sofort damit anfangen. Ich sage Ihnen, wo Sie den Täter finden. Nächster Flur, ganz am Ende. Wahrscheinlich treffen sie dort auf eine alte Dame und eine junge Frau. Seine Großmutter und seine Freundin.«

»Danke für den Hinweis!« Anna erhob sich. »Dann will ich gleich mal schauen ...«

Julian Pawlowski sah der Journalistin gedankenvoll nach. Lehnhoff. Der Name kam ihm bekannt vor. Nicht nur aus der Zeitung. Ihm war, als hätte er beruflich mit der jungen Frau zu tun gehabt und ihr Gesicht schon einmal gesehen. Er schloss die Augen und versuchte, sich zu erinnern. Undeutlich erschien das Bild eines Mannes. Etwa siebzig, groß, füllig und teuer gekleidet. Er sitzt ihm im Bibliothekszimmer seiner Ostviertel-Villa gegenüber. »Was möchten Sie trinken?«, fragt er.

»Wasser, wenn es keine Umstände macht.«

»Wasser? Na gut. Bringen Sie Wasser, Kesselchen.« Er lacht und deutet auf die Haushälterin. »Sie heißt Kessel.«

Grobeck. Ja, das war sein Name. Der alte Herr hatte ihn beauftragt, die Journalistin zu überwachen. An die Gründe konnte sich Pawlowski nicht erinnern. Aber an eine scharfsinnige und ausgefuchste junge Frau. Er sollte vorsichtig sein und lieber ein bisschen Distanz wahren.

*

»Es tut mir außerordentlich leid, sehr verehrte gnädige Frau.« Der Professor breitete bedauernd die Arme aus. »Sie können Ihren Enkel sehen, aber nicht mit ihm sprechen. Er liegt noch im Koma. Wir haben es mit einer intrakraniellen Hirnblutung zu tun. Ein Hämatom mit sekundärer Hirnkompression. Weil es zu viel Druck erzeugt hat, mussten wir operieren.«

»Was genau haben Sie gemacht?«, fragte Marie-Luise Kaltenbach.

»Ich weiß nicht, ob Ihnen die Einzelheiten …«

»Was Sie *nicht* wissen, interessiert mich nicht«, unterbrach die alte Dame den Arzt. »Ich möchte erfahren, was Sie *wissen*. Und was Sie unternommen haben.«

Der Professor zögerte einen Moment. »Wir mussten den Schädelknochen öffnen, um den Bluterguss zu entleeren. Das ist gut verlaufen. Niemand kann jedoch beurteilen, ob und wie weit es neurologische Schädigungen gegeben hat und wie sich der Patient entwickeln wird. In jedem Fall dürfte die Rehabilitation langwierig sein. Möglich sind bleibende Schäden, Probleme mit der Feinmotorik, Konzentrationsstörungen, vielleicht sogar Wesensveränderungen. Aber dazu kann heute niemand eine verlässliche Prognose abgeben. Viel hängt davon ab, dass der Patient langfristig gut versorgt wird. Damit meine ich nicht nur die medizinische, sondern auch die soziale Komponente.«

Vanessa sah in das versteinerte Gesicht von Kilians Großmutter, sie selbst spürte einen Anflug von Schwindel. Er wurde von schrecklichen Bildern ausgelöst, die sich in ihrem Kopf ausbreiteten. Kilian im Rollstuhl war noch das am wenigsten beängstigende.

Der Arzt verabschiedete sich. »Ich muss leider weiter. Wenn Sie mehr wissen wollen …«

»Vielen Dank für Ihre Offenheit«, hörte sie Marie-Luise Kaltenbach sagen. »Auf Wiedersehen, Herr Professor.«

Sie wandte sich an Vanessa und ergriff ihre Hand. »Wir schauen jetzt nach Kilian. Sie haben gehört, was der Professor gesagt hat. Mein Enkel braucht Zuwendung und Zuspruch. Von seinen Eltern kriegt er weder das eine noch das andere. Also müssen wir uns um ihn kümmern.«

*

Als Anna um die Ecke bog, sah sie die alte Dame und die junge Frau in einem Patientenzimmer verschwinden. Geräuschlos näherte sie sich der Tür, die angelehnt geblieben war. Sie warf einen Blick auf das Namensschild am Rahmen: Kaltenbach. Kilian Kaltenbach also.

Drinnen sprach die Großmutter mit ihrem Enkel. Dann redete das Mädchen. Keine von ihnen bekam eine Antwort. Pawlowski hatte von einer Kopfverletzung gesprochen. Konnte der Patient nicht sprechen? Anna sah sich um. Auf dem Flur war niemand zu sehen. Sie neigte den Kopf zum Türspalt und lauschte ins Innere des Raumes.

»Es war nicht richtig«, sagte die jüngere der beiden Frauen, »den Antiquitätenhändler noch einmal aufzusuchen. Und auch nicht nötig. Pawlowski hätte dir bestimmt ein faires Angebot gemacht. Deine Pläne hätten wir auch ohne den … die … Sachen verwirklichen können. Ich hätte dich unterstützt. Ich halte zu dir, egal was …« Der Rest ging in einem Schluchzen unter.

»Du hast großes Glück«, meldete sich die alte Dame zu Wort. »Vanessa ist ein gutes, nein, ein großartiges Mädchen. Also streng dich an, ganz bald gesund zu werden.«

»Was machen Sie hier?«, tönte plötzlich eine Stimme hinter Anna. Sie zuckte zusammen und fuhr herum. Eine grauhaarige Krankenschwester mit breiten Hüften funkelte sie böse an.

»Entschuldigung.« Anna hob beide Hände. »Ich wollte jemanden besuchen. Habe mich wohl geirrt.«

»Zu wem wollen Sie denn?«, knurrte die Schwester.

»Zu Herrn Wille. Markus Wille.« Anna fiel in ihrer Aufregung kein anderer Name ein als der ihres ehemaligen Chefredakteurs, den sie zuletzt im Klinikum besucht hatte.

»Wir haben hier keinen Herrn Wille. Sie sind auf der falschen Station.«

Anna nickte eifrig. »Das habe ich auch gerade gedacht.« Sie schob sich an der fülligen Frau vorbei. »Ich frage besser noch mal nach, wo ich ihn finde.«

»Das will ich wohl meinen!«, rief ihr die Schwester nach, als Anna eilig zum Ausgang strebte. Ihre Gedanken waren längst woanders. Die junge Frau, die von der älteren Vanessa genannt wurde, hatte den Namen Pawlowski erwähnt. Was mochte der Privatdetektiv mit dem Fall zu tun haben? Offenbar war er stärker darin verwickelt, als es die Sorge um den verletzten Freund mit sich brachte. Für Kilian Kaltenbach hatte er ein »faires Angebot« gehabt. Worin konnte das bestehen? Nach seinen Worten hatte Kaltenbach den Antiquitätenhändler angegriffen. Diese Vanessa hatte davon gesprochen, dass er ihn bedroht hätte. Aber warum?

Als sie auf den Flur zurückkehrte, auf dem sie den Privatdetektiv getroffen hatte, war der verschwunden. So also stellte sich der Mann die gemeinsame Recherche vor. Schickte sie los und machte sich selbst aus dem Staub.

In Anna stieg Ärger auf. Sie fischte die Visitenkarte aus der Tasche und wählte die dort angegebene Mobilfunknummer.

Dem Kerl würde sie ein paar Takte zum Thema Zusammenarbeit erzählen.

Das Rufzeichen ihres Handys erzeugte ein klingelndes Echo hinter der Tür, vor der sie gewartet hatte. Pawlowski war bei Jesko von Arnsberg! Rasch steckte sie das Telefon zurück und klopfte an die Tür. Ein zweistimmiges »Herein!« war die Antwort. Erwartungsvoll betrat Anna das Patientenzimmer.

*

»Es ist sehr schön, dass Sie sich um den Patienten bemühen«, sagte die Krankenschwester. »Jetzt muss ich Sie bitten zu gehen. Es ist zwar unklar, ob er Sie hören kann, doch es ist gut, zu ihm zu sprechen. Wenn er Sie versteht, ist das noch besser. Aber er muss sich dabei vielleicht sehr anstrengen. Also dürfen solche *Gespräche* nicht zu lange ausgedehnt werden.«

Marie-Luise Kaltenbach öffnete den Mund, um etwas zu erwidern. Doch dann schloss sie ihn wieder, ohne ein Wort hervorgebracht zu haben. Vanessa fiel auf, wie sehr sie der Besuch bei Kilian mitgenommen hatte. Ihr Gesichtsausdruck war ernst, die Haut wirkte blasser als auf dem Weg zum Klinikum. Fast schien es, als sei sie innerhalb dieser einen Stunde gealtert.

Vorsichtig strich die alte Dame mit der Hand über den beinahe vollständig bandagierten Kopf ihres Enkels. Dann erhob sie sich und sah Vanessa an. »Kommen Sie! Wir haben noch etwas zu besprechen.«

Auf dem Weg durch das Krankenhaus fiel kein Wort zwischen den beiden Frauen. Erst im Taxi wandte sich Marie-Luise Kaltenbach wieder an ihre Begleiterin. »Ich würde Sie gern zu einer Tasse Kaffee einladen. Oder was immer Sie wollen. Vielleicht ein Frühstück? Und dann möchte ich von Ihnen wissen, was passiert ist.«

Vanessa nickte stumm. Sie hatte nicht bedacht, dass Kilians Großmutter von dem, was sie im Krankenzimmer gesagt hatte, irritiert und betroffen sein musste. Sie konnte nicht einmal ahnen, was in der Nacht geschehen war, geschweige denn, welche Vorgeschichte dazu geführt hatte. Verständlich, dass sie die Wahrheit erfahren wollte. Aber konnte sie, Vanessa, der alten Dame das zumuten?

»Bringen Sie uns zu einem Café in der Innenstadt«, gab Marie-Luise Kaltenbach Anweisung.

Der Taxifahrer warf einen Blick in den Rückspiegel. »Cron & Lanz?«

»Wenn sie uns dorthin fahren«, antwortete sie, »nehmen wir das gern an.«

»Ist Fußgängerzone.«

Marie Luise Kaltenbach verdrehte die Augen. »Dann bitte zu einem Café, vor dem Sie halten können. Ich bin heute nicht gut zu Fuß.«

»Bar Celona?«

Kilians Großmutter sah Vanessa fragend an.

Sie nickte. »Ist in Ordnung. Da gibt's auch Frühstück.«

19

Der Antiquitätenhändler saß halb aufrecht im Krankenbett. Er wandte den Kopf, als Anna den Raum betrat. Sein Gesicht war bleich, doch die Augen blitzten vergnügt. »Julian«, sagte er leise, »bist du sicher, dass wir nicht im Himmel sind?«

Der Privatdetektiv grinste. »Mein Freund ist ein bisschen benebelt. Von der Narkose. Aber sicher ist er bald wieder der Alte.«

»Sag nicht Alter zu mir!«, flüsterte Jesko von Arnsberg. »Die Schönheit einer Frau erkenne ich noch.« Mit dem Daumen deutete er auf Anna. »Wer ist die reizende Dame?«

»Das ist Frau Lehnhoff, eine Journalistin vom Tageblatt«, antwortete Pawlowski. »Sie interessiert sich für die nächtlichen Ereignisse in deinem Laden.«

»Mir ist nicht klar, wovon du sprichst. Ich weiß ja nicht einmal, warum ich hier bin. Und wieso ich nicht aufstehen darf.«

»Ich habe dir doch erklärt«, begann der Privatdetektiv, »dass dich jemand mit dem Messer angegriffenhat. Einen Stich hast du abbekommen, der hat aber keinen großen Schaden angerichtet. Du hast nur viel Blut verloren. Man hat dich operiert, jetzt hast du eine Naht in der Bauchdecke.«

»Hör auf, mir Räuberpistolen zu erzählen!« Jesko von Arnsberg schüttelte den Kopf und wandte sich an Anna. »Glauben Sie diesem Mann nicht. Er hat beruflich mit Mord und Totschlag zu tun. Das hat seine Fantasie verdorben. Was führt Sie zu mir, junge Frau? Sie wollen doch zu mir. Hoffe ich jedenfalls.«

Anna schloss die Tür hinter sich und trat näher an das Krankenbett heran. »Guten Tag, Herr von Arnsberg. Ja, ich bin Ihretwegen hier. Mich interessiert in der Tat, was Ihnen zugestoßen ist. Ich komme gerade von dem Mann, der Sie offenbar angegriffen hat. Er ist ebenfalls operiert worden. Wegen einer schweren Kopfverletzung. Allerdings ist er noch nicht aufgewacht.«

»Wird er überleben?«, mischte Pawlowski sich ein.

»Ich glaube schon. Nach dem, was ich gehört habe, ist nur fraglich, ob er beziehungsweise sein Kopf wieder richtig gesund wird.«

»Wer ist dieser Mann, von dem Sie reden?«, fragte von Arnsberg. »Müsste ich den kennen?«

Pawlowski und Anna sahen sich an. Der Privatdetektiv verdrehte die Augen. »Das ist die Narkose«, murmelte er. »Ich weiß nicht, ob wir hier jetzt weiterkommen.«

Anna versuchte den direkten Weg. »Sie kennen ihn«, erklärte sie in bestimmtem Ton. »Er war in Ihrem Geschäft und hat Sie bedroht. Können Sie mir sagen, was er von Ihnen wollte?«

Der Antiquitätenhändler breitete die Arme aus. »Ich kann mich nicht erinnern. Tut mir leid, schöne Dame.«

»Herr Pawlowski«, fragte Anna, »kann es sein, dass Sie da mit drinhängen? Kaltenbachs Freundin hat vorhin von einem Angebot gesprochen, das Sie ihm gemacht haben oder machen wollten. Worin bestand das?«

»Bei aller Sympathie, Frau Lehnhoff.« Der Privatdetektiv schüttelte bedauernd den Kopf. »Das geht jetzt zu weit in meinen beruflichen … Tabubereich. Nachdem sich die Lage zugespitzt hatte, war mir natürlich daran gelegen, ihn von seinem irrsinnigen Vorhaben abzubringen. Das muss Ihnen reichen.«

Anna bohrte trotzdem nach. »Was genau wollte er von Herrn von Arnsberg? Wollte er ihn ausrauben?«

»So ungefähr.« Pawlowski zeigte einen gequälten Gesichtsausdruck. »Aber wie gesagt …«

»Hägele!«, rief der Antiquitätenhändler plötzlich. »Jetzt weiß ich's wieder. Der Hägele hat mich als Geisel genommen. Damit du ihm den Koffer bringst.«

»Was für einen Koffer?«, fragte Anna rasch.

»Mit dem Schmuck«, antwortete von Arnsberg.

»Quatsch!« Unwillig schüttelte der Privatdetektiv den Kopf. »Hören Sie nicht auf ihn, Frau Lehnhoff! Jesko spinnt. Das sind die Nachwirkungen der Narkose.«

»Ich spinne nicht!«, rief der Antiquitätenhändler empört. »Du hast mir selbst erzählt …«

Pawlowski sprang auf. »Schluss jetzt, Jesko!« Er fasste nach Annas Jackenärmel. »Kommen Sie! Morgen oder übermorgen hat er wahrscheinlich wieder alle Sinne beisammen. Heute hat das keinen Zweck.«

Anna befreite ihren Arm, sie funkelte den Privatdetektiv böse an. »Was wollen Sie unter der Decke halten? Von wegen gemeinsam recherchieren! Mir scheint, Sie spielen ein falsches Spiel.«

Jesko von Arnsberg lachte meckernd. »Die Frau hat's drauf, Julian. Die steckt dich in den Sack.«

»Das ist kein Spiel«, antwortete der Privatdetektiv düster. »Und daran ist nichts falsch. Die … Begegnung … zwischen meinem Freund und …«

»Kaltenbach. Tun Sie doch nicht so. Sie kennen den Namen bestimmt. Aber ich habe ihn auch ohne Ihre Hilfe herausbekommen.« Wütend spie sie es ihm regelerecht entgegen.

Pawlowski blieb ruhig. »… und Kaltenbach berührt einen Auftrag, den ich noch nicht abgeschlossen habe. Deshalb kann ich im Augenblick nicht hundert Prozent offen sein, Frau Lehnhoff. Aber morgen oder übermorgen …«

»So lange werde ich nicht warten«, unterbrach Anna ihn und wandte sich zum Gehen. »Ich habe genug erfahren, um mir einen Reim auf die *Begegnung* zu machen. Auf Wiedersehen, meine Herren.« In der Tür blieb sie stehen und drehte sich um. »Ihre Rolle, Herr Pawlowski, durchschaue ich noch nicht ganz. Das ist jedoch nur eine Frage der Zeit.«

Anna schlug die Tür des Krankenzimmers zu und eilte den Gang entlang. Was sie heute erfahren hatte, deutete darauf hin, dass Kaltenbach, alias Hägele, der Einbrecher war, der Susanne Rudloffs Schmuck entwendet hatte. Seine Beute hatte er an den Antiquitätenhändler verkaufen wollen. Darüber musste es zum Streit gekommen sein. Offenbar hatte der Privatdetektiv versucht, zu vermitteln. Kaltenbachs Freundin hatte von einem Angebot gesprochen, Pawlowski von einem Auftrag, der irgendwie, möglicherweise indirekt, mit Kaltenbach zu tun hatte. Aber wie? Wer war sein Auftraggeber? Plötzlich sah sie den Mann im Rollstuhl vor sich. Jörg Rudloff. Hatte er sich nicht auf die Polizei verlassen und den Detektiv engagiert? Warum? Konnte es sein, dass der Dieb nicht nur den Schmuck, sondern auch eine Pistole entwendet hatte? Die Waffe, mit der Sarah Jane Roberts getötet worden war? Diese Fragen sollten sich Sven und Alexa Engel ebenfalls stellen.

Als die Tür zur Krankenstation hinter Anna zufiel, hatte sie bereits ihr Smartphone in der Hand und wählte. Sie vernahm den Rufton, aber Sven meldete sich nicht. Offenbar hatte er sein Handy lautlos gestellt. Sie versuchte es im Fachkommissariat. Dort antwortete eine dunkle weibliche Stimme, eine Mischung aus Zarah Leander und Amanda Lear. »Kriminalkommissarin Lorenz.«

Sabrina! Die Kollegin, mit der Sven … Anna verdrängte die Erinnerung. »Hallo Sabrina, hier ist Anna Lehnhoff. Ich müsste dringend mit Sven oder Frau Engel sprechen.«

»Guten Tag, Anna. Die Kollegen sind alle zu einem Einsatz unterwegs. Ich mache die Stallwache. Weil ich heute aus dem Urlaub gekommen bin.«

»Kannst du mir sagen, wo genau sie sind?«

»Ich darf dir darüber keine Auskunft geben, das ist doch nichts Neues für dich«, antwortete Sabrina. »Nur so viel: Es geht um Ermittlungen zu einem Tötungsdelikt. Mehr darf ich dir wirklich nicht …«

Anna unterbrach die Oberkommissarin. »Handelt es sich bei dem Einsatz um eine Hausdurchsuchung? Bei einem Jörg Rudloff?«

»Woher weißt du …«

»Danke, Sabrina. Du hast mir sehr geholfen.« Anna legte auf, steckte das Telefon in die Tasche und beschleunigte ihre Schritte. Bei Gelegenheit würde sie sich für die Unhöflichkeit entschuldigen. Aber jetzt kam es auf jede Minute an. Sie durfte nicht verpassen, falls bei Rudloff die Tatwaffe im Fall *Big Ben* gefunden wurde.

Als Anna ihren Twingo in Weende vor der Rudloff-Villa parkte, standen dort bereits zwei Einsatzfahrzeuge der Polizei, ein ziviler Dienstwagen und ein weiteres Auto. Sie hastete über die Zufahrt zum Eingang. An der Haustür empfing sie ein uniformierter Beamter. »Sie können hier jetzt nicht rein.«

»Aber ich bin … Mein Name ist Anna Lehnhoff. Frau Engel und Herr Petersson kennen mich.«

Der Polizist lächelte nachsichtig. »Wie schön für Sie. Trotzdem dürfen Sie das Haus nicht betreten.«

Anna war klar, dass ihr in diesem Fall auch der Presseausweis nicht weiterhelfen würde. Sie zog ihr Smartphone aus der Tasche und wählte Svens Nummer. Er meldete sich sofort. »Hallo Anna, es geht gerade nicht. Ich bin im Einsatz.«

»Ich weiß. Hausdurchsuchung bei Rudloff. Ich stehe vor der Tür. Habt ihr schon was gefunden?«

Sie hörte, wie Sven leise stöhnte. »Ich kann im Moment nicht …« Er brach ab, redete offenbar mit jemand anderem. »Nein. Es ist Anna. Ich meine, Frau Lehnhoff.« Dann sprach er wieder ins Telefon. »Tut mir leid, ich muss jetzt Schluss machen.«

»Ich warte!«, rief Anna schnell noch, doch Sven hatte schon aufgelegt. Sie steckte das Handy ein, nickte dem Polizeibeamten freundlich zu und schlenderte zurück zur Grundstückspforte. Von hier aus musterte sie das Haus der Rudloffs. Die breite, mit hochwertigen Steinen gepflasterte Zufahrt zur Doppelgarage war mit üppiger Bepflanzung eingerahmt. Die Blütenpracht setzte sich im ganzen Garten fort und wirkte so frisch, wie sie um diese Jahreszeit nur sein konnte. Das Gebäude gehörte zu jenen villenartigen Eigenheimen aus den achtziger Jahren, denen man ansah, dass die Bauherren seinerzeit nicht knausern mussten. Der weitläufige Bau aus gelblichem Klinker war mit braunen Türen und Fensterrahmen nicht sonderlich geschmackvoll gestaltet, das Dach mit stilwidrig geschwungenen Gauben versehen.

Ein Lichtreflex lenkte Annas Aufmerksamkeit auf die Fenster der Einliegerwohnung. Eines der Rollos hatte sich bewegt und für einen Moment Sonnenlicht auf die Glasscheibe fallen lassen. Ob Alexa Engel über einen Durchsuchungsbeschluss für das ganze Haus oder nur für die Wohnung der Rudloffs verfügte?

*

»Was ist mit der Einliegerwohnung?«, fragte Sven Petersson, als einer der uniformierten Kollegen meldete, dass alle Räume durchsucht worden seien, man aber keine Waffe und auch sonst nichts Verdächtiges gefunden habe. Voller Ungeduld hatte er auf das Ergebnis gewartet. Rechtsanwalt Seibold, den Rudloff angerufen hatte, als sie ihm den Durchsuchungsbeschluss präsentiert hatten, stand sichtlich gelangweilt neben ihm und setzte nun ein ironisches Lächeln auf.

Als der Beamte mit den Schultern zuckte, meldete sich Seibold zu Wort. »Der richterliche Beschluss bezieht sich lediglich auf die Wohnräume, die Garagen und Fahrzeuge der Familie Rudloff. Damit haben Sie auf die Einliegerwohnung keinen Zugriff.«

»Die gehört zum Haus«, widersprach Sven. »An der Tür gibt es ein unbeschriftetes Klingelschild. Also können wir davon ausgehen, dass sie nicht bewohnt, sondern von Rudloffs mitbenutzt wird.«

»Sie irren«, erwiderte Seibold. »Sie ist vermietet. Ob der Mieter seinen Namen an der Tür anbringt oder nicht, ist seine Sache und nicht von Belang. Da sich der Durchsuchungsbeschluss nicht auf diese Wohnung bezieht, bleibt sie für Sie tabu.«

Alexa Engel, die sich mit dem Ehepaar Rudloff im Wohnzimmer aufgehalten hatte, trat auf den Flur, ihr Smartphone in der Hand. »Das Problem lässt sich rasch lösen«, sagte sie und tippte auf das Display des Handys. »Die Sache verdient keinen Aufschub, der Beschuldigte ist vorgewarnt, er könnte also auf den Mieter Einfluss nehmen. Ich spreche mit dem Oberstaatsanwalt. Herr Wegemann wird den ergänzenden Beschluss beim zuständigen Richter telefonisch anfordern.« Während sie auf den Rufton lauschte, lächelte sie den Rechtsanwalt freundlich an. »Wie ist denn wohl der Name des Wohnungsinhabers?«

Seibold verzog das Gesicht. »Das entzieht sich meiner Kenntnis. Da müssen Sie den Vermieter fragen.«

Die Hauptkommissarin gab Sven mit einer Kopfbewegung einen Wink. Er nickte kaum merklich und durchquerte den Flur in Richtung Wohnzimmer. Als er den Raum betrat, hörte er noch, wie seine Chefin am Telefon den Staatsanwalt begrüßte.

Jörg Rudloff war zum Fenster gerollt und hatte den Blick nach draußen gerichtet. Er fuhr herum und sah den Kriminaloberkommissar mit leicht zusammengekniffenen Lidern an. »Sind Sie endlich fertig?«, knurrte er.

»Wie man's nimmt«, antwortete Sven und schloss die Tür hinter sich. »Uns fehlt noch die Einliegerwohnung. Herr Seibold sagt, sie sei vermietet. Stimmt das?«

Der Mann im Rollstuhl zuckte mit den Schultern. »Spielt das eine Rolle?«

»In dem Fall bräuchten wir einen gesonderten Durchsuchungsbeschluss für diese Wohnung. Meine Chefin möchte gern wissen, wie der Wohnungsinhaber heißt.«

Statt eine Antwort zu geben, rollte Rudloff zur Tür und öffnete sie. »Seibold, komm mal bitte!«, rief er in den Flur.

Als der Anwalt den Raum betrat, registrierte Sven, dass Alexa Engel noch immer mit dem Staatsanwalt telefonierte. Machte Wegemann Schwierigkeiten?

»Die wollen die Einliegerwohnung durchsuchen und möchten wissen, wer da wohnt. Muss ich das sagen?«

Seibold wiegte den Kopf. »Musst du nicht. Aber wir sind doch kooperativ und werden doch den Damen und Herren von der Polizei das Leben nicht unnötig schwer machen. Sie finden es so oder so heraus.«

»Also gut.« Mit verkniffener Miene stieß Rudloff den Namen hervor. »Mein Sohn Lucas. Lucas mit C.«

Sven ließ sich seine Überraschung nicht anmerken. »Ist er anwesend?«

Rudloff schüttelte den Kopf. »Er studiert in Münster. Kommt nur am Wochenende.«

»Vielen Dank für die Auskunft«, sagte Sven und kehrte auf den Flur zurück. Dort verabschiedete sich seine Chefin gerade vom Oberstaatsanwalt. Ihre Miene verhieß nichts Gutes. »Wir rücken ab«, verkündete sie. »Wegemann meint, er hätte sich mit dem Durchsuchungsbeschluss schon sehr weit aus dem Fenster gelehnt. Da wir hier nichts gefunden haben, war das Unternehmen ein *Schuss in den Ofen*, wie er sich ausdrückte. Eine Ausweitung auf die Einliegerwohnung will er dem Richter nicht zumuten, nachdem er ihn bereits beim ersten Mal so heftig bekniet hat.«

»So eine Scheiße!«, entfuhr es Sven. »Dabei gehört der Wohnungsinhaber zur Familie. Der angebliche Mieter ist nämlich der Junior. Lucas mit Vornamen. Bestimmt haben seine Eltern einen Schlüssel.«

Alexa Engel hob die Schultern. »Wenn der Oberstaatsanwalt nicht will, will er nicht. Da können wir uns auf den Kopf stellen. Ich glaube schon, dass er sich bemüht hat. Unsere Theorie ist schlüssig, aber sie ist eine Theorie. Der Richter kennt den Fall nur aus den Akten beziehungsweise aus Wegemanns Schilderung. Ihm fehlt der persönliche Eindruck, er hat Rudloffs Reaktionen nicht gehört und nicht gesehen.« Sie gab dem uniformierten Polizisten einen Wink. »Abrücken!« An Sven gewandt fuhr sie fort: »Ich sage den Herren Bescheid. Du kannst schon vorgehen. Frau Lehnhoff wartet bestimmt draußen.«

Anna lief Sven entgegen, als dieser aus der Haustür trat. »Und?«, fragte sie erwartungsvoll. »Habt ihr was gefunden?«

Er schüttelte den Kopf. »Leider nicht.«

»Was ist mit der Einliegerwohnung?«

Bedauernd hob Sven die Schultern. »Für die haben wir keinen Durchsuchungsbeschluss bekommen können.«

»Aber die gehört doch zum Haus.«

»Auch wenn der Mieter die meiste Zeit wohl nicht anwesend ist, so wie heute auch nicht, die Wohnung gilt als an eine andere Person vermietet.«

»Stimmt nicht, heute ist da jemand«, behauptete Anna. »Ich habe gesehen, wie …«

»Du musst dich irren«, unterbrach Sven sie. »Wohnungsinhaber ist der Sohn der Rudloffs. Und der ist zurzeit in Münster.«

»Dann war vielleicht die Mutter gerade unten und hat …«

»Frau Rudloff hat die ganze Zeit bei ihrem Mann im Wohnzimmer gesessen. Also kann sie nicht in der Wohnung gewesen sein.« Sven breitete die Arme aus. »Wie auch immer – wir haben keine Handhabe.«

»Und wenn ihr euch für die Einliegerwohnung noch einen Durchsuchungsbeschluss besorgt?«

»Alexa hat's versucht«, berichtete Sven. »Ohne Erfolg. Wir haben zwar eine schlüssige Theorie, aber nicht einen konkreten Hinweis darauf, dass sich die Pistole hier im Haus oder gar in der Wohnung befindet.«

»Dann hat der Einbrecher sie mitgenommen«, rief Anna. »Bei dem müsst ihr suchen.«

»Bei wem müssen wir suchen?«, fragte Alexa Engel, die aus dem Haus getreten war und plötzlich neben ihnen stand.

»Bei Rudloff ist eingebrochen worden«, erklärte Anna. »Oder er wurde überfallen. Wie auch immer man das einordnet. Jedenfalls ist ein junger Mann ins Haus eingedrungen und hat ziemlich fette Beute gemacht. Wenn Jörg Rudloff eine Pistole besaß – wo würde er sie aufbewahren? In einem Tresor? Den hat der Täter wahrscheinlich ausgeräumt und die Waffe mitgenommen.«

»Woher wissen Sie das mit dem Einbruch?«, fragte die Kriminalhauptkommissarin und warf Sven einen fragenden Seitenblick zu.

»Das ist Stadtgespräch«, antwortete Anna. »Jedenfalls in Nikolausberg. Sicher auch hier in Weende.«

»Und die Leute erzählen, dass es ein junger Mann war?«

»Ich weiß nicht, was die Leute über den Einbrecher erzählen.« Anna konnte ein triumphierendes Grinsen nicht unterdrücken. »Aber ich weiß, wer die Rudloffs beklaut hat.«

Sven und seine Chefin wechselten einen Blick und sahen dann Anna fragend an. »Dann wissen Sie mehr als unsere Kollegen vom Einbruch«, stellte Alexa Engel fest. »Oder wollen Sie uns auf den Arm nehmen?«

Wortlos schüttelte Anna den Kopf und zog den Augenblick genüsslich in die Länge.

»Nun sag schon!«, fuhr Sven sie an.

»Der Mann heißt Kilian Kaltenbach und liegt mit einer Kopfverletzung im Klinikum. Ist aber nicht ansprechbar.«

»Langsam werden Sie mir unheimlich, Frau Lehnhoff«, murmelte Hauptkommissarin Engel. »Was wissen Sie noch über ihn?«

Anna genoss ihren Wissensvorsprung und berichtete von ihrem Besuch bei Kilian Kaltenbach und Jesko von Arnsberg in der Klinik, erwähnte allerdings die Begegnung mit dem Privatdetektiv Julian Pawlowski nicht. Dessen Andeutung, dass die blutige Auseinandersetzung einen Auftrag berührte, konnte auf Jörg Rudloff hinweisen. Diesen Zusammenhang wollte sie allein aufklären, dann würde sich der Kreis schließen, der die vier Männer verband.

Hauptkommissarin Engel bedankte sich für Annas Bericht und wandte sich an Sven. »Fahr bitte ins Klinikum und befrag den Antiquitätenhändler! Und schick eine Kollegin oder einen Kollegen zu diesem Kaltenbach! Ich möchte informiert werden, wenn er vernehmungsfähig ist.«

Nachdem Sven und seine Chefin losgefahren waren, blieb Anna noch eine Weile vor dem Grundstück der Rudloffs stehen und betrachtete die Fenster der Einliegerwohnung. Aber dort bewegte sich nichts. Sollte sie sich doch getäuscht haben?

Schließlich stieg sie in ihren Twingo und startete den Motor. Als sie vom Max-Born-Ring in die Ernst-Fahlbusch-Straße einbog, kam ihr ein Opel Mokka entgegen, der von einer jungen Frau gesteuert wurde. Neben ihr saß ein Mann, der Anna bekannt vorkam. Erst als sie den Wagen passierte, erkannte sie ihn. Sie bremste, wartete ein paar Sekunden und wendete, um dem Opel zu folgen.

Ihr Instinkt hatte sie nicht getäuscht. Der Opel hielt vor der Rudloff-Villa, Julian Pawlowski stieg auf der Beifahrerseite aus. Er umrundete den Wagen, öffnete die Kofferraumklappe und nahm einen kleinen Koffer heraus. Nach einem kurzen Blick in die Runde marschierte er zum Eingang und drückte auf den Klingelknopf. Susanne Rudloff erschien an der Tür und machte eine einladende Handbewegung. Pawlowski verschwand im Haus, die junge Frau blieb im Auto.

Anna versuchte, sich vorzustellen, was sich dort abspielte. Pawlowski wurde ins Wohnzimmer geführt, wo der Hausherr in seinem Rollstuhl saß und sich nach der überstandenen Hausdurchsuchung einen Whisky gönnte. Der Detektiv legte den Koffer vor ihm auf den Tisch und öffnete den Deckel.

Was mochte Jörg Rudloff zu sehen bekommen? Wenn sie richtig lag, hatte Pawlowski den Auftrag, den er erwähnt hatte, erfolgreich ausgeführt. Er hatte Kaltenbach den gestohlenen Schmuck abgenommen und brachte ihn in diesem Augenblick dem rechtmäßigen Besitzer zurück. Oder der Besitzerin. Wahrscheinlich stand die Gattin daneben und war von der Rückgabe des Geschmeides entzückt. Ihr Mann dürfte sich eher für seine Pistole interessieren. Falls der Detektiv sie mitgebracht hatte, gab es für ihn Grund zu doppelter Freude. Die Waffe konnte nun nicht mehr in falsche Hände fallen. Daran würde auch eine Durchsuchung nichts ändern, denn die lag bereits hinter ihm.

Anna dachte an Sven und seine Chefin. »Jetzt müsstet ihr da reingehen«, murmelte sie vor sich hin. »Jetzt könntet ihr die

Pistole finden.« Wütend schlug sie gegen das Lenkrad. Wenn ich die schon wieder anrufe, überlegte sie, erklären sie mich für verrückt. Aber sei's drum. Sie zog das Smartphone aus der Handtasche und wählte. Sie wollte schon wieder auflegen, als Sven sich endlich meldete.

»Was ist denn noch, Anna?«

»Gerade hat jemand dem Rudloff das Diebesgut zurückgebracht. Wahrscheinlich auch die Pistole. Wenn ihr jetzt …«

»Und du hast das gesehen?«, unterbrach Sven sie. »Den Schmuck und die Waffe? Bei aller Liebe, Anna. Ich glaube dir ja vieles. Aber …«

»Ja, nein. Natürlich habe ich die Sachen nicht gesehen. Nur einen Koffer. Ich bin sicher, dass sich darin …«

»Hör auf, Anna!« Sven klang verärgert. »Jetzt geht deine Fantasie mit dir durch. Aufgrund von Spekulationen können wir unmöglich eine neue Hausdurchsuchung durchführen. Was soll ich Alexa sagen? Oder dem Staatsanwalt? *Rudloff hatte Besuch von einem Mann mit einem Koffer.* Die lachen mich doch aus. Wir haben uns eh schon blamiert. Ich bin am Haupteingang vom Klinikum. Muss Schluss machen. Bis später, Anna!« Es knackte, die Verbindung war beendet.

In Anna brodelte es. Die Aufklärung des Mordes an Sarah Jane Roberts war zum Greifen nahe, und die blöden Bullen kapierten nichts. Es war zum Verzweifeln. Sie wusste, dass sie ungerecht war und entschuldigte sich gedanklich bei Sven. Natürlich war er alles andere als ein blöder Bulle. Aber irgendwie hatte sie auch Recht. Jedenfalls ein bisschen. Ihre Theorie war in sich stimmig. Offen war nur die Frage, wie die blutige Auseinandersetzung zwischen Kaltenbach und dem Antiquitätenhändler zu ihrer Theorie passte.

Was sollte sie jetzt tun? Auf Pawlowski warten und ihn, wenn er das Haus verließ, zur Rede stellen? Oder war es klüger, Jesko von Arnsberg noch einmal aufzusuchen und allein mit ihm – ohne Gegenwart des Freundes – zu sprechen? Gerade war Sven bei ihm. Den Besuch musste sie ohnehin auf später verschieben. Also Pawlowski. In dem Augenblick trat der Detektiv vor die Tür, winkte zu Susanne Rudloff zurück und eilte zum Wagen. Damit war die Sache entschieden. Anna startete den Motor, gab Gas und raste auf den Opel zu.

20

Annas Twingo kam vor dem Mokka zum Stehen, als dieser gerade anfuhr. Sie sprang aus dem Wagen. Zwischen den Stoßstangen war nur noch eine Handbreit Platz. Auch die Fahrerin war ausgestiegen. »Was soll das?«, rief sie sichtlich erbost. Anna ignorierte sie und riss auf der Beifahrerseite die Tür auf. »Sie sind mir eine Erklärung schuldig, Herr Pawlowski.«

Der Privatdetektiv kletterte aus dem Auto und gab seiner Fahrerin ein Zeichen. Sie stieg ein und schloss die Tür.

»Hallo, Frau Lehnhoff.« Pawlowski lächelte gequält. »Sie schon wieder! Es tut mir leid, aber ich bin nicht weitergekommen. Kaltenbach ist nicht ansprechbar. Und mein Freund Jesko hat Erinnerungslücken, wie Sie wissen. Ich kann Ihnen also nicht sagen, was genau geschehen ist.«

Anna winkte ab. »Geschenkt.« Mit einer Kopfbewegung deutete sie zum Haus der Rudloffs. »Sie haben gerade das Diebesgut zurückgebracht. Den Schmuck, vielleicht auch Bargeld. Und eine Pistole. Stimmt's?«

Pawlowski schüttelte abwehrend den Kopf. »Wie kommen Sie darauf?«

»Die blutige Auseinandersetzung zwischen den Männern berührt einen Auftrag, haben Sie gesagt. Ich weiß, dass Kaltenbach die Rudloffs überfallen und bestohlen hat. Sie haben den

Dieb aufgespürt und ihm seine Beute abgenommen. Das war er, Ihr Auftrag.«

»Eine ziemlich gewagte Theorie«, erwiderte Pawlowski. »Sie hat nur den Nachteil, dass es dafür keine Beweise gibt.«

»Gibt es doch«, widersprach Anna. »Immerhin hat die Polizei die Villa Rudloff durchsucht. Mit einem richterlichen Durchsuchungsbeschluss. Ohne konkrete Hinweise hätte sie den nicht bekommen. Hat Ihnen Ihr Auftraggeber nicht davon erzählt?«

»Mein Auftrag ist erledigt«, entgegnete der Detektiv. »Ich bin raus aus der Geschichte. Meine Mitarbeiterin schreibt die Rechnung, und das war's dann.«

»Nein.« Anna schüttelte den Kopf. »Die Polizei weiß nichts von Ihrer Rolle in dem Fall. Noch nicht. Das könnte sich ändern. Und Sie müssten sich auf ein paar unangenehme Fragen gefasst machen. Ich glaube nicht, dass Ihr Freund Jesko von Arnsberg eine polizeiliche Vernehmung durchhält, ohne Ihre Beteiligung zu erwähnen.«

Pawlowski verzog das Gesicht und schwieg einen Moment. »Was wollen Sie eigentlich von mir?«, fragte er schließlich.

»Die Bestätigung dafür, dass Sie Jörg Rudloff gerade eine Pistole zurückgebracht haben, die Kilian Kaltenbach ihm entwendet hatte.«

»Die kann ich Ihnen beim besten Willen nicht geben. Inhaltliche Details meiner Aufträge unterliegen der Verschwiegenheit. Schützen Sie als Journalistin Ihre Informanten denn nicht?« Er breitete die Arme aus. »Wenn Sie der Polizei gegenüber meine unmaßgebliche Beteiligung an der Geschichte erwähnen möchten – bitte! Wie Sie richtig bemerkt haben, könnten sich daraus ein paar lästige Fragen ergeben. Mehr aber auch nicht. Damit kann ich leben.« Er öffnete die Wagentür. »Auf Wiedersehen, Frau Lehnhoff.«

»Sie hätten die Polizei informieren müssen!«, rief Anna rasch. »Über Kaltenbach und über das Diebesgut. Vor allem aber über die illegale Schusswaffe.«

»Ich weiß von keiner Waffe«, antwortete der Privatdetektiv und stieg in den Wagen. Im nächsten Augenblick startete die Fahrerin den Motor und setzte zurück. Sekunden später schoss der Mokka an Anna vorüber. Pawlowski grinste sie durch die Scheibe an.

Wütend reckte sie den Mittelfinger. Diesen Schnüffler hatte sie falsch eingeschätzt. Natürlich ging es ihm ums Geschäft, nicht um Aufklärung. Welchen Betrag mochte er Rudloff in Rechnung stellen? Ein paar tausend Euro? Wahrscheinlich mehr. Sein Kunde würde auch eine fünf- oder sechsstellige Summe zahlen. Damit war die Sache für Pawlowski erledigt. Allenfalls interessierte er sich noch für den Gesundheitszustand seines Freundes. Hätte sie ihm sagen sollen, dass mit der Pistole ein Mord begangen worden war? Hätte er dann anders reagiert? Es war müßig, jetzt noch darüber zu spekulieren. Sie sah auf die Uhr. Inzwischen hatte Sven mit dem Antiquitätenhändler gesprochen. Jetzt könnte sie von Arnsberg aufsuchen, um herauszubekommen, worum es bei dem nächtlichen Streit gegangen war. Aber es gelang ihr nicht, den Blick von der Villa zu lösen. Vor ihrem inneren Auge sah sie Jörg Rudloff im Rollstuhl sitzen, den Koffer auf den Knien. Er öffnete den Deckel, schob den Schmuck seiner Frau achtlos zur Seite und griff nach der Pistole.

Es war zum Heulen. Wenn jetzt nichts geschah, würde er die Waffe verschwinden lassen. Der Beweis, dass Sarah Jane Roberts mit dieser Pistole getötet worden war, würde nicht mehr zu erbringen sein. Alle Informationen, die sie zusammengetragen hatte, wären nutzlos.

Ich kann eigentlich nach Hause fahren, dachte sie, und die Geschichte vergessen. Sie hatte einen Täter, zumindest einen Tatverdächtigen, präsentieren wollen. Und war gescheitert. Da spielten die Einzelheiten über die Auseinandersetzung zwischen Kaltenbach und von Arnsberg auch keine Rolle mehr. Ohne ein überzeugendes Ende, das sich entscheidend von den ergebnislosen Ermittlungen im Jahr 1986 unterschied, würde sie keinen Artikel ins Blatt bringen können. Anna traten Tränen der Wut in die Augen.

Sie blinzelte, stieg in ihren Twingo und griff nach dem Schlüssel. Ihr Blick fiel auf die Fenster der Einliegerwohnung. Zwei der Rollos waren zur Hälfte hochgezogen. Also hatte sie sich nicht getäuscht. Dort hielt sich jemand auf. Oder es gab eine Verbindungstür zwischen den Wohnungen. Jörg Rudloff würde das Untergeschoss kaum erreichen können. Hatte er seine Frau nach unten geschickt, damit sie die Pistole versteckte? Das Thema Hausdurchsuchung war erledigt. Dennoch blieb für ihn ein gewisses Risiko. Wäre es nicht sicherer, die Waffe ganz verschwinden zu lassen? Dazu müsste einer von ihnen, wahrscheinlich Susanne Rudloff, das Haus verlassen. Anna wusste plötzlich, was sie tun würde. Sie startete den Motor, fuhr ein Stück die Straße entlang und parkte an einer Stelle, von der aus sie die Villa im Blick hatte.

*

Marie-Luise Kaltenbach schwieg lange, nachdem Vanessa von ihren Erlebnissen mit Kilian berichtet hatte. Anfangs hatte sie versucht, auszuweichen und seine Taten zu beschönigen, doch die alte Dame hatte unerbittlich auf volle und ungeschminkte Wahrheit gedrängt. »Sie müssen zur Polizei gehen«, sagte sie schließlich. Kilians Vater wird die teuersten Anwälte aufbieten, damit sein Sohn einigermaßen glimpflich aus der Sache herauskommt, und sei es nur, um den Ruf der Familie so gut wie möglich zu schützen. Viel wichtiger ist ohnehin, dass er wieder richtig gesund wird. Sorgen macht mir die Geschichte mit der Pistole. Die muss ja irgendwo sein.« Sie seufzte. »Mit Waffen wird immer Unheil angerichtet. Glauben Sie mir, ich weiß, wovon ich rede. Als Kind habe ich gesehen, wie Menschen erschossen worden sind.«

»Aber wenn ich alles aussage,« wandte Vanessa ein, »kann ich nicht verschweigen, dass Kilian mit dem Messer ...«

Die alte Dame nahm Vanessas Hand. »Das finden die sowieso heraus. Die Anwälte werden auf Notwehr plädieren, also machen Sie sich deswegen keine Sorgen. Wichtig ist, dass die Polizei von der Pistole erfährt. Die wissen womöglich gar nichts von dieser Jenny und dem ... Wie heißt der eigentlich?«

Vanessa hob die Schultern. »Keine Ahnung. Muss ihr Chef sein. Von ihr weiß ich auch nur den Vornamen.«

»Das macht nichts.« Marie-Luise Kaltenbach winkte ab. »Die Polizei wird die Namen ermitteln. Sie können die Frau und den Mann beschreiben.« Sie sah sich um. An den Nachbartischen gab es rege Unterhaltungen, aber der Geräuschpegel hielt sich in Grenzen. »Am besten rufen Sie gleich an. Oder sollen wir hinfahren? Ich komme mit, wenn Sie wollen.«

»Das wäre nett.« Vanessa war erleichtert. In Begleitung dieser klugen und resoluten Frau würde sie sich sicherer fühlen.

»Ich zahle«, erklärte Kilians Großmutter und winkte der Bedienung.

*

Die Befragung des Jesko von Arnsberg hatte das Bild von dem nächtlichen Ereignis in seinem Laden vervollständigt, aber wenig über die Hintergründe erkennen lassen. Der Antiquitätenhändler hatte nur bestätigt, dass Kilian Kaltenbach ihn habe zwingen wollen, wertvollen Schmuck anzukaufen, und ihn deswegen mit einem Messer bedroht habe. Aus reiner Gegenwehr habe er zu der Statue gegriffen.

Als Sven das Büro seiner Chefin betrat, um ihr zu berichten, befand sie sich im Gespräch mit einer rothaarigen jungen Frau und einer alten Dame.

»Entschuldigung!«, sagte er und wollte die Tür wieder schließen, doch Alexa Engel winkte ihn herein. »Das ist mein

Kollege, Kriminaloberkommissar Petersson.« Und an Sven gewandt fuhr sie fort: »Frau Kaltenbach, Frau Jordan. Die Damen haben interessante Einzelheiten zu unserem Fall zu berichten. Am besten hörst du dir das gleich mit an.«

»Guten Tag.« Sven nickte den Frauen zu und setzte sich auf den einzigen freien Stuhl. »Geht es um den Vorfall im Antiquitätengeschäft oder um *Big Ben*?«

»Sowohl als auch. Die Fälle berühren sich offenbar in einem ganz entscheidenden Punkt.« Die Hauptkommissarin warf einen Blick in ihre Notizen. »Es gibt zwei Personen, die eine nicht unerhebliche Rolle dabei spielen. Es handelt sich um einen älteren Mann mit Glatze und um eine junge Frau namens Jenny.« Alexa sah auf und wandte sich an die jüngere Besucherin. »Frau Jordan, können Sie noch einmal im Zusammenhang berichten, was Sie mit den beiden Personen erlebt haben?«

Sven wurde von Unruhe erfasst, als die Zeugin von der Pistole sprach, die sich bei der Beute befunden hatte. Nur mühsam ließ sich der Impuls unterdrücken, aufzuspringen und den Satz herauszulassen, der in seinem Kopf kreiste. *Also hatte Anna die ganze Zeit Recht!* Voller Ungeduld wartete er auf das Ende des Berichts.

Nachdem Alexa Engel sich bei den Zeuginnen bedankt und sie verabschiedet hatte, brach es aus ihm heraus. »Wir müssen diesen Typen finden. Ist die Personenbeschreibung brauchbar?«

»Das Mädchen hat gut beobachtet.« Alexa tippte auf ihre Notizen. »Wenn die alte Dame richtig vermutet, dass wir es mit einem Privatdetektiv zu tun haben, der in Rudloffs Auftrag gehandelt hat, kann es der Beschreibung nach eigentlich nur einer sein. Und den kenne ich. Er heißt Pawlowski. Wir waren vor langer Zeit Kollegen. Irgendwann hat er sich anders entschieden, den Polizeidienst quittiert und eine Detektei gegründet. Ziemlich erfolgreich sogar.«

»Also nichts wie hin!« Sven sprang auf. »Der muss die Pistole haben, die wir bei Rudloff vergeblich gesucht haben.«

Seine Chefin schüttelte den Kopf. »Schwer vorstellbar. Der Mann ist Profi. Er wird wissen oder zumindest ahnen, dass die Waffe heiß ist, und wird sie so schnell wie möglich wieder loswerden wollen. Vermutlich hat er sie in Rudloffs Auftrag verschwinden lassen. Oder er hat sie ihm zurückgebracht.«

»Aber …« Sven ruderte ziellos mit den Armen. Auch in diesem Punkt hatte Anna anscheinend Recht.

»Ich weiß, was du sagen willst.« Alexa Engel lächelte nachsichtig. »Wir hätten sie finden müssen. Möglicherweise ist sie tatsächlich in der Einliegerwohnung. Pawlowski könnte den Aktenkoffer, von dem Vanessa Jordan gesprochen hat, aber auch an Rudloff übergeben haben, nachdem wir weg waren. Oder er bringt ihn ihm gerade in diesem Augenblick. Ganz ohne Risiko.«

»Der Mann mit dem Koffer«, murmelte Sven.

»Bitte?«

»Anna hat mich vorhin angerufen. Sie hat jemanden beobachtet, der einen Koffer bei Rudloff abgegeben hat.« Mit einem Aufstöhnen ließ sich Sven auf den Stuhl fallen. »Was machen wir jetzt?«

Die Hauptkommissarin deutete aufs Telefon. »Ich rufe ihn an.« Sie zog ein Telefonbuch aus der Schublade, schlug es auf und hatte Sekunden später den Eintrag gefunden. Sie schaltete den Lautsprecher ein und wählte.

Es dauerte eine Weile, bis der Detektiv sich meldete.

»Pawlowski.« Die Stimme klang etwas dünn und wurde von Fahrgeräuschen begleitet.

»Guten Tag, Julian. Hier ist Alexa Engel, Polizeiinspektion Göttingen, Fachkommissariat eins.«

Der Privatdetektiv reagierte mit Verzögerung. »Alexa. Was für eine Überraschung! Du bist Kriminalhauptkommissarin bei der Tötung. Mit guten Aufklärungsquoten, da bin ich sicher. Was kann ich für dich tun?«

»Bist du mit dem Auto unterwegs? Hört sich jedenfalls so an. Ist es möglich, dass du gerade auf dem Weg nach Weende bist? Zu Jörg Rudloff?«

»Nein«, antwortete Pawlowski. »Ich schlängele mich gerade durch die Schikanen, die unsere städtischen Verkehrsplaner am Nonnenstieg aufgestellt haben. Bin gleich zu Hause.«

»Dann warst du schon bei ihm«, stellte Alexa Engel fest.

»Bei Rudloff? Wie kommst du darauf? Hat sich eine Journalistin bei euch gemeldet? Du solltest nicht alles glauben, was Zeitungsleute erzählen.«

»Wir haben andere Quellen«, sagte die Hauptkommissarin. »Wir wissen, dass du für Rudloff arbeitest. Wir wissen auch, worum es dabei geht. Normalerweise würde ich das nicht am Telefon mit dir besprechen, sondern dich zur Vernehmung vorladen. Aber jetzt ist Eile geboten. Also versuch bitte keine Spielchen! Hast du ihm einen Aktenkoffer mit Inhalt gebracht?«

Der Detektiv lachte. »Wenn es so wäre, fiele das unter das Berufsgeheimnis. Tut mir leid, Alexa.«

»Und mir täte es leid«, entgegnete Svens Chefin, »wenn wir gegen dich ermitteln müssten. Mit der Pistole aus dem Koffer, der sich zeitweise in deinem Besitz befand, ist nach unseren Erkenntnissen ein Mensch ermordet worden.«

Sven hielt den Atem an. Alexa pokerte ziemlich hoch.

Für einige Sekunden war nur das Rauschen des fahrenden Wagens zu hören. Dann meldete sich Pawlowski wieder. »Verdammte Scheiße!«, schimpfte er. »Dieser Auftrag kostet mich den letzten Nerv.« Er holte tief Luft. »Also gut. In dem Koffer war eine Walther PPK, älteres Modell.«

»Wo ist die Waffe jetzt?«

»Bei Rudloff. Wo sonst?«

Sven sprang wieder auf. »Er hat von einer Journalistin gesprochen. Kann das Anna gewesen sein?«

Alexa Engel nickte und deutete auf den Telefonhörer. »Wir werden uns noch ausführlicher unterhalten müssen, Julian«, sagte sie, »allerdings nicht am Telefon. Jetzt habe ich nur eine Frage. Hast du mit Frau Lehnhoff vom Tageblatt gesprochen?«

»Ja«, antwortete der Detektiv. »So heißt die.«

»Wann und wo?«

»Vor einer guten Viertelstunde. In Weende. Am Haus der Rudloffs.«

»Danke«, sagte Alexa Engel und legte auf. »Hast du das gehört?«

Sven stürmte aus dem Büro. »Ich fahre schon mal vor«, rief er über die Schulter.

*

Anna hatte zehn Minuten warten wollen. Nun waren bereits fünfzehn verstrichen, ohne dass jemand das Haus verlassen hatte. »Passiert wohl doch nichts mehr«, murmelte sie vor sich hin und startete den Motor. Aber sie brachte es nicht fertig, wegzufahren. Noch immer sah sie Jörg Rudloff mit dem Aktenkoffer auf den Knien vor sich. Grinsend wog er die Pistole in der Hand. Sie schaltete den Motor wieder ab und stieg aus. Wie ein Magnet zog die Villa sie an. Ihr war klar, dass sie nichts würde ausrichten können. Dennoch näherte sie sich Schritt für Schritt dem Haus. Bis sie schließlich vor der Tür stand.

Ich sollte umkehren, dachte sie, sonst mache ich mich lächerlich. Gleichzeitig wanderte ihre Hand zum Klingelknopf. Sie zog sie erschreckt zurück, als drinnen der Flughafen-Gong erklang.

Susanne Rudloff öffnete die Tür. »Sie?«

Anna versuchte ein gewinnendes Lächeln. »Könnte ich noch einmal mit Ihrem Mann sprechen? Es dauert nicht lange.«

»Ich weiß nicht.« Sie wandte sich um. »Jörg«, rief sie, »hier ist wieder die Journalistin. Willst du sie sehen?«

»Soll reinkommen.« Jörg Rudloffs Stimme klang ein wenig verwaschen.

Kurz darauf saß Anna dem Immobilienkaufmann gegenüber. Vor ihm auf dem Tisch stand eine halbvolle Flasche *Aberfeldy Single Malt Whisky*, in der Hand hielt er ein Glas. Diesmal bot er ihr nichts an. Stattdessen prostete er ihr zu. »Wohlsein! Das nenne ich dreist. Nachdem Sie so abenteuerliche Vermutungen aufgestellt haben, trauen Sie sich noch her.« Während er austrank, sah Anna sich unauffällig um. Neben dem Kamin entdeckte sie den Aktenkoffer. Ihr Herz schlug schneller. »Inzwischen bin ich sicher«, sagte sie, »dass diese Vermutungen zutreffen.« Sie deutete auf den Koffer. »Vorhin hat Herr Pawlowski Ihnen die Pistole zurückgebracht, mit der Sie 1986 Sarah Jane Roberts erschossen haben. Sie oder Ihr Vater.«

Rudloff stieß einen Lacher aus und griff nach der Whiskyflasche. Betont vorsichtig ließ er die braune Flüssigkeit ins Glas laufen. »Und jetzt suchen Sie den Beweis für Ihre Theorie? Arbeiten Sie neuerdings für die Bullen?«

»Als Journalistin«, antwortete Anna, »interessiere ich mich für die Wahrheit. Genau wie die Polizei.«

Rudloff winkte ab. »Die waren schon hier und haben alles auf den Kopf gestellt. Aber nichts gefunden.« Er grinste Anna hämisch an. »Weil nichts da ist. Wollen Sie sich überzeugen?« Ohne eine Antwort abzuwarten, rollte er zum Kamin, griff nach dem Aktenkoffer, legte ihn auf den Knien ab und kehrte zum Tisch zurück. Er nahm einen Schluck Whisky, dann öffnete er den Deckel und drehte ihn so, dass Anna hineinschauen konnte. »Wie Sie sehen, sehen Sie nichts.«

Anna verdrehte die Augen. »Herr Pawlowski hat Ihnen einen leeren Koffer gebracht? Für wie dumm halten Sie mich?«

Wieder lachte Rudloff. »Natürlich war der nicht leer. Der Detektiv hatte den Auftrag, den gestohlenen Schmuck meiner Frau zurückzubringen. Das hat er getan. Punkt. Ende. Aus.«

Es dämmerte Anna, dass sie nicht weiterkommen würde. Was hatte sie erwartet? Dass Rudloff zugeben würde, im Besitz der Pistole zu sein? Oder gar den Mord gestehen würde? Sie erhob sich. »Früher oder später wird die Polizei die Waffe finden. Und nachweisen, dass das tödliche Projektil mit ihr abgefeuert wurde.«

»Es gibt kein Projektil.« Der Mann im Rollstuhl kicherte, klappte den Aktenkoffer zu und legte ihn auf den Tisch. »Kein Projektil und keine Pistole. Nichts. Nur Spekulationen.«

Annas Puls beschleunigte sich. In ihrem Kopf kreisten Rudloffs Worte. »Es gibt kein Projektil.« War das nicht ein Eingeständnis? Sarahs Mörder hatte eine Patronenhülse und eine Kugel vom Tatort mitgenommen. Hatte er nicht bemerkt, dass er *zwei* Schüsse abgegeben hatte?

Ich muss Alexa Engel und Sven darauf aufmerksam machen, dachte sie. So schnell wie möglich. Laut sagte sie: »Ich darf mich jetzt verabschieden. Auf Wiedersehen, Herr Rudloff. Bitte bemühen Sie sich nicht, ich finde allein hinaus.«

Als sie sich zum Gehen wandte, vernahm sie den Haustür-Gong und hörte kurz danach Absätze über den Flur klackern. Die Tür wurde geöffnet, eine männliche Stimme erklang, Susanne Rudloff stieß einen protestierenden Schrei aus. Es nutzte ihr nichts. Schritte näherten sich der Wohnzimmertür. Im nächsten Augenblick wurde sie aufgerissen, und Sven stand vor ihr. Durch die offene Haustür wehte ein Luftzug herein. »Gott sei Dank! Ich hatte schon befürchtet …«

»Was soll das denn?«, bellte Jörg Rudloff aus dem Hintergrund und rollte näher. »Sie haben hier nichts mehr zu suchen. Verschwinden Sie!«

»Wir haben Grund zu der Annahme«, antwortete Sven, »dass sich in Ihrem Besitz eine Waffe befindet, mit der …« Er brach ab, rollte Rudloff zur Seite, stürzte zum Tisch, auf dem der Aktenkoffer lag und klappte den Deckel auf. Als er sichtlich enttäuscht den Kopf hob, erstarrte er. Sein Blick ging an Anna vorbei. Irritiert drehte sie sich um und erschrak.

Direkt vor ihr stand ein alter Mann, eine Pistole im Anschlag. Die Mündung war auf sie gerichtet. Bevor sich der

Schreck in ihr ausbreiten konnte, erkannte sie die Ähnlichkeit.

Die Waffe bewegte sich. »Haben Sie nicht gehört, was man Ihnen gesagt hat? Sie sollen verschwinden. Oder die junge Dame hat gleich ein Loch im Kopf.«

Svens Hand zuckte zur Dienstwaffe.

»Lassen Sie das!«, rief der Alte. »Nehmen Sie die Hände hoch!« Der Sicherungshebel klickte. Zögernd folgte Sven der Aufforderung.

»Und jetzt gehen Sie!« Die Stimme klang kräftig, befehlsgewohnt und entschlossen. Keineswegs wie die eines alten Mannes. Dabei musste Jörg Rudloffs Vater weit über achtzig sein.

»Nicht ohne Frau Lehnhoff«, sagte Sven bestimmt. »Sie haben keine Chance. Meine Kollegen werden gleich eintreffen.«

Als Antwort krachte ein Schuss. Hans Rudloff hatte die Pistole angehoben und abgedrückt. Putz rieselte von der Decke.

»Okay, okay.« Sven verschränkte die erhobenen Hände über dem Kopf und bewegte sich langsam vorwärts, erreichte Anna, schob sich an ihr vorbei. »Alexa ist unterwegs«, flüsterte er, ohne sie anzusehen. Sein Blick war auf die Waffe des Alten gerichtet.

»Ein bisschen dalli, junger Mann!«, knurrte Rudloff und ließ die Mündung der Pistole über Annas Bluse wandern. Dabei grinste er anzüglich.

Mit einem Aufschrei schlug Sven seine Handkanten blitzartig auf Rudloffs Unterarm. Anna zuckte zusammen, als erneut ein Schuss fiel. Die Kugel zischte an ihr vorbei und krachte irgendwo hinter ihr in einen Schrank. Erst jetzt packte die Panik zu, ließ sie zittern und ihre Knie weich werden. Im Hals würgte Angst, in der Brust schmerzte das rasende Herz. Dennoch blieb sie bewegungsunfähig stehen, wie hypnotisiert.

Der Schlag hatte dem Alten die Waffe aus der Hand geschleudert, scheppernd rutschte sie über den Fußboden. Mit schmerzverzerrtem Gesicht hielt er mit der anderen Hand den

Arm, der oberhalb des Handgelenks unnatürlich abgeknickt war. Sven griff nach seiner Dienstwaffe.

»Halt!«, schrie Jörg Rudloff. »Oder es knallt.« Die Pistole war direkt vor seinen Rollstuhl gerutscht, blitzschnell hatte er sie aufgehoben und den Lauf auf Anna gerichtet.

Zögernd nahm Sven die Hände wieder hoch.

Rudloff lachte meckernd. »Was für eine Vorstellung!«, rief er. »Filmreifer Auftritt, Herr Polizist. Aber jetzt ist Schluss. Sie nehmen Ihre Dienstpistole aus dem Holster, ganz vorsichtig, mit zwei Fingern, und legen sie auf den Boden. Dann schieben Sie sie mit dem Fuß zu mir.«

Betont langsam folgte Sven der Aufforderung. »Was wollen Sie erreichen?«, fragte er in Jörg Rudloffs Richtung. »Sie haben keine Chance, aus der Sache herauszukommen.«

»Muss ich auch gar nicht.« Er kicherte. »Ich bin nämlich gar nicht drin.«

»Doch«, widersprach Sven. »Sie haben 1986 Sarah Jane Roberts erschossen. Mit dieser Walther PPK. Das können wir beweisen. Wir haben die Leiche exhumiert und ein Projektil gefunden.«

»Das kann gar nicht sein«, stieß Hans Rudloff hervor. »Sie bluffen. Die Kugel …« Er brach ab und starrte Sven böse an.

»… haben Sie mitgenommen?«, ergänzte Sven. »Sie oder Ihr Herr Sohn? Das war schlau, aber nicht schlau genug. Auf Sarah wurden zwei Schüsse abgegeben. Eine Kugel ist am Rücken ausgetreten, die andere in der Wirbelsäule steckengeblieben. Wer immer geschossen hat, muss den Abzug zweimal betätigt haben.«

Der alte Mann drehte sich um und trat einen Schritt auf seinen Sohn zu. »Stümper!«

Jörg Rudloff hob die Pistole und schoss. Wie in Zeitlupe sackte sein Vater zusammen.

Anna spürte einen Luftzug, löste ihren Blick von dem Mann am Boden, wandte sich zur offenen Haustür.

Alexa Engel! Mit raschen Schritten kam sie näher, zog ihre P2000, richtete sie auf den Mann im Rollstuhl. »Runter mit der Waffe!«

Der bewegte die Pistole langsam abwärts. Aber auf Brusthöhe drehte er sie um und presste die Mündung gegen seinen Hals.

»Nein!«, schrie Susanne Rudloff, die hinter Alexa Engel aufgetaucht war. »Neiiin!«

Die Waffe in der Hand ihres Mannes erzeugte ein metallisches Klicken. Noch eins und noch eins. Mit einem wütenden Aufschrei schleuderte er die Pistole auf den Boden.

Sven Petersson griff blitzschnell zu.

»Sie sind vorläufig festgenommen«, sagte Kriminalhauptkommissarin Engel.

Epilog

»Er hat auf seinen eigenen Vater geschossen?« Kopfschüttelnd kramte Ingo Steinberg in einer Schublade nach dem Korkenzieher. »Weil der ihn Stümper genannt hat?«

»Wohl nicht so sehr wegen dieses einen Wortes«, antwortete Anna, »sondern weil Hans Rudloff damit offenbart hat, wer die tödlichen Schüsse auf Sarah Jane Roberts abgegeben hat. Wahrscheinlich hat Jörg Rudloff befürchtet, dass sein Vater noch deutlicher wird. Vielleicht hat er schon häufiger Demütigungen hinnehmen müssen. Möglicherweise hat sich da was aufgestaut. Nicht zuletzt war er durch Alkohol enthemmt. Er hatte eine halbe Flasche Whisky getrunken und zwei Komma vier Promille im Blut. Aber der Vater hat überlebt. Der Schuss hat ihn nicht lebensgefährlich verletzt.«

Ingo hatte gefunden, was er suchte, und begann, die Rotweinflasche zu entkorken. »Trotzdem. Den eigenen Vater …«

Anna nahm Gläser aus dem Schrank und stellte sie auf den Tisch. »Die meisten Tötungsdelikte spielen sich innerhalb von Familien ab.«

Mit einem sanften *Plopp* glitt der Korken aus der Flasche. Ingo schnupperte daran und schloss die Augen. »Ausgezeichnet«, murmelte er. »Kein Chateau Lafite Rothschild, aber vielversprechend.« Er blinzelte. »Möchtest du probieren?«

»Gern.« Anna hob ihr Glas.

Ingo schenkte ein. »Was ist eigentlich aus dem jungen Mann und dem Antiquitätenhändler geworden?«

»Jesko von Arnsberg ist bereits aus dem Krankenhaus entlassen worden. Seine Verletzung scheint nicht so gravierend gewesen zu sein. Kaltenbach hat es offenbar ziemlich schwer erwischt. Ich habe seine Freundin getroffen. Er ist bei Bewusstsein, hat aber noch Schwierigkeiten mit Motorik, Sprechen und Erinnerung. Vorerst wird er auf den Rollstuhl angewiesen sein.«

Diese Vorstellung rief ihr die Szene im Haus der Rudloffs in Erinnerung. Sie hatte Ingo nicht alle Einzelheiten berichtet, und wenn sie jetzt daran dachte, wie gefährlich die Situation gewesen war, durchfuhr sie noch immer ein Schreck.

»Hätte schlimmer ausgehen können«, sagte Ingo, als hätte er ihre Gedanken gelesen. »Ich meine nicht die beiden Männer, sondern die Schießerei in der Villa.«

»In Rudloffs Pistole waren keine Patronen mehr. Er hat seinen Vater mit der letzten Kugel getroffen.«

»Hast du das gewusst?«

Anna schüttelte den Kopf und nahm einen Schluck Wein. »Schmeckt.« Sie stellte das Glas wieder ab, Ingo füllte es auf.

»War es nicht ein bisschen leichtsinnig, Rudloff noch einmal aufzusuchen? Und hätte Sven Petersson nicht auf seine Kollegen warten müssen?«

»Niemand hat ahnen können«, entgegnete Anna, »dass der alte Rudloff im Haus war. Sein Sohn hatte der Polizei erzählt, er sei kürzlich gestorben. Sven wollte das überprüfen, aber dann haben sich die Ereignisse überschlagen, und er ist nicht mehr dazu gekommen. In Wahrheit haben sie ihn aus dem Altersheim geholt und in der Villa untergebracht, um ihn unter Kontrolle zu haben. Er soll durch rechtsradikale und antisemitische Äußerungen aufgefallen sein. Und hat dabei wohl auch schon Hinweise auf das Goldstein-Haus gegeben, die allerdings niemand verstanden hat. Noch nicht.«

»Wie ist er an die Pistole gekommen?«

Anna hob die Schultern. »Susanne Rudloff hat sie im Auftrag ihres Mannes in der Einliegerwohnung versteckt. Vielleicht hat er sie dabei beobachtet. Oder sie hat sie ihm zur Aufbewahrung gegeben.«

»Und das ist tatsächlich die Waffe, mit der Sarah damals erschossen wurde?«

»Sven hat mir das Ergebnis der kriminaltechnischen Untersuchung gemailt. Es ist eindeutig. Oberstaatsanwalt Wegemann stützt darauf seine Anklage gegen Jörg Rudloff und seinen Vater.«

»Lass uns anstoßen!« Ingo hob sein Glas. »Genau genommen, hast du mit deinen Recherchen den Fall gelöst. Glückwunsch!«

»Danke!« Anna ließ die Gläser klingen. »Aber fürs Erste habe ich keinen Bedarf an weiteren Kriminalfällen.«

Ingo lächelte. »Ich bin gespannt, wie lange das anhält.«

ENDE

Ich danke

Jutta Donsbach, Christine Parr und Dr. Lili Seide für die kritische Durchsicht des Manuskripts, Kriminalhauptkommissar Michael Artmann und Oberstaatsanwalt i. R. Dr. Wilfried Ahrens für fachliche Beratung in polizeilichen und ermittlungstechnischen Fragen, letzterem auch für wertvolle inhaltliche Anregungen. Eventuelle Fehler gehen allein zu meinen Lasten.
Nicht zuletzt danke ich meiner Frau Kristine für Unterstützung und Geduld mit dem schreibend abwesenden Ehemann.

Wolf S. Dietrich

Göttingen Krimis vom selben Autor

Grobecks Grab
255 Seiten, Paperback
ISBN 978-3-935263-05-4 / 12,95 EUR

Die Tote im Leinekanal
222 Seiten, Paperback
ISBN 978-3-935263-18-4 / 12,95 EUR

Johannisfeuer
233 Seiten, Paperback
ISBN 978-3-935263-40-5 / 12,95 EUR

Rote Straße
248 Seiten, Paperback
ISBN 978-3-935263-63-4 / 12,95 EUR

Altstadtfest
247 Seiten, Paperback
ISBN 978-3-935263-99-3 / 12,95 EUR

Der dritte Patient
235 Seiten, Paperback
ISBN 978-3-95475-102-0 / 12,95 EUR

Weitere Krimis von Wolf S. Dietrich spielen in
Kassel
Cuxhaven
Mecklenburg-Vorpommern